Lilian Jackson Braun
Die Katze, die Rückwärts Lesen Konnte

ROMAN

Ins Deutsche übertragen
von Christine Pavesicz

BASTEI-LÜBBE-TASCHENBUCH
Allgemeine Reihe
Band 13 353

Erste Auflage: November 1991
Zweite Auflage: März 1992
Dritte Auflage: Juni 1992
Vierte Auflage: Dezember 1994

© Copyright 1966 by Lilian Jackson Braun
All rights reserved
Deutsche Lizenzausgabe 1991
Bastei-Verlag Gustav H. Lübbe GmbH & Co., Bergisch Gladbach
Originaltitel: The Cat who could read backwards
Lektorat: René Strien
Titelfoto: Peter Haubold
Umschlaggestaltung: Klaus Bumenberg
Satz: KCS GmbH, 2110 Buchholz/Hamburg
Druck und Verarbeitung: Brodard & Taupin,
La Flèche, Frankreich
Printed in France
ISBN 3-404-13353-6

Der Preis dieses Bandes versteht sich
einschließlich der gesetzlichen Mehrwertsteuer.

Kapitel eins

Jim Qwilleran, dessen Name zwei Jahrzehnte lang Setzer und Lektoren zur Verzweiflung getrieben hatte, kam fünfzehn Minuten zu früh zu seinem Termin mit dem Chefredakteur des *Daily Fluxion*.

Im Vorzimmer nahm er ein Exemplar der Morgenausgabe zur Hand und studierte die Titelseite. Er las die Wettervorhersage (ungewöhnlich warm für die Jahreszeit), die Auflagenhöhe (472 463) und den hochtrabend in Latein gedruckten Slogan des Verlags (*Fiat Flux*).

Er las die Titelgeschichte über einen Mordprozeß und eine zweite groß aufgemachte Story über den Gouverneurs-Wahlkampf, in der er zwei Druckfehler entdeckte. Er erfuhr, daß dem Kunstmuseum der Zuschuß von einer Million Dollar gestrichen worden war, übersprang jedoch die Einzelheiten. Einen weiteren Beitrag über ein Kätzchen, das sich in einem Abflußrohr verfangen hatte, ließ er ebenfalls aus. Sonst las er jedoch alles:

Rowdy nach Schießerei mit Polizei geschnappt. Stripper-Fehde in der Altstadt. Steuerverhandlungen: Demokraten sauer – Aktien steigen.

Hinter einer verglasten Tür konnte Qwilleran vertraute Laute hören – Schreibmaschinen klapperten, Fernschreiber ratterten, Telefone schrillten. Bei diesen Geräuschen sträubte sich sein buschiger, graumelierter Schnurrbart, und er strich ihn mit den Fingerknöcheln glatt. Er sehnte sich danach, einen Blick auf das geschäftige Treiben und das Durcheinander zu werfen, das in einer Lokalredaktion vor Redaktionsschluß herrscht, und ging zur Tür, um durch das Glas zu spähen.

Der Lärm war authentisch; der Anblick hingegen — wie er feststellen mußte — ganz und gar nicht. Die Jalousien hingen gerade. Die Schreibtische waren sauber aufgeräumt und nicht zerkratzt. Zerknülltes Papier und zerfetzte Zeitungen lagen nicht auf dem Fußboden, sondern ordentlich in Papierkörben aus Draht. Als er so dastand und bestürzt auf diese Szene blickte, drang ein fremdartiger Laut an sein Ohr, der überhaupt nicht zu den Hintergrundgeräuschen einer typischen Lokalredaktion, wie er sie kannte, paßte. Und dann entdeckte er einen Laufburschen, der gelbe Bleistifte in eine kleine, dröhnende Apparatur einspeiste. Qwilleran starrte das Ding an. Ein elektrischer Bleistiftspitzer! Nie hätte er gedacht, daß es so weit kommen würde. Jetzt merkte er erst, wie lange er fern vom Schuß gewesen war.

Ein anderer Laufbursche in Tennisschuhen kam mit schnellen Schritten aus der Lokalredaktion und sagte: »Mr. Qwilleran? Sie können jetzt hereinkommen.«

Qwilleran folgte ihm in das kleine Glasbüro, wo er von einem jungen Chefredakteur mit einem aufrichtigen Händedruck und einem aufrichtigen Lächeln erwartet wurde. »Sie sind also Jim Qwilleran! Ich habe schon viel von Ihnen gehört.«

Qwilleran fragte sich, wieviel — und wie schlimm das gewesen sein mochte. In seinem Bewerbungsschreiben an den *Daily Fluxion* nahm sich der Verlauf seiner Karriere etwas fragwürdig aus: Sportreporter, Polizeireporter, Kriegsberichterstatter, Gewinner des Verlegerpreises, Autor eines Buches über Großstadtkriminalität. Danach eine Reihe von Jobs bei immer kleineren Zeitungen, immer nur für kurze Zeit, gefolgt von einer langen Periode, in der er arbeitslos gewesen war — oder Jobs gehabt hatte, die es sich nicht lohnte anzuführen.

Der Chefredakteur sagte: »Ich erinnere mich an Ihre Berichterstattung über den Prozeß, für die Sie den Verlegerpreis bekamen. Ich war damals ein junger, unerfahrener Reporter und ein großer Bewunderer von Ihnen.«

Am Alter und dem geschulten Benehmen des Mannes erkannte Qwilleran in ihm den neuen Typ des Chefredakteurs – einen Vertreter der präzisen, perfekt geschulten Generation, für die eine Zeitung eher eine Wissenschaft ist als eine heilige Sache. Qwilleran hatte immer für den anderen Typ gearbeitet – die altmodischen, ungehobelten Kreuzzügler.

Der Chefredakteur sagte: »Mit Ihrem Hintergrund sind Sie vielleicht von der Stelle, die wir anzubieten haben, enttäuscht. Wir haben nur einen Schreibtisch in der Feuilletonabteilung für Sie, aber wir würden uns freuen, wenn Sie die Stelle annehmen, bis sich in der Lokalredaktion etwas findet.«

»Und bis ich bewiesen habe, daß ich die Arbeit nicht hinschmeiße?« sagte Qwilleran und sah dem Mann in die Augen. Er hatte einiges an Erniedrigung hinter sich; jetzt kam es darauf an, den richtigen Ton – eine Mischung aus Demut und Selbstvertrauen – anzuschlagen.

»Das versteht sich von selbst. Wie läuft es denn?«

»So weit, so gut. Das Wichtigste ist, wieder bei einer Zeitung unterzukommen. In einigen Städten habe ich meinen Vertrauensvorschuß überstrapaziert, bevor ich endlich kapierte. Deshalb wollte ich auch hierherkommen. Eine fremde Stadt – eine dynamische Zeitung – eine neue Herausforderung. Ich glaube, ich kann es schaffen.«

»Aber sicher!« sagte der Chefredakteur und machte ein resolutes Gesicht. »Also, wir haben uns folgendes für Sie vorgestellt: Wir brauchen einen Kulturredakteur.«

»Einen Kulturredakteur!« Qwilleran zuckte zurück und verfaßte im Geist eine Schlagzeile: *Gnadenbrot für abgetakelten Journalisten.*

»Kennen Sie sich mit Kunst aus?«

Qwilleran war ehrlich. Er sagte: »Ich kann die Venus von Milo nicht von der Freiheitsstatue unterscheiden.«

»Dann sind Sie genau der richtige Mann für uns! Je weniger Sie wissen, um so unbefangener ist Ihre Meinung. Wir haben gerade einen Kunstboom in dieser Stadt, und wir müssen mehr darüber bringen. Unser Kunstkritiker schreibt zweimal die

Woche eine Kolumne, aber wir brauchen einen erfahrenen Journalisten, der sich nach Storys über die Künstler selbst umschaut. An Material mangelt es nicht. Heutzutage gibt es, wie Sie wissen, mehr Künstler als Hunde und Katzen.«

Qwilleran strich sich mit den Knöcheln über den Schnurrbart.

Der Chefredakteur fuhr zuversichtlich fort: »Sie sind dem Feuilletonredakteur unterstellt, können sich aber aussuchen, worüber Sie schreiben wollen. Wir erwarten von Ihnen, daß Sie in Ihrem Bereich herumkommen, viele Künstler kennenlernen, ein paar Hände schütteln und der Zeitung Freunde bringen.«

Qwilleran verfaßte lautlos eine weitere Schlagzeile: *Abstieg eines Journalisten zum Händeschüttler.* Aber er brauchte den Job. Die Not kämpfte mit dem Gewissen. »Nun«, sagte er, »ich weiß nicht...«

»Es ist ein nettes, sauberes Ressort, und Sie werden zur Abwechslung mal ein paar anständige Menschen kennenlernen. Von Verbrechern und Schwindlern haben Sie vermutlich schon die Nase voll.«

Qwillerans zuckender Schnurrbart brachte zum Ausdruck ›Wer zum Teufel will schon ein nettes, sauberes Ressort‹, doch sein Besitzer schaffte es, diplomatisch zu schweigen.

Der Chefredakteur sah auf die Uhr und stand auf. »Gehen Sie doch einfach hinauf und besprechen Sie alles mit Arch Riker. Er kann...«

»Arch Riker! Was macht der denn hier?«

»Er ist der Leiter der Feuilletonredaktion. Kennen Sie ihn?«

»Wir haben in Chicago zusammengearbeitet – vor Jahren.«

»Gut! Von ihm erfahren Sie alle Einzelheiten. Und ich hoffe, Sie entschließen sich, beim *Flux* mitzuarbeiten.« Der Chefredakteur hielt ihm die Hand hin und schenkte ihm ein maßvolles Lächeln.

Qwilleran spazierte wieder durch die Lokalredaktion hinaus – vorbei an den Reihen weißer Hemden mit aufgekrempelten Ärmeln, vorbei an den Köpfen, die völlig versunken über Schreibmaschinen gebeugt waren, vorbei an der unvermeidlichen Reporterin. Sie war die einzige, die ihm einen neugierigen Blick zuwarf, und er richtete sich zu seiner vollen Länge von einem Meter achtundachtzig auf, zog die überflüssigen zehn Pfund ein, die an seiner Gürtelschnalle zerrten, und glättete mit der Hand sein Haar. Wie sein Schnurrbart hatte auch sein Kopfhaar noch drei Viertel schwarze und nur ein Viertel graue Haare aufzuweisen.

Im ersten Stock fand er Arch Riker, der über einen ganzen Saal voll Schreibtische, Schreibmaschinen und Telefone herrschte – alles im selben Erbsengrün.

»Ziemlich ausgefallen, was?« sagte Arch entschuldigend. »Sie nennen das ein augenberuhigendes Olivgrün. Heutzutage muß ein jeder gehätschelt werden. Ich persönlich finde, es sieht eher gallegrün aus.« Die Feuilletonredaktion war eine kleine Ausgabe der Lokalredaktion – ohne die Atmosphäre der Dringlichkeit. Heitere Gelassenheit erfüllte den Raum wie Nebel. Jeder hier wirkte zehn Jahre älter als die Leute in der Lokalredaktion, und Arch selbst war beleibter und kahler als früher.

»Jim, es ist toll, dich wiederzusehen«, sagte er. »Schreibst du dich noch immer mit dem lächerlichen W?«

»Es ist eine ehrbare schottische Schreibweise«, hielt ihm Qwilleran entgegen.

»Und wie ich sehe, hast du auch diesen struppigen Schnurrbart nicht abgelegt.«

»Er ist mein einziges Andenken an den Krieg.« Die Knöchel strichen ihn liebevoll glatt.

»Wie geht's deiner Frau, Jim?«

»Du meinst, meiner Ex-Frau?«

»Oh, das wußte ich nicht. Tut mir leid.«

»Lassen wir das ... Was ist das für ein Job, den ihr für mich habt?«

»Ein Kinderspiel. Du kannst einen Sonntagsbeitrag für uns schreiben, wenn du gleich heute anfangen willst.«

»Ich habe noch nicht gesagt, daß ich den Job nehme.«

»Du wirst ihn nehmen«, sagte Arch. »Er ist genau das richtige für dich.«

»In Anbetracht des Rufes, den ich in letzter Zeit habe, meinst du?«

»Willst du jetzt empfindlich sein? Hör auf damit. Laß das Selbstzerfleischen.«

Qwilleran zog gedankenverloren einen Scheitel durch seinen Schnurrbart. »Ich nehme an, ich könnte es versuchen. Soll ich einen Probeartikel schreiben?«

»Wie du willst.«

»Hast du einen Tip?«

»Ja.« Arch Riker zog ein rosa Blatt Papier aus einem Ordner. »Wieviel hat dir der Chef gesagt?«

»Er hat mir überhaupt nichts gesagt«, antwortete Qwilleran, »außer, daß er publikumswirksame Sachen über Künstler will.«

»Nun, er hat eine rosa Mitteilung heraufgeschickt, in der er eine Story über einen Typen namens Cal Halapay vorschlägt.«

»Und?«

»Hier beim *Flux* haben wir einen Farb-Code. Eine blaue Mitteilung bedeutet ›Zur Information‹. Gelb heißt ›Unverbindlicher Vorschlag‹. Rosa hingegen bedeutet ›Nichts wie ran, Mann‹.«

»Was ist an Cal Halapay so Dringendes?«

»Unter Umständen ist es vielleicht besser, wenn du den Hintergrund nicht kennst. Spring einfach ins kalte Wasser, sprich mit diesem Halapay, und schreib etwas Lesbares. Du bist ja ein alter Hase.«

»Wo finde ich ihn?«

»Du mußt in seinem Büro anrufen, nehme ich an. Er ist ein kommerzieller Künstler und hat eine erfolgreiche Agentur, aber in seiner Freizeit malt er Ölbilder. Er malt Kinder. Seine Bilder sind sehr beliebt. Kinder mit lockigem Haar und rosigen Wangen. Sie sehen aus, als würde sie jeden Moment der Schlag treffen, aber die Leute kaufen sie anscheinend... Sag, willst du Mittagessen? Wir könnten in den Presseclub gehen.«

Qwillerans Schnurrbart richtete sich erwartungsvoll auf. Es hatte eine Zeit gegeben, da waren Presseclubs sein Leben gewesen, seine ganze Liebe, sein Hobby, sein Heim, seine Inspiration.

Dieser hier befand sich gegenüber der neuen Polizeizentrale, in einer rußgeschwärzten Kalksteinfestung mit vergitterten Fenstern, die früher einmal das Bezirksgefängnis gewesen war. In den Mulden der alten und ausgetretenen steinernen Stufen standen Pfützen, der Beweis für das für Februar ungewöhnliche Tauwetter. Der Vorraum war mit altehrwürdigem rotem Holz getäfelt, das unter unzähligen Lackschichten glänzte.

»Wir können in der Bar essen«, sagte Arch, »oder wir können hinauf in den Speisesaal gehen. Da oben haben sie Tischtücher.«

»Essen wir unten«, sagte Qwilleran.

In der Bar war es düster und laut. Lautstarke Gespräche mit vertraulichen Untertönen – Qwilleran war das alles wohlvertraut. Es bedeutete, daß Gerüchte herumschwirrten, Kampagnen gestartet wurden und über einem Bier und einem Hamburger so mancher Fall inoffiziell gelöst wurde.

Sie fanden zwei freie Plätze an der Theke und sahen sich einem Barkeeper mit einer roten Weste und einem verschwörerischen Lächeln gegenüber, das beinahe barst vor Insider-Informationen. Qwilleran erinnerte sich, daß er einige seiner besten Geschichten Tips von Barkeepern in Presseclubs zu verdanken hatte.

»Scotch und Wasser«, bestellte Arch.

Qwilleran sagte: »Einen doppelten Tomatensaft mit Eis.«

»Tom-Tom on the Rocks«, sagte der Barkeeper. »Wollen Sie einen Spritzer Limonensaft und einen Schuß Worcestershire-Sauce?«

»Nein, danke.«

»So mache ich ihn für meinen Freund, den Bürgermeister, wenn er hierher kommt.« Das gebieterische Lächeln wurde stärker.

»Nein, danke.«

»Und wie wäre es mit einem Tropfen Tabasco? Das gibt ihm Biß.«

»Nein, ganz einfach nur pur.«

Die Mundwinkel des Barkeepers zogen sich nach unten, und Arch sagte zu ihm: »Das ist Jim Qwilleran, er ist neu bei uns. Er weiß nicht, daß du ein Künstler bist. . . . Jim, das ist Bruno. Er verleiht seinen Drinks eine sehr persönliche Note.«

Hinter Qwilleran sagte eine ohrenbetäubende Stimme: »Für mich bitte weniger Note und mehr Schnaps. He, Bruno, mach mir einen Martini, und laß den Mist weg. Keine Olive, keine Zitrone, keine Anchovis und keine eingelegte ungeborene Tomate.«

Qwilleran drehte sich um und sah sich einer Zigarre gegenüber, die zwischen grinsenden Zähnen steckte und völlig überdimensioniert wirkte, zumindest im Vergleich zu dem schlanken jungen Mann, der sie rauchte. Die schwarze Kordel, die von seiner Brusttasche baumelte, gehörte offenbar zu einem Belichtungsmesser. Qwilleran mochte ihn auf Anhieb.

»Dieser Clown«, sagte Arch zu Qwilleran, »ist Odd Bunsen vom Fotolabor. . . . Odd, das ist Jim Qwilleran, ein alter Freund von mir. Wir hoffen, daß er zum *Flux*-Team stößt.«

Die Hand des Fotografen schnellte vor. »Freut mich, Jim. Wollen Sie eine Zigarre?«

»Ich rauche Pfeife. Trotzdem, vielen Dank.«

Odd betrachtete interessiert Qwillerans üppigen Schnurrbart. »Dieses Gestrüpp wird bald alles überwuchern. Haben Sie keine Angst vor einem Buschbrand?«

Arch sagte zu Qwilleran: »Mit dieser schwarzen Schnur, die aus Mr. Bunsens Tasche hängt, binden wir normalerweise seinen Kopf fest. Aber er ist ein nützlicher Mann. Er hat mehr Informationen als die Nachschlagebibliothek. Vielleicht kann er dir etwas über Cal Halapay erzählen.«

»Klar«, sagte der Fotograf. »Was wollen Sie wissen? Seine Frau sieht scharf aus, 86-56-81.«

»Wer ist denn dieser Halapay überhaupt?« wollte Qwilleran wissen.

Odd Bunsen zog kurz den Rauch seiner Zigarre zu Rate. »Kommerzieller Künstler. Hat eine große Werbeagentur. Ist selbst ein paar Millionen schwer. Wohnt in Lost Lake Hills. Tolles Haus, großes Studio, wo er malt, zwei Swimming-pools. Zwei, haben Sie gehört? Bei dem Wassermangel füllt er vermutlich einen mit Bourbon.«

»Familie?«

»Zwei oder drei Kinder. Tolle Frau. Halapay besitzt eine Insel in der Karibik und eine Ranch in Oregon und ein paar Privatflugzeuge. Alles, was man mit Geld kaufen kann. Und er ist nicht knauserig. Der Typ ist in Ordnung.«

»Was ist mit den Bildern, die er malt?«

»Scharf! Echt scharf«, sagte Odd. »Ich habe eins in meinem Wohnzimmer hängen. Als ich Halapays Frau im letzten Herbst beim Wohltätigkeitsball fotografiert hatte, gab er mir ein Gemälde. Ein paar Kinder mit lockigen Haaren... Also, ich muß jetzt was essen gehen. Um eins habe ich einen Termin.«

Arch trank sein Glas aus und sagte zu Qwilleran: »Rede mit Halapay und überlege dir, was für Fotos wir machen könnten, und dann versuchen wir, Odd Bunsen dafür zu kriegen. Er ist unser bester Mann. Vielleicht könnte er ein paar Farbfotos machen. Wäre nicht schlecht, die Seite in Farbe zu bringen.«

»Diese rosa Mitteilung macht dich nervös, nicht wahr?« sagte Qwilleran. »Was hat Halapay mit dem *Daily Fluxion* zu tun?«

»Ich nehme noch einen«, sagte Arch. »Willst du noch einen Tomatensaft?«

Qwilleran ließ seine vorherige Frage im Raum stehen, meinte jedoch: »Gib mir nur eine einzige klare Antwort, Arch. Warum bieten sie mir das Kulturressort an? Ausgerechnet mir?«

»Weil das bei Zeitungen so üblich ist. Man engagiert Baseball-Experten als Theaterkritiker und Leute von der Kirchenseite als Nachtklub-Spezialisten. Das weißt du genausogut wie ich.«

Qwilleran nickte und strich traurig über seinen Schnurrbart. Dann sagte er: »Was ist mit diesem Kunstkritiker, der für euch schreibt? Wenn ich den Job annehme, arbeite ich dann mit ihm zusammen?«

»Er schreibt Kritiken«, sagte Arch, »und du wirst richtige

Reportagen machen und Personality-Storys. Ich glaube nicht, daß ihr euch in die Quere kommt.«

»Arbeitet er in unserer Redaktion?«

»Nein, er kommt niemals ins Büro. Er verfaßt seine Kolumne zu Hause, spricht sie auf Band und schickt sie ein- oder zweimal die Woche per Boten her. Wir müssen sie abtippen. Sehr lästig.«

»Weshalb kommt er nicht her? Hat er nichts übrig für Erbsengrün?«

»Frag mich nicht. Das hat er mit der Chefetage so vereinbart. Er hat einen phantastischen Vertrag mit dem *Flux*.«

»Wie ist er?«

»Unnahbar. Eigenwillig. Ist nicht sehr leicht, mit ihm auszukommen.«

»Wie nett. Ist er jung oder alt?«

»Irgendwas dazwischen. Er lebt alleine – mit einer Katze, stell dir das mal vor! Viele Leute glauben, daß die Katze die Kolumne schreibt, und vielleicht haben sie recht.«

»Ist das, was er schreibt, gut?«

»*Er* glaubt es. Und unsere Brötchengeber offenbar auch.« Arch rutschte auf dem Barhocker herum, während er seine nächsten Worte abwog.

»Es gibt ein Gerücht, daß der *Flux* den Typen hoch versichert hat.«

»Was ist an einem Kunstkritiker so wertvoll?«

»Der da hat dieses gewisse Etwas, das die Zeitungen so lieben: Er ist kontrovers! Seine Kolumne bringt Hunderte Leserbriefe pro Woche. Nein, Tausende!«

»Was für Briefe?«

»Zornige. Zuckersüße. Hysterische. Die kunstbeflissenen Leser verabscheuen ihn; die anderen halten ihn für den Größten, und dann fangen sie untereinander zu streiten an. Er schafft es, die ganze Stadt ständig in Aufruhr zu versetzen. Weißt du, was unsere letzte Umfrage erbracht hat? Die Kulturseite hat eine größere Leserschaft als der Sportteil! Und du weißt so gut wie ich, daß das eine unnatürliche Situation ist.«

»Ihr müßt eine Menge Kunst-Freaks in der Stadt haben«, meinte Qwilleran.

»Man braucht sich nichts aus Kunst zu machen, um auf unsere Kunst-Kolumne zu stehen; man muß nur gerne Blut sehen.«

»Aber worüber streiten sie sich denn?«

»Das wirst du schon noch merken.«

»Kontroversen im Sport und in der Politik kann ich verstehen, aber Kunst ist Kunst, oder?«

»Das habe ich auch geglaubt«, sagte Arch. »Als ich die Feuilletonabteilung übernahm, hatte ich die naive Vorstellung, daß Kunst etwas Wertvolles sei – etwas für schöne Menschen mit schönen Gedanken. Mann, diese Idee habe ich mir aber schnell abgeschminkt! Die Kunst ist demokratisch geworden. In dieser Stadt ist Kunst der beliebteste Zeitvertreib seit der Erfindung von Canasta, und jeder kann mitspielen. Die Leute kaufen jetzt Gemälde statt Swimming-pools.«

Qwilleran kaute die Eiswürfel aus seinem Tomatensaft und grübelte über die Geheimnisse des Ressorts nach, das der *Daily Fluxion* ihm da anbot. »Übrigens«, sagte er, »wie heißt der Kritiker?«

»George Bonifield Mountclemens.«

»Sag das noch mal, bitte.«

»George Bonifield Mountclemens – der Dritte!«

»Das ist ja ein dicker Hund! Verwendet er wirklich alle drei Namen?«

»Alle drei Namen, alle sieben Silben, alle siebenundzwanzig Buchstaben – und die Ziffern! Zweimal die Woche versuchen wir, seinen Namen in Standard-Kolumnenbreite unterzubringen. Es ist unmöglich, außer senkrecht. Und er gestattet keine Abkürzungen, Bindestriche oder Verstümmelungen!«

Qwilleran warf Arch einen scharfen Blick zu. »Du magst ihn nicht besonders, was?«

Arch zuckte die Schultern. »Ich habe keine große Wahl. Tatsache ist, daß ich den Typen nie zu Gesicht kriege. Ich sehe nur die Künstler, die in die Redaktion kommen und ihm die Zähne einschlagen wollen.«

»George Bonifield Mountclemens III.!« Qwilleran schüttelte verwundert den Kopf.

»Selbst sein Name versetzt einige unserer Leser in Wut«, sagte Arch. »Sie wollen wissen, für wen er sich eigentlich hält.«

»Rede nur weiter. So langsam wird mir dieser Job sympathisch. Der Chef sagte, es wäre ein nettes, anständiges Ressort, und ich hatte schon Angst, ich würde mit einem Haufen Heiliger zusammenarbeiten.«

»Laß dich nicht von ihm verschaukeln. Alle Künstler in dieser Stadt hassen einander, und alle Kunstliebhaber ergreifen Partei. Und dann werden sie alle grob. Es ist wie Football, nur gemeiner. Unflätige Beschimpfungen, Verleumdungen, Verrat und Betrug...« Arch rutschte von seinem Hocker. »Komm, holen wir uns ein Cornedbeef-Sandwich.«

Das Blut einiger alter Schlachtrosse, das durch Qwillerans Adern floß, machte sich bemerkbar. Sein Schnurrbart lächelte fast. »Okay, ich nehme an«, sagte er. »Ich nehme den Job.«

Kapitel zwei

Es war Qwillerans erster Arbeitstag beim *Daily Fluxion*. Er belegte einen der erbsengrünen Schreibtische in der Feuilletonredaktion und holte sich einen Vorrat an gelben Bleistiften. Auf dem erbsengrünen Telefon entdeckte er eine mit Schablone gemalte offizielle Aufforderung: *Sei nett zu den Leuten!* Er tippte probeweise ›Viele Morde werden nach Mitternacht begangen‹ auf der erbsengrünen Schreibmaschine. Dann rief er den Fuhrpark des *Fluxion* an, um einen Dienstwagen für die Fahrt nach Lost Lake Hills anzufordern.

Der Weg in den eleganten Vorort fünfzehn Meilen außerhalb der Stadt führte Qwilleran durch selbstgefällige Vorstadtbezirke, vorbei an winterbraunen Farmen mit vereinzelten verschneiten Flecken. Er hatte viel Zeit, um über dieses Interview mit Cal Halapay nachzudenken, und er fragte sich, ob die Qwilleran-Methode wohl noch immer funktionierte. Früher war er berühmt gewesen für die brüderliche Art, mit der er seinen Interviewpartnern die Befangenheit nahm. Sie bestand aus zwei Teilen Wohlwollen, zwei Teilen beruflicher Neugier und einem Teil niedrigem Blutdruck, und sie hatte ihm das Vertrauen alter Damen, jugendlicher Delinquenten, hübscher Mädchen, College-Präsidenten und kleiner Gauner eingebracht.

Nichtsdestotrotz hatte er im Hinblick auf den Halapay-Auftrag seine Bedenken. Es war lange her, seit er ein Interview gemacht hatte, und Künstler waren nicht gerade seine Spezialität. Er vermutete, daß sie eine Geheimsprache hatten. Andererseits war Halapay ein Werbemanager, und es war genausogut möglich, daß er ihm die Kopie einer Presseaussendung in die Hand drückte, die von seiner Public-Relations-Abteilung vorbereitet worden war. Qwillerans Schnurrbart schauderte.

Er hatte sich angewöhnt, den ersten Absatz seiner Story im voraus zu entwerfen. Es funktionierte nie, aber er tat es, um sich aufzuwärmen. Jetzt — auf der Straße nach Lost Lake Hills — versuchte er sich an ein paar Formulierungen für die Einleitung der Halapay-Story.

Vielleicht könnte er schreiben: ›Wenn Cal Halapay am Ende des Arbeitstages seine feudalen Büroräume verläßt, vergißt er den mörderischen Konkurrenzkampf in der Werbebranche und entspannt sich mit ...‹ Nein, das war abgedroschen.

Er versuchte es noch einmal. ›Ein Multimillionär der Werbebranche mit einer schönen Frau (86-56-82) und zwei Swimming-pools (einer davon angeblich mit Champagner gefüllt) gesteht, ein Doppelleben zu führen. Indem er rührende Kinderporträts malt, entkommt er ...‹ Nein, das war Sensationsjournalismus.

Qwilleran dachte an seine kurze Zeit bei einem Nachrichtenmagazin und startete den nächsten Versuch in jenem spröden Stil, den dieses Blatt bevorzugte. ›Im maßgeschneiderten italienischen Sporthemd mit englischer Krawatte — so verbringt der gutaussehende, graumelierte, 1,88 m große Herrscher über ein Imperium von Werbeagenturen seine Freizeit ...‹

Qwilleran nahm an, daß ein Mann, der soviel erreicht hatte wie Halapay, so groß, graumeliert und imposant sein mußte. Vermutlich war er auch im Winter braungebrannt.

›Eine blaue englische Seidenkrawatte, die seine karibische Sonnenbräune zur Geltung bringt ...‹

Die Lost Lake Road endete abrupt an einem massiven Eisentor, das in eine Steinmauer eingelassen war, die unbezwingbar und teuer aussah. Qwilleran bremste und sah sich nach einem Pförtner um.

Beinahe im gleichen Augenblick ertönte aus dem Torpfosten eine freundliche Lautsprecherstimme: »Drehen Sie sich bitte zu dem Pfeiler links von Ihnen und nennen Sie laut und deutlich Ihren Namen.«

Er kurbelte das Wagenfenster herunter und sagte »Qwilleran vom *Daily Fluxion*.«

»Danke«, murmelte der Torpfosten.

Das Tor öffnete sich, und der Reporter fuhr auf das Anwesen. Er folgte einer Straße, die sich durch hohe Kiefernwälder schlängelte und in einem winterlichen Garten endete, in dem sich ein Gartenarchitekt ausgetobt hatte − es wimmelte nur so von Kieselsteinen, Felsblöcken, immergrünen Pflanzen und gewölbten Brücken, die über kleine, gefrorene Teiche führten. In dieser frostigen, aber pittoresken Landschaft stand ein chaotisch angelegtes Haus. Es war ein moderner Bau mit sanft geschwungenem Dach und undurchsichtigen Glaswänden, die wie Reispapier aussahen. Qwilleran revidierte seinen Einleitungssatz mit dem italienischen Sporthemd. Halapay lief vermutlich in einem Seidenkimono in seiner Millionen-Dollar-Pagode herum.

An der Eingangstür, die anscheinend aus Elfenbein geschnitzt war, entdeckte Qwilleran etwas, das aussah wie eine Klingel. Er streckte die Hand danach aus, doch bevor sein Finger den Knopf berührte, leuchtete der Ring um die Klingel blaugrün auf, und drinnen erklang ein Glockenspiel. Gleich darauf hörte man einen Hund bellen, vielleicht waren es auch zwei oder drei. Ein scharfer Befehl, das Bellen verstummte gehorsam, und die Tür wurde schwungvoll aufgerissen.

»Guten Morgen. Ich bin Qwilleran vom *Daily Fluxion*«, sagte der Reporter zu einem Jungen mit lockigem Haar und rosigem Gesicht in Sweatshirt und Arbeitshose. Bevor er hinzufügen konnte: »Ist dein Vater zu Hause?« sagte der junge Mann liebenswürdig: »Kommen Sie herein, Sir. Hier ist Ihr Paß.« Er drückte ihm einen verschwommenen Schnappschuß in die Hand, auf dem ein Gesicht mit einem riesigen Schnurrbart zu sehen war, das besorgt aus einem Autofenster blickte.

»Das bin ja ich!« rief Qwilleran erstaunt.

»Am Tor aufgenommen, bevor Sie hereinfuhren«, sagte der

junge Mann offensichtlich erfreut. »Ganz schön unheimlich, nicht wahr? Kommen Sie, ich hänge Ihren Mantel auf. Ich hoffe, Sie haben keine Angst vor den Hunden. Sie sind recht freundlich. Sie lieben Besucher. Das da ist die Mutter. Sie ist vier Jahre alt. Die Jungen sind aus ihrem letzten Wurf. Mögen Sie Irische Terrier?«

Qwilleran sagte: »Ich . . .«

»Zur Zeit wollen alle Leute Yorkshire-Terrier haben, aber ich mag die irischen. Sie haben ein schönes Fell, nicht wahr? Hatten Sie Schwierigkeiten, das Haus zu finden? Wir haben auch eine Katze, aber sie ist trächtig, und sie schläft die ganze Zeit. Ich glaube, es wird Schnee geben. Ich hoffe es. Dieses Jahr war bisher miserabel zum Skifahren . . .«

Qwilleran, der stolz darauf war, daß er bei seinen Interviews ohne Notizen auskam, machte im Geist eine Inventur des Hauses: Foyer aus weißem Marmor mit Fischteich und einem tropischen Baum, der an die viereinhalb Meter hoch sein mochte. Deckenbeleuchtung zwei Stockwerke höher. Versenkte Wohnlandschaft, mit einem Fell bespannt, das aussah wie weißer Waschbär. Offener Kamin in glänzender schwarzer Wand. Vermutlich Onyx. Außerdem bemerkte er, daß der Junge ein Loch im Ärmel hatte und in dicken Socken herumlief.

»Möchten Sie im Wohnzimmer Platz nehmen, Mr. Qwilleran? Oder wollen Sie gleich ins Studio gehen? Im Studio ist es gemütlicher, wenn Ihnen der Geruch nichts ausmacht. Es gibt Leute, die sind gegen Terpentin allergisch. Allergien sind etwas Komisches. Ich bin allergisch gegen Krustentiere. Das macht mich rasend, denn ich bin ganz verrückt auf Hummer.«

Qwilleran wartete noch immer auf eine Gelegenheit, zu fragen: ›Ist dein Vater zu Hause?‹, als der junge Mann sagte: »Meine Sekretärin sagt, Sie wollen einen Artikel über meine Bilder schreiben. Gehen wir in mein Studio. Wollen Sie Fragen stellen, oder soll ich einfach reden?«

Qwilleran schluckte und sagte: »Ehrlich gesagt habe ich erwartet, daß Sie viel älter . . .«

»Ich bin ein Wunderkind«, sagte Halapay, ohne zu lächeln.

»Ich habe meine erste Million gemacht, bevor ich einundzwanzig war. Jetzt bin ich neunundzwanzig. Wie es scheint, habe ich ein geniales Talent, Geld zu machen. Glauben Sie, daß es so etwas wie ein Genie gibt? Es ist unheimlich, ehrlich. Hier ist ein Bild von meiner Hochzeit. Meine Frau sieht sehr orientalisch aus, nicht wahr? Sie ist heute vormittag nicht hier, weil sie Kunstunterricht nimmt, aber Sie werden sie nach dem Mittagessen kennenlernen. Wir haben das Haus so entworfen, daß es zu ihrem Aussehen paßt. Möchten Sie Kaffee? Ich rufe den Hausburschen, wenn Sie Kaffee wollen. Seien wir ehrlich, ich sehe jungenhaft aus, und so wird es auch bleiben. Im Studio ist auch eine Bar, wenn Sie lieber etwas Härteres wollen.«

Im Studio roch es nach Farben; es herrschte ziemliche Unordnung. Eine gläserne Wand ging auf einen weißen, zugefrorenen See hinaus. Halapay betätigte einen Schalter, und von der Decke entfaltete sich ein hauchdünnes Material, welches das grelle Licht ausblendete. Er drückte auf einen weiteren Knopf, worauf Türen auseinanderglitten und mehr alkoholische Getränke enthüllten, als die Bar des Presseclubs vorrätig hatte.

Qwilleran sagte, er hätte lieber Kaffee, also drückte Halapay auf einen Knopf und gab seine Bestellung durch ein Messinggitter an der Wand weiter. Außerdem reichte er Qwilleran eine seltsam geformte Flasche von der Bar.

»Das ist ein Likör, den ich aus Südamerika mitgebracht habe«, sagte er. »Hier bekommt man ihn nicht. Nehmen Sie ihn mit nach Hause. Wie gefällt Ihnen der Ausblick von diesem Fenster? Sensationell, nicht wahr? Das ist ein künstlich angelegter See. Die Landschaftsgestaltung allein hat mich eine halbe Million gekostet. Wollen Sie einen Doughnut zu Ihrem Kaffee? Das da an der Wand sind meine Bilder. Gefallen sie Ihnen?«

Die Studiowände waren von gerahmten Bildern bedeckt – Porträts von kleinen Jungen und Mädchen mit lockigem Haar und roten Apfelbäckchen. Wohin Qwilleran auch sah, überall rote Äpfelchen.

»Suchen Sie sich ein Bild aus«, sagte Halapay, »und nehmen Sie es mit – mit den besten Empfehlungen des Künstlers. Die großen sind fünfhundert Dollar wert. Nehmen Sie ein großes. Haben Sie Kinder? Wir haben zwei Mädchen. Das ist ihr Bild dort auf der Stereoanlage. Cindy ist acht, und Susan ist sechs.«

Qwilleran betrachtete das Foto von Halapays Töchtern. Wie ihre Mutter hatten sie Mandelaugen und klassisch glattes Haar. Er sagte: »Wieso malen Sie nur Kinder mit lockigem Haar und rosigen Wangen?«

»Sie sollten am Samstagabend zum Valentins-Ball gehen. Wir haben eine tolle Jazzband. Wissen Sie von dem Ball? Der Kunstclub veranstaltet alljährlich einen Ball zum Valentinstag. Wir gehen alle in Kostümen, die berühmte Liebespaare darstellen. Wollen Sie kommen? Sie brauchen sich nicht zu verkleiden, wenn Ihnen das keinen Spaß macht. Der Eintrittspreis ist zwanzig Dollar für jedes Paar. Hier, da sind zwei Karten für Sie.«

»Um auf Ihre Bilder zurückzukommen«, sagte Qwilleran, »es interessiert mich, warum Sie sich auf Kinder spezialisiert haben. Warum nicht Landschaften?«

»Ich finde, Sie sollten in Ihrer Kolumne über den Ball berichten«, sagte Halapay. »Es ist das größte Ereignis des Jahres im Club. Ich habe den Vorsitz, und meine Frau ist sehr fotogen. Mögen Sie Kunst? Jeder, der mit Kunst zu tun hat, wird dort sein.«

»Einschließlich George Bonifield Mountclemens III., nehme ich an«, sagte Qwilleran in einem Ton, der scherzhaft sein sollte.

Ohne die geringste Veränderung in seinem ausdruckslosen Tonfall sagte Halapay: »Dieser Schwindler! Sollte dieser Schwindler auch nur einen Fuß in den Vorraum des Clubs setzen, würde man ihn hinauswerfen. Ich hoffe, er ist kein guter Freund von Ihnen. Ich habe nichts übrig für diesen Typen. Er hat keine Ahnung von Kunst, aber er gebärdet sich als Autorität, und Ihre Zeitung läßt zu, daß er etablierte Künstler ans Kreuz schlägt. Sie lassen ihn die gesamte künstlerische Atmosphäre in der Stadt vergiften. Sie sollten das einzig Richtige tun und sich von ihm trennen.«

»Ich bin neu auf diesem Gebiet«, sagte Qwilleran, als Halapay Atem holte, »und ich bin kein Experte...«

»Nur als Beweis, was für ein Schwindler Ihr Kritiker ist: Er baut Zoe Lambreth als große Künstlerin auf. Haben Sie ihre Sachen schon gesehen? Sie sind ein Witz. Sehen Sie sich ihre Bilder in der Lambreth Gallery an, und Sie werden sehen, was ich meine. Keine angesehene Galerie würde ihre Arbeiten ausstellen, also mußte sie einen Kunsthändler heiraten. Es gibt wohl immer Mittel und Wege. Und ihr Ehemann, der ist nicht mehr als ein Buchhalter, der ins Kunstgeschäft eingestiegen ist, und damit meine ich sehr dubiose Geschäfte. Da kommt Tom mit dem Kaffee.«

Ein Hausbursche in einer verschmutzten Drillichhose und mit nur halb zugeknöpftem Hemd kam mit einem Tablett herein, das er ungeschickt auf den Tisch knallte. Er warf Qwilleran einen unfreundlichen Blick zu.

Halapay sagte: »Ich überlege, ob wir ein Sandwich dazu essen sollen. Es ist fast Mittag. Was wollen Sie über meine Arbeit wissen? Los, stellen Sie ein paar Fragen. Wollen Sie sich keine Notizen machen?«

»Ich würde gerne wissen«, sagte Qwilleran, »warum Sie sich darauf spezialisiert haben, Kinder zu malen.«

Der Künstler verfiel in nachdenkliches Schweigen, das erste Mal seit Qwillerans Ankunft. Dann sagte er: »Zoe Lambreth scheint einen guten Draht zu Mountclemens zu haben. Es wäre sicher interessant zu erfahren, wie sie es schafft. Ich hätte ja ein paar Theorien – aber die sind nicht druckreif. Warum gehen Sie der Sache nicht nach? Vielleicht kriegen Sie dabei ein saftiges Exposé, und Mountclemens wird gefeuert. Dann könnten Sie die Kunstkritiken schreiben.«

»Ich will gar nicht...« setzte Qwilleran an.

»Wenn Ihre Zeitung mit diesem Mist nicht Schluß macht – und zwar bald –, wird sie die Folgen zu spüren bekommen. Ich hätte nichts gegen einen Hot Dog zu diesem Kaffee. Wollen Sie einen Hot Dog?«

Um halb sechs Uhr abends flüchtete sich Qwilleran in das warme, lackglänzende Refugium des Presseclubs, wo er sich mit Arch Riker verabredet hatte. Arch wollte auf dem Heimweg noch schnell ein Glas trinken. Qwilleran wollte eine Erklärung.

Kurz angebunden sagte er zu Bruno: »Tomatensaft mit Eis. Keine Limone, keine Worcester-Sauce, kein Tabasco.« Zu Arch sagte er: »Danke, Kumpel. Danke für die Begrüßungsparty.«

»Was meinst du?«

»War das ein Einweihungsscherz?«

»Ich weiß nicht, wovon du sprichst.«

»Ich spreche von dem Auftrag, Cal Halapay zu interviewen. War das ein Aprilscherz? Das kann doch nicht dein Ernst gewesen sein. Der Typ ist übergeschnappt.«

Arch sagte: »Nun ja, du weißt doch, wie Künstler sind. Individualisten. Was ist passiert?«

»Nichts ist passiert. Nichts, was ich in irgendeiner Form in einem Artikel verwenden könnte – und es hat sechs Stunden gedauert, bis ich das herausfand. Halapay wohnt in so einem verwinkelten Haus, ungefähr so groß wie ein mittleres Internat, nur daß es irgendwie japanisch ist. Und es ist komplett verkabelt und mit allen möglichen Geräten ausgestattet. Innen ist es total irre. Eine Wand besteht aus Glasstäben, die wie Eiszapfen herunterhängen. Wenn man vorbeigeht, bewegen sie sich und hören sich an wie ein Xylophon, das gestimmt werden muß.«

»Nun, warum nicht? Er muß seine Kohle ja für irgend etwas ausgeben.«

»Ja, aber warte mal, bis ich fertig erzählt habe. Da sind also diese ganzen teuren Kulissen, und dann kommt Cal Halapay auf Socken daher und trägt ein Sweatshirt mit einem großen Loch am Ellbogen. Und sieht aus wie fünfzehn.«

»Ja, ich habe gehört, daß er sehr jung aussieht – für einen Millionär«, sagte Arch.

»Und dann noch was. Er gibt ununterbrochen mit seinem Geld an und versucht, einem Geschenke aufzuzwingen. Ich mußte Zigarren, Likör, ein Bild im Wert von fünfhundert Dollar, einen tiefgefrorenen Truthahn von seiner Ranch in Oregon und einen Irischen Terrierwelpen ausschlagen. Nach dem Mittagessen tauchte seine Frau auf, und ich hatte schon Angst, seine Großzügigkeit würde die Grenzen des Anstands überschreiten. Übrigens, Mrs. Halapay ist eine Wucht.«

»Mich frißt der Neid. Was gab es zum Mittagessen? Straußenzünglein?«

»Hot Dogs. Serviert von einem Hausburschen mit dem Charme eines Gorillas.«

»Du hast ein Gratisessen bekommen. Worüber regst du dich auf?«

»Über Halapay. Er antwortet einfach nicht auf Fragen.«

»Er weigert sich?« fragte Arch überrascht.

»Er ignoriert sie. Man kann ihn nicht festnageln. Er kommt vom progressiven Jazz zu den primitiven Masken, die er in Peru gekauft hat, und von da zu trächtigen Katzen. Mit dem Torpfosten könnte ich mich besser unterhalten als mit dem Wunderknaben.«

»Hast du überhaupt irgendwas bekommen?«

»Ich habe natürlich seine Bilder gesehen, und ich habe von einem Fest erfahren, das der Kunstclub am Samstagabend veranstaltet. Ich glaube, ich gehe vielleicht hin.«

»Was hältst du von seinen Bildern?«

»Sie sind ein bißchen eintönig. Nichts als rote Bäckchen! Aber ich habe eine Entdeckung gemacht. In all den Bildern von Kindern malt Cal Halapay sich selbst. Ich glaube, er ist fasziniert von seinem eigenen Aussehen. Lockiges Haar. Rosige Haut.«

Arch sagte: »Du hast recht, das ist wohl nicht die Geschichte, die der Chef will. Es hört sich an wie *Tausendundeine Nacht*.«

»Müssen wir denn eine Geschichte schreiben?«

»Du hast die Farbe der Mitteilung gesehen. Rosa.«

Qwilleran knetete seinen Schnurrbart. Nach einer Weile sagte er: »Das einzige Mal, daß ich eine direkte Antwort auf eine Frage bekam, war, als ich George Bonifield Mountclemens erwähnte.«

Arch stellte sein Glas auf den Tisch. »Was hat Halapay gesagt?«

»Er ist explodiert — ohne die Kontrolle zu verlieren, natürlich. Kurz gesagt, er findet, Mountclemens ist nicht qualifiziert, Kunst zu beurteilen.«

»Das kann ich mir vorstellen. Halapay hatte vor etwa einem Jahr eine Ausstellung, und unser Kritiker hat ihn komplett auseinandergenommen. Die Leser waren begeistert. Es tat ihren schwarzen Seelen gut zu hören, daß ein erfolgreicher Geschäftsmann bei etwas versagt. Aber es war ein harter Schlag für Halapay. Er entdeckte, daß Geld alles kaufen kann, außer einer guten Kunstkritik.«

»Mir bricht gleich das Herz. Was ist mit der anderen Zeitung? Haben die seine Arbeiten auch kritisiert?«

»Sie haben keinen Kritiker. Nur eine nette alte Reporterin, die über die Vernissagen berichtet und über alles ins Schwärmen gerät. Die gehen auf Nummer Sicher.«

Qwilleran sagte: »Also ist Halapay ein schlechter Verlierer!«

»Ja, und du weißt noch gar nicht, wie schlecht«, sagte Arch und rückte seinen Barhocker näher zu Qwilleran. »Seit dieser Geschichte versucht er, den *Flux* zu ruinieren. Er hat eine Menge Anzeigen abgezogen und der anderen Zeitung gegeben. Das tut weh! Besonders, weil er fast die gesamte Lebensmittel- und Modewerbung in der Stadt kontrolliert. Er hat sogar versucht, andere Werbeleute gegen den *Flux* aufzuhetzen. Es ist ihm ernst.«

Qwilleran verzog ungläubig das Gesicht. »Und ich soll wohl einen Artikel schreiben, in dem diesem Stinktier Honig ums Maul geschmiert wird, damit die Anzeigenabteilung wieder Aufträge bekommt!«

»Ganz offen gesagt, es wäre eine Hilfe. Es würde die Wogen etwas glätten.«

»Das gefällt mir nicht.«

»Komm mir nicht mit solchen Ansprüchen«, bat Arch. »Schreib einfach eine zu Herzen gehende kleine Geschichte über einen interessanten Typen, der zu Hause in alten Klamotten und ohne Schuhe herumläuft, Katzen und Hunde hält und Wiener Würstchen zu Mittag ißt. Das kannst du doch.«

»Es gefällt mir nicht.«

»Ich bitte dich ja nicht zu lügen. Triff einfach eine Auswahl. Laß das mit den gläsernen Eiszapfen weg und den See, der eine halbe Million Dollar gekostet hat, und die Reisen nach Südamerika, und verleg dich auf die Truthahnfarm und seine reizende Frau und die großartigen Kinder.«

Qwilleran ließ es sich durch den Kopf gehen. »Ich nehme an, das nennt man angewandten Journalismus.«

»Es hilft, die Rechnungen zu zahlen.«

»Es gefällt mir nicht«, sagte Qwilleran, »aber wenn eure Lage so schlecht ist, werde ich sehen, was ich tun kann.« Er hob sein Glas mit dem Tomatensaft. »Halapay oder Pleitegeier!«

»Keine ätzenden Bemerkungen. Ich habe einen harten Tag hinter mir.«

»Ich würde gerne ein paar von Mountclemens Kritiken lesen. Sind sie leicht zugänglich?«

»Im Archiv abgelegt«, sagte Arch.

»Ich möchte sehen, was er über eine Künstlerin namens Zoe Lambreth geschrieben hat. Halapay hat eine zweideutige Bemerkung über eine Beziehung zwischen Mrs. Lambreth und Mountclemens gemacht. Weißt du etwas darüber?«

»Ich bearbeite nur seine Beiträge. Ich schaue nicht durch sein Schlüsselloch«, sagte Arch und gab Qwilleran einen Gute-Nacht-Klaps auf die Schulter.

Kapitel drei

Im neueren und dunkleren von seinen beiden Anzügen ging Qwilleran allein auf den Valentins-Ball im Kunstclub, der – wie er herausfand – Turp and Chisel hieß. Der Club war vor vierzig Jahren im Hinterzimmer einer Flüsterkneipe entstanden. Jetzt befand er sich im obersten Stockwerk des besten Hotels und erfreute sich zahlreicher Mitglieder aus den besten Kreisen. Und die mittellosen Bohemiens, die den Verein gegründet hatten, waren jetzt alt, gesetzt und steinreich.

Nach seiner Ankunft konnte Qwilleran unerkannt in den Räumlichkeiten des Turp and Chisel umherspazieren. Er entdeckte einen prächtigen Gesellschaftsraum, einen Speisesaal und eine sehr stark frequentierte Bar. Das Spielzimmer, das mit dem Holz einer alten Scheune getäfelt war, hatte von Darts bis zu Domino alles zu bieten. Im Ballsaal waren die Tische mit roten und weißen Tüchern gedeckt, und ein Orchester spielte gängige Melodien.

Er fragte nach dem Tisch der Halapays und wurde von Sandra Halapay begrüßt, die einen weißen Kimono aus steifer, bestickter Seide trug. Übertriebenes Make-up ließ ihre Augen noch exotischer wirken.

»Ich habe schon befürchtet, Sie würden nicht kommen«, sagte sie und behielt seine Hand noch lange nachdem der Händedruck vorüber war in der ihren und entzückte ihn mit einem perlenden Lachen.

»Dieser Einladung konnte ich nicht widerstehen, Mrs. Halapay«, sagte Qwilleran. Dann beugte er sich zu seiner eigenen

Überraschung über ihre Hand und strich mit seinem Schnurrbart darüber.

»Bitte, nennen Sie mich doch Sandy«, sagte sie. »Sind Sie alleine gekommen? Auf den Ball der Liebenden?«

»Ja. Ich stelle den Narziß dar.«

Sandy trillerte vor lauter Fröhlichkeit. »Ihr Zeitungsleute seid so gescheit!«

Sie war gefühlvoll, groß und wirklich reizend, fand Qwilleran, und heute abend war sie bezaubernd gelöst, wie das oft bei Ehefrauen der Fall ist, wenn ihre Männer nicht da sind.

»Cal ist Vorsitzender des Ballkomitees«, sagte sie, »und er flitzt ständig herum, also können Sie mein Partner sein.«

Ihre Augen waren nicht nur exotisch, sondern geradezu aufreizend.

Dann schlug Sandy einen formellen Ton an, der ein wenig hohl klang, und stellte ihn den anderen Leuten an ihrem Tisch vor. Sie waren Mitglieder in Cals Komitee, wie sie betonte. Ein Mr. und eine Mrs. Riggs oder Biggs waren in historischen französischen Kostümen erschienen. Ein kleines, rundliches Paar namens Buchwalter, das sich zu langweilen schien, war als Bauern verkleidet. Auch Mae Sisler, die Kulturreporterin der anderen Zeitung, war da.

Qwilleran grüßte sie mit einer kollegialen Verbeugung und schätzte dabei, daß sie zehn Jahre über dem Pensionsalter war.

Mae Sisler reichte ihm ihre knochige Hand und sagte mit dünner Stimme: »Ihr Mr. Mountclemens ist ein sehr böser Junge, aber Sie sehen mir nach einem netten jungen Mann aus.«

»Vielen Dank«, sagte Qwilleran. »Mich hat seit zwanzig Jahren niemand mehr einen jungen Mann genannt.«

»Ihr neuer Job wird Ihnen gefallen«, prophezeite sie. »Sie werden reizende Menschen kennenlernen.«

Sandy beugte sich nahe zu Qwilleran und sagte: »Sie sehen so romantisch aus mit diesem Schnurrbart. Ich wollte immer, daß Cal sich einen wachsen läßt, damit er wenigstens halbwegs erwachsen aussieht, aber er wollte nicht. Er sieht aus wie ein kleines Kind. Finden Sie nicht?« Sie lachte wohlklingend.

Qwilleran meinte: »Es stimmt, er wirkt sehr jung.«

»Ich glaube, er ist irgendwie zurückgeblieben. In ein paar Jahren werden die Leute glauben, er ist mein Sohn. Wird das nicht irre sein?« Sandy warf Qwilleran einen schmachtenden Blick zu. »Wollen Sie mich zum Tanzen auffordern? Cal ist ein fürchterlicher Tänzer. Er hält sich für ganz toll, aber in Wirklichkeit hat er zwei linke Füße.«

»Können Sie in diesem Kostüm tanzen?«

Sandys steifer weißer Kimono wurde in der Mitte von einem breiten schwarzen Obi zusammengehalten. Über ihr glattes dunkles Haar war ebenfalls weiße Seide drapiert.

»Aber klar.« Als sie zur Tanzfläche gingen, drückte sie Qwillerans Arm. »Wissen Sie, was mein Kostüm darstellt?«

Qwilleran verneinte.

»Cal trägt einen schwarzen Kimono. Wir sind die ›Jungen Liebenden in einer verschneiten Landschaft‹.«

»Wer ist das?«

»Ach, das wissen Sie doch. Der berühmte Druck – von Harunobu.«

»Tut mir leid. Was Kunst angeht, bin ich eine absolute Null.« Qwilleran hatte das Gefühl, dieses Geständnis unbesorgt machen zu können, wo er doch in diesem Augenblick mit Sandy ganz hervorragend Foxtrott tanzte, den er mit ein paar eigenen Schnörklern bereicherte.

»Sie sind ein lustiger Tänzer«, sagte sie. »Man muß wirklich Sinn für Koordination haben, um Foxtrott zu einem Cha-Cha-Cha zu tanzen. Aber wir müssen etwas für Ihre Kunstkenntnisse tun. Soll ich Ihnen Stunden geben?«

»Ich weiß nicht, ob ich Sie mir leisten kann – bei meinem Gehalt«, sagte er, und Sandys Lachen übertönte noch das Orchester. »Was ist mit der kleinen Dame von der anderen Zeitung? Ist sie eine Kunstexpertin?«

»Ihr Mann war im Ersten Weltkrieg Fälscher beim Nachrichtendienst«, sagte sie. »Ich nehme an, da ist sie wohl Expertin.«

»Und wer sind die anderen Leute an Ihrem Tisch?«

»Riggs ist Bildhauer. Er macht langgezogene, ausgemergelte

Sachen, die in der Lambreth Gallery ausgestellt sind. Sie sehen aus wie Heuschrecken. Riggs selber eigentlich auch, wenn man es sich genau überlegt. Das andere Paar, die Buchwalters, sollen Picassos berühmtes Liebespaar darstellen. Man merkt gar nicht, daß sie kostümiert sind. Sie ziehen sich immer an wie Bauern.« Sandy rümpfte ihre hübsche Stupsnase. »*Sie* kann ich nicht ausstehen. Sie hält sich für ach so intellektuell. Ihr Mann unterrichtet Kunst an der Penniman School, und er hat eine Ausstellung in der Westside Gallery. Er ist bescheuert, aber er malt reizende Aquarelle.« Dann runzelte sie die Stirn. »Ich hoffe, Zeitungsleute sind keine Intellektuellen. Als Cal zu mir sagte, ich solle — ach was, ist egal. Ich rede zuviel. Tanzen wir einfach.«

Gleich darauf verlor Qwilleran seine Partnerin an einen mürrischen jungen Mann in einem zerrissenen T-Shirt und mit einem Benehmen wie ein Rowdy. Das Gesicht kam ihm bekannt vor.

Als sie später wieder am Tisch saßen, sagte Sandy: »Das war Tom, unser Hausbursche. Er soll Stanley Wie-heißt-er-doch-gleich aus diesem Stück von Tennessee Williams darstellen, und seine Freundin ist hier irgendwo, in einem rosa Negligé. Tom ist ein Lümmel, aber Cal glaubt, daß er Talent hat, und deshalb schickt er den Jungen auf die Kunstschule. Cal macht viele wunderbare Sachen. Sie werden einen Artikel über ihn schreiben, nicht wahr?«

»Wenn ich genug Material bekomme«, sagte Qwilleran.

»Er ist schwer zu interviewen. Vielleicht könnten Sie mir helfen.«

»Aber gerne. Haben Sie gewußt, daß Cal Vorsitzender des staatlichen Kunstkomitees ist? Ich glaube, er will der erste professionelle Künstler werden, der ins Weiße Haus einzieht. Und er schafft es vielleicht auch. Er läßt sich von *nichts* aufhalten.« Sie verstummte und wurde nachdenklich. »Sie sollten einen Artikel über den alten Mann am Nachbartisch schreiben.«

»Wer ist das?«

»Sie nennen ihn Onkel Waldo. Er ist ein pensionierter Fleischhauer, der Tiere malt. Er hat nie einen Pinsel in der Hand gehabt, bis er neunundsechzig war.«

»Das kommt mir irgendwie bekannt vor.«

»Ja, natürlich will jeder Pensionist eine zweite Grandma Moses sein, aber Onkel Waldo hat wirklich Talent — selbst, wenn Georgie anderer Meinung ist.«

»Wer ist Georgie?«

»Sie kennen Georgie — Ihren unschätzbaren Kunstkritiker.«

»Ich habe den Mann bis jetzt noch nicht kennengelernt. Wie ist er?«

»Ein richtiges Ekel, das ist er. In seiner Rezension über Onkel Waldos Ausstellung war er richtig grausam.«

»Was hat er geschrieben?«

»Er schrieb, daß Onkel Waldo lieber wieder in den Fleischmarkt zurückgehen und die Kühe und Häschen den Kindern überlassen sollte, die sie mit mehr Phantasie und Ehrlichkeit zeichnen. Er schrieb, Onkel Waldo habe auf der Leinwand mehr Tiere hingemetzelt als je zuvor als Fleischhauer. Alle waren wütend! Viele Leute schrieben an den Herausgeber, doch der arme alte Mann nahm es sehr schwer und hörte auf zu malen. Es war ein Verbrechen! Er hat wirklich bezaubernde primitive Bilder gemalt. Ich habe gehört, sein Enkel, ein Lastwagenfahrer, soll in die Zeitungsredaktion gegangen sein und gedroht haben, George Bonifield Mountclemens zusammenzuschlagen, und ich kann es ihm nicht verdenken. Ihr Kritiker ist total verantwortungslos.«

»Hat er jemals etwas über die Arbeit Ihres Mannes geschrieben?« fragte Qwilleran mit seiner besten Unschuldsmiene.

Sandy schauderte. »Er hat ein paar bösartige Sachen über Cal geschrieben — nur weil Cal ein kommerzieller Künstler und erfolgreich ist. Für Mountclemens gehören kommerzielle Künstler in dieselbe Kategorie wie Häusermaler und Tapezierer. In Wirklichkeit kann Cal besser zeichnen als all diese aufgeblasenen Farbkleckser, die sich ›Abstrakte Expressionisten‹ nennen. Nicht einer von ihnen könnte auch nur ein Wasserglas zeichnen!«

Sandy sah finster drein und schwieg. Qwilleran sagte: »Sie sind hübscher, wenn Sie lächeln.«

Sie tat ihm den Gefallen, indem sie in Lachen ausbrach. »Sehen Sie mal! Ist das nicht zum Schießen? Cal tanzt mit Marcus Antonius!«

Sie zeigte auf die Tanzfläche, und Qwilleran sah, daß Cal Halapay in einem schwarzen japanischen Kimono mit einem kräftigen römischen Soldaten einen langsamen Foxtrott tanzte. Das Gesicht unter Antonius Helm war kühn, aber weich.

»Das ist Butchy Bolton«, sagte Sandy. »Sie unterrichtet Bildhauerei an der Kunstschule — Metallschweißen und dergleichen. Sie und ihre Zimmerkollegin sind als Antonius und Kleopatra gekommen. Ist das nicht irre? Butchy hat ihre Rüstung selbst zusammengeschweißt. Sieht nach ein paar LKW-Kotflügeln aus.«

Qwilleran sagte: »Die Zeitung hätte einen Fotografen schicken sollen. Wir sollten Aufnahmen von all dem hier machen.«

Sandy veranstaltete ein paar akrobatische Kunststücke mit ihren Augenbrauen und sagte: »Zoe Lambreth sollte sich um die Publicity für den Ball kümmern, aber sie ist wohl nur gut, wenn es um ihre eigene Publicity geht.«

»Ich werde in der Fotoredaktion anrufen«, sagte Qwilleran, »und fragen, ob sie jemanden herüberschicken können.«

Eine halbe Stunde später traf Odd Bunsen ein, der die Schicht von eins bis elf hatte — eine 35-mm-Spiegelreflexkamera um den Hals und die übliche Zigarre zwischen den Zähnen.

Qwilleran erwartete ihn im Foyer und sagte: »Sehen Sie zu, daß Sie ein gutes Bild von Cal und Sandra Halapay schießen können.«

Odd sagte: »Nichts leichter als das. Die sind ganz scharf darauf, sich in der Zeitung zu sehen.«

»Versuchen Sie, die Leute paarweise zu bekommen. Sie sind als berühmte Liebespaare verkleidet — Othello und Desdemona, Lolita und Humbert Humbert, Adam und Eva...«

»Ir-r-r-re!« sagte Odd Bunsen und begann seine Kamera einzustellen. »Wie lange müssen Sie noch hierbleiben, Jim?«

»Nur noch bis ich erfahre, wer die Kostümpreise gewinnt, und der Redaktion telefonisch etwas durchgeben kann.«

»Treffen wir uns doch im Presseclub auf einen Gute-Nacht-Schluck. Wenn ich diese Fotos fertig habe, kann ich Schluß machen.«

Wieder am Tisch der Halapays, wurde Qwilleran von Sandy einer eindrucksvollen Frau in einem perlenbestickten Abendkleid vorgestellt. »Mrs. Duxbury«, erklärte Sandy, »ist die wichtigste Sammlerin in der Stadt. Sie sollten einen Artikel über ihre Sammlung schreiben. Englische Maler aus dem achtzehnten Jahrhundert – Gainsborough und Reynolds, Sie wissen schon.«

Mrs. Duxbury sagte: »Ich bin gar nicht erpicht darauf, daß etwas über meine Sammlung veröffentlicht wird, Mr. Qwilleran, außer, wenn es Ihnen persönlich bei Ihrer neuen Position hilft. Offen gesagt, ich bin überglücklich, Sie hier bei uns begrüßen zu dürfen.«

Qwilleran verneigte sich. »Vielen Dank. Es ist ein völlig neues Gebiet für mich.«

»Ich hoffe doch, Ihre Anwesenheit hier bedeutet, daß der *Daily Flux* zur Vernunft gekommen ist und sich von Mountclemens getrennt hat.«

»Nein«, sagte Qwilleran, »wir erweitern nur unsere Berichterstattung. Mountclemens wird auch weiterhin Rezensionen schreiben.«

»Wie schade. Wir haben alle so gehofft, daß die Zeitung diesen schrecklichen Menschen entläßt.«

Eine Trompetenfanfare von der Bühne kündigte die Preisverleihung für die besten Kostüme an. Sandy sagte zu Qwilleran: »Ich muß Cal holen, er sitzt in der Jury und nimmt am großen Umzug teil. Wollen Sie wirklich nicht länger bleiben?«

»Es tut mir leid, aber ich muß meinen Beitrag abliefern. Und vergessen Sie bitte nicht, daß Sie mir bei dem Artikel über Ihren Mann helfen wollen.«

»Ich werde Sie anrufen und mich selbst zum Mittagessen einladen«, sagte Sandy und umarmte den Reporter herzlich. »Das wird lustig werden.«

Qwilleran zog sich ans hintere Ende des Saales zurück und notierte die Namen der Gewinner, die verkündet wurden. Er war auf der Suche nach einem Telefon, als eine weibliche Stimme – sanft und tief – sagte: »Sind Sie nicht der neue Mann vom *Daily Fluxion*?«

Sein Schnurrbart bebte. Weibliche Stimmen hatten manchmal diese Wirkung auf ihn, und diese Stimme war wie eine zärtliche Berührung.

»Ich bin Zoe Lambreth«, sagte sie, »und ich fürchte, ich habe bei meiner Aufgabe jämmerlich versagt. Ich hätte die Zeitungen über diesen Ball informieren sollen, und es ist mir vollkommen entfallen. Ich bereite mich auf eine Ausstellung vor und arbeite gerade furchtbar hart – wenn Sie eine lahme Ausrede akzeptieren wollen. Ich hoffe, man vernachlässigt Sie nicht. Bekommen Sie alle Informationen, die Sie brauchen?«

»Ich glaube schon. Mrs. Halapay hat sich um mich gekümmert.«

»Ja, das habe ich bemerkt«, antwortete Zoe, wobei sie ihre wohlgeformten Lippen ein klein wenig zusammenkniff.

»Mrs. Halapay hat mir sehr geholfen.«

Zoes Augenbrauen zuckten. »Da bin ich sicher.«

»Sie sind nicht kostümiert, Mrs. Lambreth.«

»Nein. Mein Mann hatte keine Lust, heute herzukommen, und ich habe nur auf ein paar Minuten vorbeigeschaut. Sie sollten einmal in die Lambreth Gallery kommen und meinen Mann kennenlernen. Wir beide werden Ihnen gerne auf jede erdenkliche Art behilflich sein.«

»Ich werde Hilfe gebrauchen. Das ist völliges Neuland für mich«, sagte Qwilleran und fügte dann ganz beiläufig hinzu: »Mrs. Halapay hat mir angeboten, sich um meine Weiterbildung auf dem Gebiet der Kunst zu kümmern.«

»Ach du *liebe* Zeit!« sagte Zoe in einem Tonfall, der leise Besorgnis ausdrückte.

»Haben Sie Einwände?«

»Nun... Sandra ist nicht gerade die bestqualifizierte Autorität auf dem Gebiet. Verzeihen Sie mir. Früher oder später werden Sie merken, daß Künstler die sprichwörtlichen falschen Schlangen sind.« Zoes große braune Augen waren entwaffnend offen, und Qwilleran versank vorübergehend darin. »Aber es ist mir wirklich ernst mit meiner Sorge um Sie«, fuhr sie fort. »Ich möchte nicht, daß Sie — fehlgeleitet werden. Vieles von dem, was heute im Namen der Kunst produziert wird, ist schlimmstenfalls Schwindel und bestenfalls Schund. Sie sollten sich über die Qualifikation Ihrer Berater informieren.«

»Was würden Sie vorschlagen?«

»Besuchen Sie die Lambreth Gallery«, forderte sie ihn auf, und ihre Augen spiegelten die Einladung wider.

Qwilleran zog den Bauch ein und spielte mit der Idee, ein paar Pfund abzunehmen — ab morgen. Dann nahm er seine Suche nach dem Telefon wieder auf.

Der große Umzug war vorbei, und die Gäste schlenderten umher. Es hatte sich herumgesprochen, daß der neue Reporter des *Daily Fluxion* unter den Ballbesuchern war und daß man ihn leicht an seinem auffallenden Schnurrbart erkennen konnte. Daher traten zahllose Fremde an Qwilleran heran und stellten sich vor. Jeder einzelne wünschte ihm alles Gute und sagte dann etwas wenig Schmeichelhaftes über George Bonifield Mountclemens. Die Kunsthändler unter ihnen machten noch ein bißchen Reklame für ihre Galerien; die Künstler erwähnten ihre bevorstehenden Ausstellungen; die Laien luden Qwilleran ein, sie zu besuchen und sich ihre Privatsammlungen anzusehen — jederzeit — und auch einen Fotografen mitzubringen, wenn er wollte.

Unter denen, die den Reporter ansprachen, war auch Cal Halapay. »Kommen Sie doch einmal zum Dinner zu uns hinaus«, sagte er. »Und bringen Sie die ganze Familie mit.«

Jetzt begann man sich voll aufs Trinken zu konzentrieren,

und die Gesellschaft wurde laut. Der größte Tumult war im Spielzimmer zu hören, und Qwilleran folgte der Menge in diese Richtung. Der Raum war brechend voll mit lachenden Gästen, die so dichtgedrängt standen, daß man kaum ein Whiskyglas heben konnte. Und alle Augen waren auf Marcus Antonius gerichtet. Sie stand auf einem Stuhl. Ohne Helm war Marcus Antonius schon eher eine Frau – mit einem herben Gesicht und kurzen, in strenge Wellen gelegten Haaren.

»Kommt her, Leute«, bellte sie. »Zeigt, was ihr könnt!«

Qwilleran quetschte sich in den Raum. Er entdeckte, daß die Aufmerksamkeit der Menge einem Darts-Spiel galt. Die Spieler versuchten, die lebensgroße Figur eines Mannes zu treffen, der mit Kreide an die Scheunenholzwand gemalt war; alle anatomischen Einzelheiten waren deutlich eingezeichnet.

»Her mit euch, Leute«, rief die Frau. »Kostet keinen Cent. Jeder hat nur eine Chance. Das Spiel heißt ›Killt den Kritiker‹.«

Qwilleran fand, daß er genug hatte. Sein Schnurrbart fühlte sich irgendwie unbehaglich. Er machte sich unauffällig aus dem Staub, gab seine Story telefonisch an die Zeitung durch und stieß dann im Presseclub zu Odd Bunsen.

»Mountclemens muß wirklich ein Ekel sein«, sagte er zu dem Fotografen. »Lesen Sie seine Kolumne?«

»Wer liest schon?« sagte Odd. »Ich sehe mir die Bilder an und kontrolliere, ob mein Name darunter steht.«

»Er scheint ganz schön viel Ärger zu machen. Wissen Sie etwas über die Situation im Kunstmuseum?«

»Ich weiß, daß dort ein süßes Häschen in der Garderobe arbeitet«, sagte Odd, »und im ersten Stock haben sie ein paar ir-r-r-re Aktbilder.«

»Interessant, aber das habe ich nicht gemeint. Das Museum hat gerade einen Zuschuß von einer Million Dollar von irgendeiner Stiftung verloren, und daraufhin wurde der Direktor gefeuert. Das habe ich heute abend bei dem Fest gehört, und es heißt, der ganze Skandal sei vom Kritiker des *Daily Fluxion* ausgelöst worden.«

»Das würde ich unbesehen glauben. Er macht uns im Fotolabor immer die Hölle heiß. Er ruft an und sagt uns, was wir für seine Kolumne fotografieren sollen. Dann müssen wir in die Galerien gehen und die Fotos schießen. Sie sollten den Mist sehen, den wir ablichten müssen! Vorige Woche bin ich zweimal in die Lambreth Gallery gegangen, und trotzdem bekam ich kein Foto, das man drucken konnte.«

»Wie das?«

»Das Bild war schwarz und marineblau, können Sie sich das vorstellen? Mein Foto sah aus wie ein Kohlenkasten in einer finsteren Nacht, und der Chef glaubte, das sei meine Schuld. Der alte Monty meckert ständig über unsere Fotos. Sollte ich jemals die Gelegenheit haben, dann ziehe ich ihm eins mit der Kamera über.«

Kapitel vier

Am Sonntag morgen holte sich Qwilleran ein Exemplar des *Fluxion* vom Zeitungskiosk seines Hotels. Er wohnte in einem alten, billigen Hotel, in dem man die abgenutzten Teppiche und Samtüberzüge durch Plastikbodenbeläge und Plastiksessel ersetzt hatte. Im Café servierte ihm eine Kellnerin mit Plastikschürze sein Rührei auf einem kalten Plastikteller, und Qwilleran schlug die Kulturseite seiner Zeitung auf.

George Bonifield Mountclemens III. rezensierte die Arbeiten von Franz Buchwalter. Qwilleran erinnerte sich an den Namen. Buchwalter war der stille Mann am Tisch der Halapays – mit der Sozialarbeiterin verheiratet –, der bescheuert war, aber reizende Aquarelle malte, wie Sandy Halapay fand.

Zwei Gemälde des Mannes waren abgebildet, um die Rezension zu illustrieren, und Qwilleran fand sie recht schön. Sie zeigten Segelboote. Er hatte schon immer etwas für Segelboote übrig gehabt. Er begann zu lesen:

Kein Galeriebesucher, der gute Handwerkskunst zu schätzen weiß, darf Franz Buchwalters Ausstellung diesen Monat in der Westside Gallery versäumen: Der Künstler, der Aquarelle malt und an der Penniman School of Fine Art unterrichtet, hat sich entschlossen, eine hervorragende Sammlung von Bilderrahmen auszustellen.

Es ist selbst für das ungeübte Auge unschwer zu erkennen, daß der Künstler das letzte Jahr sehr fleißig an seinen Rahmen gearbeitet hat. Die Leisten sind gut zusammengefügt, und große

Sorgfalt wurde auf saubere Kanten verwandt. Die Sammlung zeichnet sich auch durch ihre Vielfalt aus. Es gibt breite Leisten, schmale Leisten und mittlere Leisten; Rahmen, die mit Blattgold und solche, die mit Blattsilber belegt sind; Rahmen aus Nußholz, aus Kirschholz und aus Ebenholz sowie Rahmen mit jenem gedeckten Anstrich, der die so beliebte Fälschung, die man Antikweiß nennt, darstellen soll.

Eines der besten Exponate ist ein Rahmen aus wurmstichigem Kastanienholz. Der Betrachter kann nur schwer feststellen — ohne wirklich mit einer Nadel in die Löcher zu stechen —, ob diese von Würmern in North Carolina oder von elektrischen Bohrern in Kansas City hergestellt worden sind. Jedoch würde ein Rahmenkünstler von Buchwalters Integrität kaum minderwertige Materialien verwenden, und so glaubt der Rezensent doch, daß es sich um echte wurmstichige Kastanie handelt.

Die Exponate sind gut präsentiert. Ein besonderes Lob gilt der Mattierung, deren Strukturen und Farbschattierungen mit Geschmack und Phantasie ausgewählt wurden. Der Künstler hat seine bemerkenswerten Bilderrahmen mit Segelbooten und anderen Dingen gefüllt, die von der hervorragenden Qualität der Rahmen nicht ablenken.

Qwilleran sah sich die Fotos nochmals an, und sein Schnurrbart zuckte in stummem Protest. Die Segelboote waren hübsch — wirklich sehr hübsch.

Er faltete die Zeitung zusammen und ging. Er wollte jetzt etwas tun, was er seit seinem zwölften Lebensjahr nicht mehr getan hatte, und damals hatte man ihn dazu genötigt. Kurz gesagt, er verbrachte den Nachmittag im Kunstmuseum.

Die Kunstsammlung der Stadt war in einem Marmorgebäude untergebracht, das eine Kopie eines griechischen Tempels, einer italienischen Villa und eines französischen Chateaus war. Es schimmerte stolz und weiß in der Sonntagssonne, umrahmt von glitzernden, tropfenden Eiszapfen.

Er widerstand dem Drang, direkt in den ersten Stock zu gehen und einen Blick auf die Aktbilder zu werfen, die Odd

Bunsen empfohlen hatte, doch er spazierte in die Garderobe, um sich das süße Häschen anzusehen. Er fand ein langhaariges Mädchen mit einem verträumten Gesicht im Kampf mit den Kleiderbügeln vor.

Sie warf einen Blick auf seinen Schnurrbart und sagte: »Habe ich Sie nicht gestern nacht im Turp und Chisel gesehen?«

»Habe ich Sie nicht in einem rosa Negligé gesehen?«

»Wir haben einen Preis gewonnen — Tom LaBlanc und ich.«

»Ich weiß. Es war ein nettes Fest.«

»Echt cool. Ich dachte, es würde gräßlich werden.«

In der Vorhalle trat Qwilleran an einen Aufseher in Uniform, der den für Museumswärter typischen Gesichtsausdruck hatte — eine Mischung aus Argwohn, Mißbilligung und Grimmigkeit.

»Wo kann ich hier den Museumsdirektor finden?« fragte Qwilleran.

»Er ist normalerweise am Sonntag nicht da, aber ich habe ihn vor einer Minute durch die Halle gehen gesehen. Ist vielleicht zum Packen hergekommen. Er hört hier auf, wissen Sie.«

»Wie schade. Ich habe gehört, er soll gut gewesen sein.«

Der Aufseher schüttelte teilnahmsvoll den Kopf. »Politik! Und dieser Schmierfink bei der Zeitung da. Das war der Grund. Ich bin froh, daß ich beim Staat bin... Wenn Sie Mr. Farhar sprechen wollen, versuchen Sie es in seinem Büro — den Gang hinunter und dann links.«

Der Verwaltungstrakt des Museums war in sonntägliche Stille gehüllt. Außer Noel Farhar, dem Direktor — laut Namensschild an der Tür — war niemand da.

Qwilleran ging durch das leere Vorzimmer und kam in ein holzgetäfeltes Büro, das mit Kunstgegenständen geschmückt war. »Entschuldigen Sie bitte«, sagte er. »Mr. Farhar?«

Der Mann, der in einer Schreibtischschublade herumkramte, fuhr zurück, als hätte man ihn bei etwas Verbotenem erwischt. Einen zerbrechlicheren jungen Mann hatte Qwilleran nie gesehen. Doch obwohl Noel Farhar für einen Museumsdirektor viel zu jung schien, ließ ihn seine ungesunde Magerkeit zugleich gespenstisch alt wirken.

»Entschuldigen Sie, daß ich hier so einfach eindringe. Ich bin Jim Qwilleran vom *Daily Fluxion*.«

Es war nicht zu übersehen, daß Noel Farhar die Zähne zusammenbiß; ein Augenlid zuckte unkontrollierbar. »Was wollen Sie?« fragte er.

Liebenswürdig sagte Qwilleran: »Ich wollte mich nur vorstellen. Ich bin neu im Kunstressort und versuche, mich damit vertraut zu machen.« Er hielt ihm die Hand hin, die zögernd von der zitternden Hand Farhars ergriffen wurde.

»Wenn sie Sie eingestellt haben, um die Sache wieder gutzumachen«, sagte der Direktor kalt, »dann ist es zu spät. Der Schaden ist bereits angerichtet.«

»Ich fürchte, ich verstehe nicht. Ich bin neu in dieser Stadt.«

»Setzen Sie sich, Mr. Qwilleran.« Farhar verschränkte die Arme und blieb stehen. »Ich nehme an, Sie wissen, daß das Museum gerade einen Zuschuß von einer Million Dollar verloren hat.«

»Ich habe davon gehört.«

»Der Zuschuß hätte uns den Anreiz und das nötige Prestige für weitere fünf Millionen von privaten Spendern und der Industrie verliehen. Damit hätten wir die beste Sammlung mexikanischer Kunst aus der Zeit vor der spanischen Eroberung im ganzen Land bekommen, und auch einen neuen Trakt dafür, aber *Ihre Zeitung* hat das gesamte Programm untergraben. *Ihr Kritiker* hat mit seinen ständigen Störaktionen und seinem Spott dieses Museum in ein so unvorteilhaftes Licht gerückt, daß die Stiftung uns von ihrer Liste strich.« Obwohl er sichtlich zitterte, sprach Farhar sehr eindringlich. »Es erübrigt sich zu sagen, daß dieser Fehlschlag – und Mountclemens persönliche Angriffe auf meine Leitung – mich gezwungen haben, meinen Rücktritt anzubieten.«

Qwilleran murmelte: »Das ist eine ernste Anschuldigung.«

»Es ist unglaublich, daß ein einziger Mensch, der keine Ahnung von Kunst hat, das kulturelle Klima der Stadt so verseuchen kann. Aber man kann nichts dagegen unternehmen. Ich verschwende meine Zeit, wenn ich mit Ihnen spreche. Ich habe an Ihren Herausgeber geschrieben und verlangt, daß man diesen Mountclemens stoppt, bevor er unser kulturelles Erbe zerstört.« Farhar wandte sich wieder seinen Akten zu. »Und jetzt habe ich zu arbeiten – ein paar Papiere vorzubereiten...«

»Entschuldigen Sie die Störung«, sagte Qwilleran. »Tut mir sehr leid wegen dieser ganzen Sache. Da ich die Fakten nicht kenne, kann ich dazu nichts...«

»Ich habe Ihnen die Fakten gesagt.« Farhars Tonfall setzte dem Interview ein Ende.

Qwilleran wanderte durch einige Stockwerke des Museums, doch in Gedanken war er nicht bei den Renoirs und Canalettos. Weder die toltekische noch die aztekische Kultur konnte seine Aufmerksamkeit fesseln. Nur die historischen Waffen weckten seine Begeisterung – Dolche für Linkshänder, deutsche Jagdmesser, Morgensterne, spanische Stilette und Rapiere, italienische Dolche. Und immer wieder kehrten seine Gedanken zu dem Kunstkritiker zurück, den jeder haßte.

Am nächsten Tag war Qwilleran zeitig an seinem Arbeitsplatz beim *Fluxion*. In der Nachschlagebibliothek im zweiten Stock bat er um den Ordner mit Mountclemens Rezensionen.

»Hier ist er«, sagte der Bibliothekar mit einem kleinen Zwinkern, »und wenn Sie damit fertig sind, der Erste-Hilfe-Raum ist im vierten Stock – falls Sie ein Beruhigungsmittel brauchen.«

Qwilleran überflog die Kunstkritiken von zwölf Monaten. Er fand die ätzende Beurteilung von Cal Halapays lockigen Kindern (›Kaufhauskunst‹) und die grausamen Worte über Onkel Waldos primitive Malerei (›Alter ist kein Ersatz für Talent‹). Eine Kolumne befaßte sich mit privaten Kunstsammlern – Namen wurden nicht genannt –, denen weniger an der Erhaltung der Kunst als an der Vermeidung von Steuern lag.

Mountclemens fand harte Worte für Butchy Boltons lebensgroße Metallskulpturen des menschlichen Körpers – sie erinnerten ihn an die Rüstungen, die in ländlichen High-School-Aufführungen von *Macbeth* getragen wurden. Er beklagte die

Massenproduktion von drittklassigen Künstlern in der Penniman School, deren Fließbänder einer Detroiter Autofabrik zur Ehre gereichen würden.

Er gratulierte den kleinen Vorstadt-Galerien zu ihrer Rolle als gesellschaftliche Zentren, die man anstelle des Bridgeclubs oder des Nähkränzchens am Nachmittag besuchen konnte, obwohl er ihren Wert als Stätten der Kunst bezweifelte. Und er zog über das Museum her: über die Museumspolitik, die Dauerausstellung, den Direktor und die Farbe der Uniform der Aufseher. Zwischen diesen Tiraden kamen jedoch immer wieder begeisterte Besprechungen bestimmter Künstler — besonders von Zoe Lambreth —, doch der Jargon überstieg Qwillerans Horizont. ›Die Komplexität der eloquenten Dynamik in der organischen Struktur... subjektive innere Impulse finden in affektiver Transformation ihren Ausdruck.‹

Eine Kolumne hatte überhaupt nichts mit Malerei oder Bildhauerei zu tun, sondern befaßte sich mit Katzen (*Felis domestica*) als Kunstwerke.

Qwilleran brachte den Ordner in die Bibliothek zurück und suchte eine Adresse aus dem Telefonbuch. Er wollte herausfinden, warum Mountclemens Zoe Lambreths Arbeit für so gut hielt — und warum Cal Halapay sie für so schlecht hielt.

Die Lambreth Gallery befand sich am Rand des Finanzviertels, in einem alten Lagerhaus, das neben den nahen Bürotürmen winzig wirkte. Die Galerie machte einen exquisiten Eindruck. Goldene Lettern über der Tür, und im Schaufenster nur zwei Bilder, aber dreißig Meter grauer Samt.

Eines der Gemälde im Fenster war marineblau, mit schwarzen Dreiecken gesprenkelt. Das andere war eine mysteriöse Soße aus dick aufgetragenen Farben, in müden Braun- und Purpurtönen gehalten. Dennoch schien ein Bild daraus aufzusteigen, und Qwilleran hatte das Gefühl, als blicke aus den Tiefen ein Augenpaar auf ihn. Während er es betrachtete, wechselte der Ausdruck dieser Augen — der unschuldige Blick wurde wissend und dann wild.

Er öffnete die Tür, faßte Muß und trat ein. Die Galerie war

46

lang und schmal und wie ein Wohnzimmer in kompromißlos modernem Stil – ziemlich prächtig – eingerichtet. Auf einer Staffelei erblickte Qwilleran ein weiteres Arrangement von Dreiecken – grau auf weißem Hintergrund – , das er dem anderen im Schaufenster vorzog. Signiert war es mit ›Scrano‹. Auf einem Postament stand das Knie eines Abflußrohres, gespickt mit Fahrradspeichen. Es hieß ›Ding Nr. 17‹.

Bei seinem Eintreten hatte irgendwo eine Glocke geläutet, und jetzt hörte Qwilleran Schritte auf den Stufen der Wendeltreppe am hinteren Ende der Galerie. Die weiß gestrichene Eisenkonstruktion sah aus wie eine riesige Skulptur. Qwilleran sah zuerst Füße, dann schmale Hosenbeine, und dann den energischen, formellen, ja herablassenden Inhaber der Galerie. Es fiel ihm schwer, sich Earl Lambreth als Ehemann der warmen, fraulichen Zoe vorzustellen. Der Mann schien einiges älter als seine Frau zu sein, und er war übertrieben geschniegelt.

Qwilleran sagte: »Ich bin der neue Kulturberichterstatter des *Daily Fluxion*. Mrs. Lambreth hat mich eingeladen, die Galerie zu besuchen.«

Der Mann setzte zu etwas an, das ein Lächeln werden sollte, jedoch als unangenehme Manieriertheit endete: Er biß mit den Zähnen in die Unterlippe. »Mrs. Lambreth hat von Ihnen gesprochen«, sagte er, »und ich nehme an, Mountclemens hat Ihnen gesagt, daß dies die führende Galerie in der Stadt ist. Im Grunde ist es die *einzige* Galerie, die diesen Namen verdient.«

»Ich habe Mountclemens noch nicht kennengelernt, aber wie ich höre, hält er sehr viel von der Arbeit Ihrer Frau. Ich würde gerne ein paar Bilder von ihr sehen.«

Der Kunsthändler stand steif da, die Hände hinter dem Rücken, und wies mit einer Kopfbewegung auf ein braunes Rechteck an der Wand. »Das ist eines von Mrs. Lambreths letzten Gemälden. Es zeigt die kraftvolle Intensität der Pinselführung, die für sie bezeichnend ist.«

Qwilleran betrachtete das Bild und schwieg vorsichtshalber. Die Oberfläche des Gemäldes erinnerte in ihrer Beschaffenheit an einen dick glasierten Schokoladenkuchen, und er leckte sich, ohne es zu merken, mit der Zunge über die Lippen. Doch er war sich – wieder – eines Augenpaares irgendwo in diesen Farbwirbeln bewußt. Allmählich entstand das Gesicht einer Frau.

»Sie verwendet sehr viel Farbe«, stellte Qwilleran fest. »Muß lange dauern, bis es trocknet.«

Der Kunsthändler nagte wieder an seiner Unterlippe und sagte: »Mrs. Lambreth nimmt Pigmentfarben, um den Betrachter in ihren Bann zu ziehen und ihn sinnlich zu umgarnen, bevor sie zum Thema kommt. Sie entzieht sich immer der direkten Aussage, bleibt unbestimmt – und zwingt so ihr Publikum, aktiv an der Interpretation zu partizipieren.«

Qwilleran nickte unverbindlich.

»Sie ist eine große Humanistin«, fuhr Lambreth fort. »Leider haben wir zur Zeit nur sehr wenige Bilder von ihr hier. Sie hält im Moment alles für ihre Ausstellung im März zurück. Eines ihrer klarsten und diszipliniertesten Werke haben Sie jedoch im Schaufenster gesehen.«

Qwilleran erinnerte sich an die farbverhangenen Augen, die er gesehen hatte, bevor er die Galerie betreten hatte – Augen voller Geheimnis und Bosheit. Er sagte: »Malt sie immer solche Frauen?«

Eine Schulter Lambreths zuckte. »Mrs. Lambreth malt niemals nach einem bestimmten Schema. Sie ist eine äußerst vielseitige und phantasievolle Künstlerin. Und das Gemälde im Schaufenster soll keine menschlichen Assoziationen wecken. Es ist die Studie einer Katze.«

»Oh«, sagte Qwilleran.

»Interessieren Sie sich für Scrano? Er ist einer der bedeutendsten zeitgenössischen Künstler. Sie haben eines seiner Bilder im Schaufenster gesehen. Hier ist noch eines auf der Staffelei.«

Qwilleran sah mit zusammengekniffenen Augen auf die grauen Dreiecke auf weißem Hintergrund. Die weiße Fläche war feinkörnig und glatt, mit fast metallischem Glanz; die Dreiecke waren rauh.

Der Reporter meinte: »Er scheint auf Dreiecke fixiert zu sein.

Würde man das hier verkehrt herum aufhängen, hätte man drei Segelboote im Nebel.«

Lambreth sagte: »Der Symbolismus sollte doch wohl offensichtlich sein. In seinen hartkantigen Bildern drückt Scrano in verknappter Form das essentiell wollüstige, polygame Wesen des Menschen aus. Das Gemälde im Schaufenster ist eindeutig inzestuös.«

»Nun, ich glaube, das gibt meiner Theorie den Rest«, sagte Qwilleran. »Ich hoffte schon, ich hätte ein paar Segelboote entdeckt. Was sagt Mountclemens zu Scarno?«

»S-c-r-a-n-o«, verbesserte ihn Lambreth. »In Scranos Arbeit findet Mountclemens eine intellektuelle Virilität, welche die profaneren Überlegungen künstlerischen Ausdrucks übersteigt und sich auf die Reinheit des Konzepts und die Veredelung des Mediums konzentriert.«

»Ziemlich teuer, nehme ich an.«

»Für einen Scrano bezahlt man gewöhnlich fünfstellige Summen.«

»Alle Achtung!« sagte Qwilleran. »Und wie ist das mit den anderen Künstlern hier?«

»Sie erzielen weit niedrigere Preise.«

»Ich sehe hier nirgends Preisschilder.«

Lambreth rückte ein oder zwei Bilder zurecht. »In einer Galerie dieser Güte erwartet man kaum Preisschilder wie in einem Supermarkt. Für unsere großen Ausstellungen drucken wir einen Katalog. Was Sie heute hier sehen, ist nur eine zwanglose Präsentation unserer eigenen Gruppe von Künstlern.«

»Ich war überrascht, daß Sie im Finanzviertel angesiedelt sind«, sagte Qwilleran.

»Unsere gewieftesten Sammler sind Geschäftsleute.«

Qwilleran machte einen Rundgang durch die Galerie und enthielt sich jeglichen Kommentars. Viele der Bilder zeigten Spritzer und Kleckse in schreienden, explodierenden Farben. Einige bestanden nur aus gewellten Streifen. Auf einem Bild von etwa zwei mal zweieinhalb Metern war ein überdimensionaler offener roter Schlund dargestellt, und Qwilleran zuckte instinktiv zurück. Auf einem Podest stand eine eiförmige Metallskulptur mit dem Titel ›Ohne Titel‹. Einige langgezogene Gebilde aus rotem Ton erinnerten an Heuschrecken, doch gewisse Ausbuchtungen überzeugten Qwilleran, daß er unterernährte Menschen vor sich hatte. Zwei Arbeiten aus Altmetall waren als ›Ding Nr. 14‹ und ›Ding Nr. 20‹ gekennzeichnet.

Die Möbel gefielen Qwilleran besser: weiche Schalensessel, Sofas, die auf zierlichen Chromsockeln schwebten, und niedrige Tische mit Marmorplatten.

Er sagte: »Haben Sie Bilder von Cal Halapay?«

Lambreth krümmte sich. »Sie müssen scherzen. Wir sind nicht diese Art von Galerie.«

»Ich dachte, Halapays Zeug wäre sehr erfolgreich?«

»Es läßt sich leicht an Leute verkaufen, die keinen Geschmack haben«, sagte der Kunsthändler, »aber in Wirklichkeit ist Halapays Zeug – wie Sie es so treffend nennen – nichts als Kommerzware, die anmaßenderweise in einen Rahmen montiert wird. Vom künstlerischen Standpunkt völlig wertlos. Der Mann täte dem Publikum einen Gefallen, wenn er auf seinen künstlerischen Anspruch verzichten und sich auf das konzentrieren würde, worauf er sich so gut versteht – Geld machen. Ich habe nichts gegen Hobbymaler, die den Sonntag nachmittag glücklich und zufrieden vor ihrer Staffelei verbringen wollen, aber sie sollen sich nicht als Künstler aufspielen und den allgemeinen Geschmack verderben.«

Qwilleran wandte seine Aufmerksamkeit der Wendeltreppe zu. »Haben Sie oben noch eine Galerie?«

»Nur mein Büro und die Rahmenwerkstatt. Wollen Sie die Werkstatt sehen? Das interessiert Sie vielleicht mehr als die Bilder und Skulpturen.«

Lambreth ging voran, vorbei an einem Lagerraum, wo Bilder in senkrechten Schlitzen aufbewahrt wurden, und die Treppe hinauf. In der Rahmenwerkstatt stand eine Werkbank, auf der ein totales Durcheinander herrschte; der Geruch nach Klebstoff oder Lack war durchdringend.

»Wer macht Ihre Rahmen?« fragte Qwilleran.

»Ein sehr talentierter Handwerker. Wir bieten die beste Ausführung und die größte Auswahl an Leisten in der ganzen Stadt.« Lambreth, der noch immer stocksteif mit den Händen auf dem Rücken dastand, wies auf eine Leiste auf der Werkbank. »Ein Laufmeter von dieser hier kostet etwa einhundertfünf Dollar.«

Qwillerans Blick wanderte zu einem unordentlichen Büroraum, der an die Werkstatt angrenzte. Er starrte auf das Bild einer Tänzerin, das schief an der Wand hing. Es zeigte eine Ballerina in einem hauchdünnen blauen Kostüm mitten in der Bewegung vor einem Hintergrund aus grünem Blattwerk.

»Also, da ist mal etwas, das ich verstehen kann«, sagte er. »Das gefällt mir wirklich.«

»Und das sollte es auch! Es ist ein Ghirotto, wie Sie an der Signatur sehen können.«

Qwilleran war beeindruckt. »Ich habe gestern im Museum einen Ghirotto gesehen. Das muß ein wertvolles Kunstwerk sein.«

»Es wäre wertvoll – wenn es vollständig wäre.«

»Sie meinen, es ist unvollendet?«

Lambreth sog ungeduldig den Atem ein. »Das ist nur die Hälfte der ursprünglichen Leinwand. Das Gemälde wurde beschädigt. Ich fürchte, einen Ghirotto in gutem Zustand könnte ich mir nicht leisten.«

Dann entdeckte Qwilleran eine Pinnwand mit Zeitungsausschnitten. Er sagte: »Ich sehe, der *Daily Fluxion* bringt ganz schön viel über Sie.«

»Sie haben eine ausgezeichnete Kunstkolumne«, sagte der Kunsthändler. »Mountclemens weiß mehr über Kunst als irgend jemand sonst in dieser Stadt – einschließlich der selbsternannten Experten. Und er ist integer – absolut integer.«

»Hmm«, sagte Qwilleran.

»Sie werden zweifellos hören, wie von allen Seiten über Mountclemens hergezogen wird – weil er die Schaumschläger entlarvt und das Geschmacksniveau hebt. Erst kürzlich hat er der Stadt einen großen Dienst erwiesen, indem er Farhar aus dem Museum vertrieb. Eine neue Leitung wird diese sterbende Institution wiederbeleben.«

»Aber hat das Museum nicht gleichzeitig einen saftigen Zuschuß verloren?«

Lambreth winkte ab. »Im nächsten Jahr werden wieder Zuschüsse verteilt, und bis dahin wird das Museum ihn verdienen.«

Zum ersten Mal bemerkte Qwilleran die Hände des Kunsthändlers. Die schmutzigen Nägel paßten in keiner Weise zu seiner eleganten Kleidung. Der Journalist sagte: »Mountclemens hält viel von Mrs. Lambreths Arbeit, habe ich bemerkt.«

»Er war immer sehr freundlich. Viele Leute glauben, daß er diese Galerie begünstigt, aber die Wahrheit ist: Wir betreuen nur die besten Künstler.«

»Dieser Typ, der die Dreiecke malt — ist er von hier? Vielleicht will ich mal ein Interview.«

Lambreth sah gequält drein. »Es ist ziemlich bekannt, daß Scrano Europäer ist. Er lebt seit vielen Jahren zurückgezogen in Italien. Aus politischen Gründen, glaube ich.«

»Wie haben Sie von ihm erfahren?«

»Mountclemens hat uns auf seine Arbeiten aufmerksam gemacht und den Kontakt zum amerikanischen Agenten des Künstlers vermittelt, wofür wir sehr dankbar sind. Wir haben die exklusive Vertretung für die Werke von Scrano im Mittleren Westen.« Er räusperte sich und sagte stolz: »Scranos Arbeit ist von einer intellektualisierten Virilität, einer transzendenten Reinheit . . .«

»Ich werde Ihre Zeit nicht länger in Anspruch nehmen«, sagte Qwilleran. »Es ist fast Mittag, und ich habe eine Verabredung zum Lunch.«

Als Qwilleran die Lambreth Gallery verließ, schwirrten allerhand Fragen in seinem Kopf herum: Wie konnte man gute Kunst von schlechter unterscheiden? Warum stießen Dreiecke auf Zustimmung und Segelboote auf Ablehnung? Wenn Mountclemens so gut war, wie Lambreth sagte, und wenn die Kunstszene in der Stadt so ungesund war, warum blieb Mountclemens in dieser undankbaren Umgebung? War er wirklich ein Missionar, wie Lambreth sagte? Oder ein Ungeheuer, wie alle anderen meinten?

Und dann tauchte noch ein Fragezeichen auf. Gab es überhaupt einen Mann namens George Bonifield Mountclemens?

Im Presseclub, wo er mit Arch Riker zu Mittag aß, sagte Qwilleran zum Barkeeper: »Kommt eigentlich der Kunstkritiker vom *Fluxion* jemals hierher?«

Bruno hielt beim Gläserputzen inne. »Ich wünschte, er käme einmal. Ich wüßte schon, was ich ihm in den Drink gäbe.«

»Warum? Haben Sie Grund zur Klage?«

»Nur einen«, sagte Bruno. »Er ist gegen die gesamte Menschheit.« Er lehnte sich vertraulich über die Bar. »Ich sage Ihnen, der will jeden Künstler in der Stadt fertigmachen. Schauen Sie sich an, was er dem armen alten Mann angetan hat, Onkel Waldo. Und Franz Buchwalter in der gestrigen Ausgabe! Die einzigen Künstler, die er mag, haben mit der Lambreth Gallery zu tun. Man könnte glauben, sie gehört ihm.«

»Es gibt Leute, die halten ihn für eine hochqualifizierte Autorität.«

»Es gibt Leute, die halten oben für unten.« Dann lächelte Bruno wissend. »Warten Sie nur, bis er sich auf Sie einschießt, Mr. Qwilleran. Sobald Mountclemens merkt, daß Sie in seinem Revier herumschnüffeln...« Der Barkeeper betätigte einen imaginären Abzug.

»Sie scheinen ja eine Menge über die Kunstszene hier in der Stadt zu wissen.«

»Klar. Ich bin selbst Künstler. Ich mache Collagen. Ich würde Ihnen gerne mal meine Sachen zeigen und Ihre ehrliche Meinung darüber hören.«

»Ich habe diesen Job jetzt ganze zwei Tage«, antwortete Qwilleran. »Ich weiß nicht einmal, was eine Collage ist.«

Bruno bedachte ihn mit einem gönnerhaften Lächeln. »Das ist eine Kunstform. Ich löse die Etiketten von Whiskyflaschen, zerschneide sie in kleine Stückchen und klebe sie so auf, daß Porträts von Präsidenten entstehen. Zur Zeit arbeite ich an van

Buren. Das gäbe eine tolle Ausstellung.« Seine Miene wurde kumpelhaft. »Vielleicht könnten Sie mir bei der Suche nach einer Galerie helfen. Glauben Sie nicht, daß Sie so' n bißchen Ihren Einfluß spielen lassen könnten?«

Qwilleran sagte: »Ich weiß nicht, wie bereit das Publikum für Präsidentenporträts aus Whiskyetiketten ist, aber ich werde mich erkundigen ... Wie wär's jetzt mit dem üblichen – mit Eis?«

»Irgendwann kriegen Sie noch Hautausschlag von dem vielen Tomatensaft.«

Als Arch Riker in die Bar kam, kaute der Journalist an seinem Schnurrbart herum. Arch fragte: »Wie ist es heute morgen gelaufen?«

»Gut«, sagte Qwilleran. »Zuerst war ich ein bißchen verwirrt von dem Unterschied zwischen guter Kunst und schlechter Kunst; jetzt bin ich komplett verwirrt.« Er nahm einen Schluck Tomatensaft. »Aber im Hinblick auf George Bonifield Mountclemens III. bin ich zu einem Schluß gekommen.«

»Laß hören.«

»Er ist ein Schwindel.«

»Was meinst du?«

»Er existiert nicht. Er ist eine Legende, eine Erfindung, eine Idee, ein künstliches Wesen, der Traum eines jeden Verlages.«

Arch sagte: »Und wer, glaubst du, schreibt all die Artikel, die wir unter seinem vielsilbigen Namen drucken?«

»Ein paar Ghostwriter. Ein Dreiergespann. Vielleicht ein Mr. George, ein Mr. Bonifield und ein Mr. Mountclemens. Kein einzelner Mensch könnte soviel Ärger machen, oder solchen Haß auf sich ziehen, oder so ein widersprüchliches Image haben.«

»Du hast bloß keine Ahnung von Kritikern, das ist alles. Du bist Bullen und Gangster gewöhnt.«

»Ich habe noch eine andere Theorie, wenn du mir meine erste nicht abnimmst.«

»Und wie lautet die?«

»Es ist ein Phänomen des Elektronikzeitalters. Die Kunstkolumne wird von ein paar Computern in Rochester, New York, verfaßt.«

»Was hat dir Bruno in den Tomatensaft getan?« fragte Arch.

»Also, etwas kann ich dir sagen: Ich werde an George Bonifield Mountclemens erst glauben, wenn ich ihn sehe.«

»Schön. Wie ist es mit morgen oder Mittwoch? Er war verreist, aber jetzt ist er wieder da. Wir werden einen Termin für dich vereinbaren.«

»Sagen wir, zum Lunch — hier. Wir können im ersten Stock essen — an einem Tisch mit Tischtuch.«

Arch schüttelte den Kopf. »Er wird nicht in den Presseclub kommen. Er kommt niemals in die Innenstadt. Du wirst vielleicht in seine Wohnung fahren müssen.«

»Okay, vereinbare etwas«, sagte Qwilleran, »und vielleicht befolge ich Brunos Rat und leihe mir eine kugelsichere Weste.«

Kapitel fünf

Qwilleran verbrachte den Dienstag morgen im Gebäude der Schulaufsichtsbehörde, wo er eine Ausstellung von Kinderzeichnungen besuchte. Er wollte einen zärtlich-humorvollen Artikel über die mit Buntstift gemalten Segelboote schreiben, die im Himmel schwebten, über die purpurnen Häuser mit grünen Schornsteinen, über die blauen Pferde, die wie Schafe aussahen, und über die Katzen — Katzen und immer wieder Katzen.

Nach seinem Ausflug in die unkomplizierte Welt der Kinderbilder kehrte Qwilleran in zufriedener, gelöster Stimmung in die Redaktion zurück. Als er in die Feuilletonabteilung kam, trat unnatürliche Stille ein. Die Schreibmaschinen hörten auf zu klappern. Über Fahnenabzüge gebeugte Köpfe hoben sich plötzlich. Sogar die grünen Telefone blieben ehrfürchtig stumm.

Arch sagte: »Wir haben Neuigkeiten für dich, Jim. Wir haben Mountclemens angerufen, um eine Verabredung für dich zu treffen, und er will, daß du morgen abend kommst. Zum *Abendessen!*«

»Wie bitte?«

»Haut dich das nicht um? Alle anderen sind fast vom Stuhl gekippt.«

»Ich sehe schon die Überschrift«, sagte Qwilleran. »*Kritiker serviert Reporter vergiftete Suppe.*«

»Er soll ein phantastischer Koch sein«, sagte Arch. »Ein echter Gourmet. Wenn du Glück hast, hebt er sich das Arsen bis zum Nachtisch auf. Hier ist seine Adresse.«

Am Mittwochabend um sechs Uhr nahm Qwilleran ein Taxi zum Blenheim Place 26. Das war in einem alten Teil der Stadt, früher einmal eine elegante Wohngegend mit vornehmen Häusern. Die meisten davon waren jetzt billige Pensionen oder beherbergten merkwürdige Unternehmen. Es gab da zum Beispiel eine Reparaturwerkstatt für antikes Porzellan; Qwilleran nahm an, daß es ein Buchmacherladen war. Daneben befand sich ein altes Münzengeschäft, vermutlich als Tarnung für einen Rauschgiftring. Was die Erzeuger von burlesken Kostümen anlangte, hatte Qwilleran keinerlei Zweifel, um welches Gewerbe es sich dabei in Wirklichkeit handelte.

Und mittendrin hielt ein letztes stolzes, beherztes Stadthaus all dem stand. Es hatte das respektable Flair eines herrschaftlichen Wohnhauses. Es war schmal und hoch und von viktorianischer Förmlichkeit, selbst der dekorative Eisenzaun. Das war Nummer 26.

Qwilleran wich zwei Betrunkenen aus, die den Gehsteig hinunterwankten, und stieg die steinernen Stufen zu dem säulengeschmückten Eingang hinauf. Drei Postkästen wiesen darauf hin, daß das Haus in Einzelwohnungen aufgeteilt worden war.

Er glättete seinen Schnurrbart, der vor Neugier und Erwartung struppig abstand. Dann klingelte er. Mit einem Summton wurde die Eingangstür geöffnet, und er trat in einen Vorraum mit Fliesenboden. Vor ihm war noch eine Tür, ebenfalls versperrt – bis ein anderer Summton sie öffnete.

Qwilleran betrat eine prunkvolle, aber schwach beleuchtete Eingangshalle, deren Einrichtung ihn förmlich umschloß. Er fand sich umgeben von großen vergoldeten Bilderrahmen, Spiegeln, einer Skulptur, einem Tisch, der von goldenen Löwen getragen wurde, einer geschnitzten Bank, die wie ein Kirchenstuhl aussah. Ein roter Teppich bedeckte den Boden der Halle und die Treppe. Von oben sagte jemand mit einer feinen Schärfe in der Stimme:

»Kommen Sie nur herauf, Mr. Qwilleran.«

Der Mann am Ende der Treppe war extrem groß, elegant und schlank. Mountclemens trug eine dunkelrote Samtjacke, und sein Gesicht wirkte auf den Journalisten irgendwie poetisch; vielleicht lag es an der Art, wie er sein dünnes Haar in die hohe Stirn gekämmt hatte. Der Duft von Limonenschalen umgab ihn.

»Ich muß mich für die zugbrückenartigen Vorkehrungen unten entschuldigen«, sagte der Kritiker. »In diesem Viertel geht man kein Risiko ein.«

Er gab Qwilleran die linke Hand und führte ihn in ein Wohnzimmer. Ein Zimmer wie dieses hatte der Reporter noch nie gesehen. Es war überladen und düster. Die einzige Beleuchtung kam von der lauen Glut im Kamin und von verborgenen Spots, die auf Kunstwerke gerichtet waren. Qwilleran sah Marmorbüsten, chinesische Vasen, viele vergoldete Bilderrahmen, einen bronzenen Krieger und ein paar vom Zahn der Zeit angenagte, holzgeschnitzte Engel. Eine Wand des hohen Raumes war mit einem Wandteppich mit den lebensgroßen Figuren mittelalterlicher Jungfrauen bedeckt. Über dem Kamin hing ein Bild, das jeder Kinobesucher als einen van Gogh erkannt hätte.

»Sie scheinen beeindruckt von meiner kleinen Sammlung, Mr. Qwilleran«, sagte der Kritiker, »oder entsetzt über meinen uneinheitlichen Geschmack ... Kommen Sie, geben Sie mir Ihren Mantel.«

»Das ist ja ein kleines Museum«, sagte Qwilleran ehrfürchtig.

»Das ist mein Leben, Mr. Qwilleran. Und ich gebe zu – ganz ohne Bescheidenheit –, daß es wirklich ein gewisses *Ambiente* hat.«

Kaum ein Zentimeter der dunkelroten Wand war frei. Der Kamin war von gutbestückten Bücherregalen flankiert. An anderen Wänden hingen die Bilder bis zur Decke.

Selbst auf dem roten Teppich, der eine ganz eigene Leuchtkraft besaß, standen dicht gedrängt riesige Fauteuils, Tische, Podeste, ein Schreibtisch und eine beleuchtete Vitrine mit kleinen Schnitzereien.

»Ich werde Ihnen einen Aperitif machen«, sagte Mountclemens, »und dann können Sie es sich in einem Lehnstuhl bequem machen und die Füße hochlegen. Ich vermeide es, vor dem Abendessen etwas Stärkeres als Sherry oder Dubonnet zu servieren, weil ich recht stolz auf meine Kochkünste bin, und ich ziehe es vor, Ihre Geschmacksnerven nicht zu betäuben.«

»Ich darf keinen Alkohol trinken«, sagte Qwilleran, »daher sind meine Geschmacksnerven in erstklassiger Verfassung.«

»Wie wäre es dann mit Bitter Lemon?«

Als Mountclemens gegangen war, fielen Qwilleran weitere Einzelheiten auf: ein Diktiergerät am Schreibtisch; Musik, die hinter einem orientalischen Wandschirm hervorklang; zwei weich gepolsterte Lehnstühle, die sich vor dem Kamin gegenüberstanden, und zwischen ihnen eine behäbige Ottomane. Er probierte einen der Lehnstühle aus und versank in der Polsterung. Er lehnte den Kopf zurück und legte die Füße auf die Ottomane; dabei empfand er ein fast unanständiges Gefühl der Behaglichkeit. Er hoffte beinahe, Mountclemens möge nie mit dem Bitter Lemon zurückkommen.«

»Ist die Musik angenehm?« fragte der Kritiker und stellte ein Tablett neben Qwillerans Ellbogen. »Ich finde Debussy um diese Tageszeit beruhigend. Hier ist etwas Salzgebäck zu Ihrem Drink. Wie ich sehe, hat es Sie zum richtigen Sessel gezogen.«

»Dieser Sessel ist fast so gut wie Bewußtlosigkeit«, sagte Qwilleran. »Womit ist er überzogen? Es erinnert mich an ein Material, aus dem früher Hosen für Jungen gemacht wurden.«

»Es ist Cord aus Heidekraut«, sagte Mountclemens. »Ein wunderbares Gewebe, das die Wissenschaftler noch nicht entdeckt haben. Ihre Vorliebe für Materialien aus Kunststoff grenzt an Blasphemie.«

»Ich wohne in einem Hotel, wo alles aus Plastik ist. Ein alter Naturbursche wie ich kommt sich dort antiquiert vor.«

»Wenn Sie sich umsehen, werden Sie feststellen, daß ich die moderne Technik ignoriere.«

»Ich bin überrascht«, sagte Qwilleran. »In Ihren Rezensionen bevorzugen Sie die moderne Kunst, und hier ist alles ...« Es fiel ihm kein Wort ein, das schmeichelhaft klang.

»Ich muß Sie korrigieren«, sagte Mountclemens. Er wies mit einer großen Geste auf zwei Lamellentüren. »Dieser Schrank dort enthält ein kleines Vermögen an Kunst aus dem zwanzigsten Jahrhundert — bei idealen Bedingungen hinsichtlich Temperatur und Feuchtigkeit gelagert. Das sind meine Investitionen. Doch die Bilder, die Sie an der Wand sehen, sind meine Freunde. Ich glaube an die Kunst von heute als Ausdruck ihrer Zeit, aber ich habe mich dafür entschieden, in der milden Abgeklärtheit der Vergangenheit zu leben. Aus demselben Grund versuche ich, dieses schöne alte Haus zu erhalten.«

Wie Mountclemens so dasaß, in seiner Samtjacke, die langen, schmalen Füße in italienischen Schuhen und einen dunkelroten Aperitif in seinen langen weißen Fingern, wirkte er blasiert und selbstsicher, unangreifbar und unwirklich. Seine nasale Stimme, die Musik, der bequeme Sessel, die Wärme des Feuers und die Dunkelheit des Zimmers machten Qwilleran schläfrig. Er mußte etwas tun.

»Darf ich rauchen?« fragte er.

»Zigaretten sind in dem emaillierten Kästchen neben Ihrem Ellbogen.«

»Ich rauche Pfeife.« Qwilleran suchte seine Quarter-bent Bulldog, seinen Tabakbeutel und seine Streichhölzer und begann dann mit dem Ritual des Anzündens.

Als die Flamme seines Streichholzes in dem abgedunkelten Zimmer aufflackerte, fuhr sein Kopf zurück. Er starrte auf die Bücherregale. Er sah ein rotes Licht. Es war wie ein Signal. Nein, es waren zwei rote Lichter. Leuchtend rot — und sehr lebendig!

Qwilleran schnappte nach Luft. Sein Atem blies die Flamme aus, und die roten Leuchtpunkte verschwanden.

»Was war — *das*?« fragte er, als er sich gefangen hatte. »Irgend etwas zwischen den Büchern. Etwas...«

»Das war nur der Kater«, sagte Mountclemens. »Er ruht sich gerne hinter den Büchern aus. Die Regale sind ungewöhnlich tief, weil ich viele Kunstbände besitze, und so findet er dahinter ein ruhiges Plätzchen. Offenbar hat er sein Nachmittagsschläfchen hinter den Biographien gehalten. Er scheint eine Vorliebe für Biographien zu haben.«

»Ich habe noch nie eine Katze mit leuchtendroten Augen gesehen«, sagte Qwilleran.

»Das ist für Siamkatzen charakteristisch. Wenn man ihnen in die Augen leuchtet, werden sie rubinrot. Normalerweise sind sie blau – wie das Blau in dem van Gogh dort. Sie werden es sehen, wenn sich der Kater entschließt, uns mit seiner Anwesenheit zu beehren. Im Augenblick zieht er die Abgeschiedenheit vor. Er ist damit beschäftigt, Sie mit seinen Sinnen wahrzunehmen. Er weiß bereits einiges über Sie.«

»Was weiß er denn?« Qwilleran wand sich in seinem Sessel.

»Er hat Sie jetzt beobachtet und weiß, daß Sie nicht der Typ sind, der laute Geräusche oder schnelle Bewegungen macht, und das ist ein Pluspunkt für Sie. Ebenso Ihre Pfeife. Er mag Pfeifen, und er wußte, daß Sie Pfeife rauchen, noch bevor Sie sie aus der Tasche zogen. Auch ist ihm bewußt, daß Sie mit einer Zeitung zu tun haben.«

»Woher weiß er denn das?«

»Druckerschwärze. Für den Geruch von Druckerschwärze hat er eine gute Nase.«

»Sonst noch etwas?«

»Jetzt sendet er mir gerade eine Botschaft: Ich soll den ersten Gang servieren, sonst kriegt er sein eigenes Abendessen nicht vor Mitternacht.«

Mountclemens ging hinaus und kehrte mit einem Tablett mit heißen Pasteten zurück.

»Wenn Sie nichts dagegen haben, nehmen wir den ersten Gang im Wohnzimmer. Ich habe kein Personal, und Sie müssen verzeihen, wenn es etwas zwanglos zugeht.«

Die Kruste war flockig; die Füllung bestand aus einer zarten Soße mit Käse und Spinat. Qwilleran genoß jeden Bissen.

»Sie fragen sich vielleicht«, sagte der Kritiker, »weshalb ich es vorziehe, ohne Personal auszukommen. Ich habe eine krankhafte Angst, beraubt zu werden, und ich möchte nicht, daß Fremde in dieses Haus kommen und die Wertsachen, die ich hier aufbewahre, entdecken. Bitte seien Sie so gut und erwähnen Sie meine Sammlung in der Stadt nicht.«

»Gewiß — wenn Sie das wollen.«

»Ich kenne euch Zeitungsleute. Ihr seid Nachrichtenlieferanten aus Instinkt und aus Gewohnheit.«

»Sie meinen, wir sind ein Haufen Schwätzer«, sagte Qwilleran freundlich und genoß den letzten Bissen Käsesoße. Er war neugierig, was als nächstes kommen würde.

»Sagen wir einfach, daß sehr viele Informationen — richtige oder falsche — über die Tische des Presseclubs ausgetauscht werden. Trotzdem habe ich das Gefühl, ich kann Ihnen trauen.«

»Vielen Dank.«

»Wie schade, daß Sie keinen Wein trinken. Ich wollte diesen Anlaß mit einer Flasche Chateau Clos d'Estournel 'fünfundvierzig feiern. Das war ein vorzüglicher Jahrgang — sehr langsam gereift, sogar besser als der achtundzwanziger.«

»Machen Sie sie trotzdem auf«, sagte Qwilleran. »Ich werde Ihnen gerne beim Genießen zusehen. Ehrlich!«

Mountclemens Augen leuchteten. »Sie haben mich überredet. Und Ihnen werde ich ein Glas Catawba Traubensaft anbieten. Ich habe ihn seinetwegen im Haus.«

»Wegen wem?«

»Kao K'o-Kung.«

Qwilleran sah ihn verständnislos an.

»Das ist der Kater«, sagte Mountclemens. »Entschuldigen Sie, ich habe vergessen, daß Sie nicht formell vorgestellt wurden. Er liebt Traubensaft, besonders weißen. Und nur die beste Marke. Er ist ein Feinschmecker.«

»Er scheint ein besonderer Kater zu sein«, sagte Qwilleran.

»Ein bemerkenswertes Tier. Er hat eine Vorliebe für bestimmte Kunstperioden entwickelt, und obwohl ich mit seiner Wahl nicht übereinstimme, bewundere ich seine Unabhängigkeit. Er liest auch die Schlagzeilen in der Zeitung, wie Sie sehen werden, wenn die Spätausgabe geliefert wird. Und jetzt, denke ich, sind wir bereit für die Suppe.« Der Kritiker zog dunkelrote Samtvorhänge auf.

Der Duft von Hummer empfing Qwilleran in der Speisenische. Teller mit dicker, cremiger Suppe standen auf dem bloßen Tisch, der aussah, als sei er Hunderte Jahre alt. Dicke Kerzen brannten in eisernen Kerzenleuchtern.

Als er sich auf einen reich mit Schnitzereien verzierten, hochlehnigen Stuhl setzte, hörte er im Wohnzimmer einen dumpfen Laut, gefolgt von kehligem Gebrummel. Ein Dielenbrett knarrte, und eine helle Katze mit dunklem Gesicht und schrägen Augen spazierte in die Speisenische.

»Das ist Kao K'o-Kung«, sagte Mountclemens. »Er ist nach einem Künstler aus dem dreizehnten Jahrhundert benannt, und er hat selbst die Würde und Anmut der chinesischen Kunst.«

Kao K'o-Kung stand reglos da und schaute Qwilleran an. Qwilleran schaute Kao K'o-Kung an. Er sah eine lange, schlanke, muskulöse Katze mit weichem Fell und einem geradezu unerträglichen Maß an Selbstbewußtsein und Autorität.

Qwilleran sagte: »Wenn er jetzt denkt, was ich glaube, das er denkt, dann sollte ich lieber gehen.«

»Er nimmt Sie nur gerade mit all seinen Sinnen wahr«, sagte Mountclemens, »und er wirkt streng, wenn er sich konzentriert. Er nimmt seine Eindrücke mit Augen, Ohren, Nase und Barthaaren auf. Die Ergebnisse all dieser Untersuchungen werden an einen zentralen Punkt zur Auswertung und Synthese weitergeleitet, und je nachdem, wie das Urteil lautet, wird er Sie akzeptieren oder nicht.«

»Danke«, sagte Qwilleran.

»Er ist ein ziemlicher Einsiedler und mißtraut Fremden.«

Der Kater nahm sich Zeit, und als er mit der Betrachtung des Besuchers fertig war, sprang er ganz ruhig und ohne sichtbare Anstrengung senkrecht hinauf auf einen hohen Schrank.

»Na so was!« sagte Qwilleran. »Haben Sie das gesehen?«

Auf dem Schrank nahm Kao K'o-Kung eine gebieterische Haltung ein und beobachtete mit intelligenter Aufmerksamkeit die Szene unter sich.

»Ein Zweimetersprung ist für eine Siamkatze nichts Ungewöhnliches«, sagte Mountclemens. »Katzen haben viele Fähigkeiten, die den Menschen versagt sind, und dennoch neigen wir dazu, sie mit menschlichen Maßstäben zu messen. Um eine

Katze zu verstehen, muß man sich darüber klar sein, daß sie ihre eigenen Talente hat, ihre eigene Sicht der Dinge, sogar ihre eigene Ethik. Daß eine Katze nicht sprechen kann, macht sie nicht zu einem niedrigeren Tier. Katzen verachten die Sprache. Warum sollten sie sprechen, wenn sie sich ohne Worte verständigen können? Sie schaffen das mit ihresgleichen sehr gut, und dem Menschen versuchen sie geduldig ihre Gedanken mitzuteilen. Doch um eine Katze verstehen zu können, muß man entspannt und aufnahmebereit sein.«

Der Kritiker war ernst und schulmeisterhaft.

»Meistens«, fuhr er fort, »greifen Katzen auf die Pantomime zurück, wenn sie mit Menschen zu tun haben. Kao K'o-Kung verwendet einen Code, der nicht schwer zu lernen ist. Er kratzt an Gegenständen, um Aufmerksamkeit zu erregen. Er schnüffelt, um Mißtrauen anzuzeigen. Er reibt sich an den Knöcheln, wenn er Wünsche hat, und er zeigt die Zähne, um Mißbilligung auszudrücken. Er kann auch auf Katzenart jemandem eine lange Nase machen.«

»Das möchte ich gerne sehen.«

»Ganz einfach. Wenn eine Katze, ein Bild der Anmut und Schönheit, sich plötzlich hinfallen läßt und eine gräßliche Haltung einnimmt, das Gesicht verzieht und sich am Ohr kratzt, sagt sie einem damit: Guter Mann, scher dich zum Teufel!«

Mountclemens trug die Suppenteller hinaus und brachte eine Terrine mit Huhn in einer dunklen, geheimnisvollen Soße herein. Vom Schrank ertönte ein durchdringendes Geheul.

Qwilleran sagte: »Um diese Botschaft zu verstehen, braucht man keine Antenne.«

»Daß der menschliche Körper keine Antennen hat oder Fühler«, sagte der Kritiker, »halte ich für eine grobe Unterlassung, einen kosmischen Patzer sozusagen. Stellen Sie sich nur vor, was der Mensch mit ein paar einfachen Fühlern oder Tasthaaren im Hinblick auf Kommunikation und Vorhersagen hätte erreichen können! Was wir außersinnliche Wahrnehmung nennen, ist für eine Katze ganz normal. Sie weiß, was Sie denken, was Sie tun werden und wo Sie gewesen sind. Ich gäbe mit Vergnügen ein Auge und ein Ohr für ein paar gut funktionierende Schnurrhaare, wie die Katzen sie haben.«

Qwilleran legte die Gabel hin und wischte sich mit der Serviette sorgfältig den Schnurrbart ab. »Das ist sehr interessant«, sagte er. Er hüstelte und beugte sich dann zu seinem Gastgeber. »Wissen Sie was? Ich habe ein kosmisches Gefühl in bezug auf meinen Schnurrbart. Ich habe das noch niemandem gesagt, aber seit ich mir diesen Oberlippenbart habe wachsen lassen, habe ich so ein seltsames Gefühl, daß mir alles — nun, irgendwie bewußter ist! Verstehen Sie, was ich meine?«

Mountclemens nickte aufmunternd.

»Und davon sollte man im Presseclub auch nichts erfahren«, sagte Qwilleran.

Mountclemens war einverstanden.

»Ich scheine die Dinge deutlicher wahrzunehmen«, sagte der Journalist.

Mountclemens verstand.

»Manchmal scheine ich zu spüren, was geschehen wird, und ich tauche zur richtigen Zeit am richtigen Ort auf. Es ist unheimlich.«

»Kao K'o-Kung macht dasselbe.«

Ein tiefes Grollen ertönte vom Schrank. Der Kater erhob sich, machte einen Katzenbuckel und streckte sich kräftig durch, gähnte ausgiebig und sprang gurrend mit einem weichen Plumps auf den Boden.

»Passen Sie auf«, sagte der Kritiker. »In drei oder vier Minuten wird es an der Tür läuten, und die Zeitung wird gebracht. Im Augenblick ist der Zeitungsjunge auf seinem Fahrrad ein paar Blocks von hier entfernt, aber Kao K'o-Kung weiß, daß er auf dem Weg hierher ist.«

Der Kater spazierte durch das Wohnzimmer und hinaus auf den Gang, wo er auf dem Treppenabsatz wartete. Nach ein paar Minuten läutete es. Mountclemens sagte zu Qwilleran: »Wären Sie so nett, die Zeitung von unten zu holen? Er liest sie gerne, solange die Nachrichten frisch sind. In der Zwischenzeit kümmere ich mich um den Salat.«

Der Kater wartete am oberen Ende der Treppe mit einem Ausdruck würdevollen Interesses, während der Reporter hinunterging, um die Zeitung zu holen, die in den Vorraum geworfen worden war. »Legen Sie die Zeitung auf den Boden«, wies ihn Mountclemens an, »und Kao K'o-Kung wird die Schlagzeilen lesen.«

Der Kater ging sehr gründlich vor. Seine Nase zuckte erwartungsvoll. Seine Schnurrhaare bewegten sich zweimal auf und ab. Dann neigte er den Kopf zu den Zweizoll-Lettern der Schlagzeile hinunter; er berührte jeden einzelnen Buchstaben mit der Nase und zeichnete die Worte nach: TSSAFEG RELLIK RERRI.

Qwilleran sagte: »Liest er immer von hinten nach vorne?«

»Er liest von rechts nach links«, sagte Mountclemens. »Übrigens, ich hoffe, Sie mögen Cäsar-Salat.«

Es war ein Salat, wie Männer ihn mögen, würzig und knusprig. Danach kam ein zartbitteres Schokoladendessert, das samtig auf der Zunge zerging, und Qwilleran fühlte sich wunderbarerweise im Einklang mit einer Welt, in der Kunstkritiker kochen konnten wie französische Küchenchefs und in der Katzen lesen konnten.

Später tranken sie im Wohnzimmer türkischen Kaffee aus kleinen Tassen, und Mountclemens sagte: »Wie gefällt Ihnen Ihr neues Milieu?«

»Ich lerne interessante Persönlichkeiten kennen.«

»Die Künstler in dieser Stadt haben mehr Persönlichkeit als Talent, muß ich leider sagen.«

»Aus diesem Cal Halapay werde ich nicht schlau.«

»Er ist ein Scharlatan«, sagte Mountclemens. »Seine Bilder gehören auf Reklame für Haarshampoo. Seine Frau ist sehr dekorativ, wenn sie den Mund hält, aber zu dieser Großtat ist sie leider nicht fähig. Dann hat er noch einen Hausburschen oder Protégé — oder wie immer man das barmherzigerweise nennen soll —, der die Unverschämtheit besitzt, im Alter von einundzwanzig Jahren eine Ausstellung zu verlangen, die eine Retrospektive seines Lebenswerks zeigt. Haben Sie noch andere

Vertreter des bemerkenswerten Kunstlebens dieser Stadt kennengelernt?«

»Earl Lambreth. Er scheint...«

»Das ist ein bemitleidenswerter Fall. Absolut kein Talent, aber er hofft, an den Schürzenzipfeln seiner Frau zu Ruhm zu gelangen. Seine einzige Leistung bestand darin, eine Künstlerin zu heiraten. Wie er eine so attraktive Frau für sich gewinnen konnte, übersteigt meine Vorstellungskraft.«

»Sie sieht wirklich gut aus«, pflichtete Qwilleran ihm bei.

»Und ist eine ausgezeichnete Künstlerin, obwohl sie lernen muß, sich besser zu verkaufen. Sie hat ein paar Studien von Kao K'o-Kung gemacht und seine ganze Rätselhaftigkeit, seinen Zauber, seine Bösartigkeit, seine Unabhängigkeit, seine Verspieltheit, seine Wildheit und seine Loyalität eingefangen – alles in einem Augenpaar.«

»Ich habe Mrs. Lambreth letztes Wochenende im Turp and Chisel kennengelernt. Dort war eine Veranstaltung...«

»Verkleiden sich diese alternden Kinder noch immer in verrückten Kostümen?«

»Es war ein Ball zum Valentinstag. Sie kamen alle als berühmte Liebespaare. Den ersten Preis hat eine Bildhauerin namens Butchy Bolton gewonnen. Kennen Sie sie?«

»Ja«, sagte der Kritiker, »und der gute Geschmack verbietet mir, mehr zu sagen. Ich nehme an, auch Madame Duxbury war dort, mit Zobeln und Gainsboroughs behängt.«

Qwilleran zog seine Pfeife hervor und ließ sich Zeit mit dem Anzünden. Dann spazierte Kao K'o-Kung aus der Küche herein, um sich bei seinem Putzritual nach dem Essen bewundern zu lassen. In eifriger Konzentration schleckte er sich mit seiner langen rosa Zunge kraftvoll über das Gesicht. Danach leckte er seine rechte Pfote *gründlich* ab und wusch damit sein rechtes Ohr. Dann wiederholte er die gleiche Prozedur mit der linken Pfote: einmal über die Schnurrhaare, einmal über den Backenknochen, zweimal über das Auge, einmal über die Stirn, einmal über das Ohr, einmal über den Hinterkopf.

Mountclemens sagte zu Qwilleran: »Sie dürfen sich

geschmeichelt fühlen. Wenn sich eine Katze vor Ihnen putzt, gewährt sie Ihnen Zutritt zu ihrer Welt ... Wo wollen Sie wohnen?«

»Ich möchte mir so bald wie möglich eine möblierte Wohnung suchen — egal was, nur weg von diesem Plastikhotel.«

»Ich habe unten etwas frei«, sagte Mountclemens. »Klein, aber ausreichend — und ziemlich gut eingerichtet. Die Wohnung hat einen Gaskamin und ein paar meiner zweitbesten Impressionisten. Die Miete wäre sehr niedrig. Mir geht es in erster Linie darum, daß das Haus bewohnt ist.«

»Klingt gut«, sagte Qwilleran aus den Tiefen seines Lehnsessels, noch immer eingelullt von der Erinnerung an den Cäsar-Salat und die Hummersuppe.

»Ich reise sehr viel, besuche Ausstellungen und fungiere als Sachverständiger bei Preisverleihungen, und in diesem zwielichtigen Viertel ist es von Vorteil, wenn aus der vorderen Wohnung im Erdgeschoß Lebenszeichen dringen.«

»Ich würde sie mir gerne ansehen.«

»Ungeachtet aller Gerüchte, die mich als Ungeheuer hinstellen«, sagte Mountclemens in seinem liebenswürdigsten Tonfall, »werden Sie sehen, daß ich kein schlechter Hausherr bin. Ein Kritiker wird von allen gehaßt, wissen Sie, und ich kann mir vorstellen, daß die Schwätzer mich als eine Art kultivierten Beelzebub mit künstlerischen Ambitionen beschrieben haben. Ich habe nur wenige Freunde und — Gott sei Dank — keine Verwandten, mit Ausnahme einer Schwester in Milwaukee, die sich weigert, mich zu verleugnen. Ich lebe ziemlich zurückgezogen.«

Qwilleran machte eine verständnisvolle Geste mit seiner Pfeife.

»Ein Kritiker kann es sich nicht leisten, gesellschaftlich mit Künstlern zu verkehren«, fuhr Mountclemens fort, »und wenn man für sich bleibt, fordert man Eifersucht und Haß heraus. All meine Freunde sind hier in diesem Zimmer, und an etwas anderem liegt mir nicht. Mein einziger Ehrgeiz ist es, Kunstwerke zu besitzen. Ich bin niemals zufrieden. Ich zeige Ihnen meine letzte Errungenschaft. Wußten Sie, daß Renoir zu einem bestimmten Zeitpunkt in seiner Laufbahn Rouleaus bemalt hat?« Der Kritiker beugte sich vor und senkte die Stimme; sein Gesicht leuchtete seltsam verzückt. »Ich habe zwei Rouleaus, die Renoir bemalt hat.«

Kao K'o-Kung stieß einen schrillen Schrei aus; er saß aufrecht und kompakt da und starrte ins Feuer. Es war ein siamesischer Kommentar, den Qwilleran nicht übersetzen konnte. Am ehesten klang er nach einer unheilverkündenden Prophezeiung.

Kapitel sechs

Am Donnerstag brachte der *Daily Fluxion* Qwillerans ersten Beitrag über einen Künstler. Er befaßte sich mit Onkel Waldo, dem ältlichen Künstler, der primitive Bilder von Tieren malte. Qwilleran hatte sorgfältig jeden Kommentar hinsichtlich des künstlerischen Talents des Alten vermieden und konzentrierte sich in seiner Story eher auf die persönliche Philosophie des Fleischhauers, der sein Leben damit zugebracht hatte, Hausfrauen der unteren Mittelschicht den Sonntagsbraten zu verkaufen.

Das Erscheinen des Artikels ließ das Interesse für Onkel Waldos Gemälde wieder aufleben, und am Freitag verkaufte die unbedeutende Galerie, die seine Werke betreute, all ihre verstaubten Bilder von Rindern und wolligen Schafen, und man drängte den alten Mann, wieder zu malen anzufangen. Es trafen Leserbriefe ein, in denen Qwillerans Behandlung des Themas gelobt wurde. Und Onkel Waldos Enkel, der Lastwagenfahrer, kam mit einem Geschenk für Qwilleran in die Redaktion des *Daily Fluxion* – zehn Pfund hausgemachter Wurst, die der pensionierte Fleischhauer im Souterrain hergestellt hatte.

Am Freitag abend erregte Qwilleran dann im Presseclub selbst einiges Aufsehen, als er Knackwürste verteilte. Er traf Arch Riker und Odd Bunsen an der Bar und bestellte den üblichen Tomatensaft.

Arch sagte: »Du mußt ja geradezu ein Kenner von diesem Zeug sein.«

Qwilleran schwenkte das Glas unter der Nase und prüfte

nachdenklich das ›Bouquet‹. »Ein anspruchsloser Jahrgang«, sagte er. »Nichts Bemerkenswertes, aber er hat einen naiven Charme. Leider wird das Bouquet überdeckt vom Rauch von Mr. Bunsens Zigarre. Ich würde meinen, die Tomaten stammen aus...« (er nippte am Glas und ließ den Schluck über die Zunge rollen) »aus dem nördlichen Illinois. Offenbar von einem Tomatenfeld in der Nähe eines Bewässerungsgrabens, das die Morgensonne aus dem Osten und die Nachmittagssonne aus dem Westen bekam.« Er nahm noch einen Schluck. »Mein Gaumen sagt mir, daß die Tomaten früh am Tag gepflückt wurden – an einem Dienstag oder Mittwoch –, und zwar von einem Landarbeiter, der eine Wunde an der Hand hatte. Im Nachgeschmack klingt ein Hauch von Jod durch.«

»Du bist gut gelaunt«, meinte Arch.

»Stimmt«, sagte Qwilleran. »Ich ziehe aus dem Plastikpalast aus. Ich miete eine Wohnung bei Mountclemens.«

Arch knallte vor Überraschung sein Glas auf den Tisch, und Odd Bunsen verschluckte sich am Zigarrenrauch.

»Eine möblierte Wohnung im Erdgeschoß. Sehr gemütlich. Und sie kostet nur fünfzig Dollar im Monat.«

»Fünfzig! Wo ist der Haken?« fragte Odd.

»Da ist kein Haken. Er will nur nicht, daß das Haus leer steht, wenn er verreist.«

»Es muß einen Haken geben«, beharrte Odd. »Der alte Monty ist viel zu knauserig, um etwas zu verschenken. Sind Sie sicher, daß er nicht von Ihnen erwartet, daß Sie den Katzensitter spielen, wenn er weg ist?«

Arch sagte: »Odd hat recht. Wenn unser Bote die Bänder von ihm abholt, trägt ihm Mountclemens alle möglichen persönlichen Handlangerdienste an, und er gibt dem Jungen niemals ein Trinkgeld. Stimmt es, daß er das ganze Haus voller wertvoller Kunstwerke hat?«

Qwilleran trank einen Schluck Tomatensaft. »Er hat eine Menge Zeug herumliegen, aber wer kann schon sagen, ob es was wert ist?« Er unterließ es, den van Gogh zu erwähnen. »Die große Attraktion ist der Kater. Er hat einen chinesischen

Namen – hört sich an wie Koko. Mountclemens sagt, Katzen haben es gern, wenn Silben wiederholt werden, wenn man sie anspricht, und ihre Ohren sind besonders empfänglich für Palatale und Velarlaute.«

»Irgend jemand spinnt hier«, sagte Odd.

»Es ist ein Siamkater, und er hat eine Stimme wie eine Polizeisirene. Wißt ihr etwas über Siamkatzen? Das ist eine Rasse von Superkatzen – sehr intelligent. Dieser Kater kann lesen.«

»*Lesen*?«

»Er liest die Schlagzeilen von Zeitungen, aber sie müssen frisch aus der Presse kommen.«

»Was hält dieser Superkater von meinen Fotos?« fragte Odd.

»Es ist fraglich, ob Katzen bildliche Darstellungen erkennen können, sagt Mountclemens, aber er glaubt, eine Katze kann den *Inhalt* eines Bildes spüren. Koko zieht die moderne Kunst den alten Meistern vor. Meine Theorie ist, daß die frischere Farbe seinen Geruchssinn erreicht. Genau wie frische Druckerschwärze.«

»Wie ist das Haus?« fragte Arch.

»Alt. Heruntergekommenes Viertel. Aber für Mountclemens ist sein Haus ein Heiligtum. Rundherum reißen sie alles ab, aber er sagt, er gibt sein Haus nicht auf. Es ist sehr beeindruckend. Kronleuchter, schön gearbeitetes Holz, hohe Decken – alle stuckverziert.«

»Staubfänger«, sagte Odd.

»Mountclemens wohnt im ersten Stock, und das Erdgeschoß ist in zwei Wohnungen aufgeteilt. Ich nehme die vordere. Die hintere steht auch leer. Es ist schön ruhig dort, außer, wenn die Katze schreit.«

»Wie war das Essen am Mittwoch abend?«

»Wenn man Mountclemens' Essen kostet, verzeiht man ihm, daß er redet wie eine Figur aus einem Stück von Noel Coward. Ich kann mir nicht vorstellen, wie er mit seiner Behinderung solche Speisen zaubert.«

»Du meinst seine Hand?«

»Ja. Was hat er?«

»Er trägt eine Prothese«, sagte Arch.

»Im Ernst? Sie sieht ganz echt aus, nur ein bißchen steif.«

»Das ist der Grund, warum er seine Kolumne auf Band spricht. Er kann nicht maschineschreiben.«

Qwilleran dachte ein Weilchen darüber nach. Dann sagte er: »Irgendwie tut mir Mountclemens leid. Er lebt wie ein Einsiedler. Er findet, Kritiker sollten nicht mit Künstlern verkehren, und dabei gilt sein ganzes Interesse der Kunst – der Kunst und der Erhaltung eines alten Hauses.«

»Was hat er über die Kunstszene in der Stadt gesagt?« fragte Arch.

»Komisch, er hat gar nicht viel über Kunst geredet. Wir haben hauptsächlich über Katzen gesprochen.«

»Sehen Sie? Was habe ich Ihnen gesagt?« sagte Odd. »Monty hat Sie als Teilzeit-Katzensitter vorgesehen. Und erwarten Sie kein Trinkgeld!«

Das für Februar unnatürlich warme Wetter ging in jener Woche zu Ende. Die Temperatur sank rapide, und Qwilleran kaufte sich von seinem ersten vollen Gehalt einen schweren Tweedmantel.

Den Großteil des Wochenendes verbrachte er daheim und genoß seine neue Wohnung. Sie besaß ein Wohnzimmer mit Schlafnische und Kochnische und, wie Mountclemens es ausdrücken würde, *Ambiente*. Qwilleran nannte es Ramsch. Trotzdem sagte ihm der Effekt zu. Es war behaglich, die Sessel waren bequem, und im Kamin brannte ein Gasfeuer. Das Bild über dem Kaminsims war, wie ihm der Besitzer sagte, eines von Monets weniger erfolgreichen Werken.

Das einzige, was Qwilleran störte, war die düstere Beleuchtung. Bei der Glühbirnenstärke schien Mountclemens zu sparen. Qwilleran ging am Samstagmorgen einkaufen und besorgte sich ein paar 75- und 100-Watt-Lampen.

Er hatte sich in der Bücherei ein Buch ausgeliehen, das dem Leser die moderne Kunst näherbringen wollte, und am Samstagnachmittag plagte er sich gerade mit dem Dadaismus in Kapitel neun ab, kaute an seiner gefüllten, aber kalten Pfeife herum, als ein gebieterisches Jammern vor seiner Tür ertönte. Obwohl es eindeutig die Stimme einer Siamkatze war, schien der Schrei in zwei gutgewählten Silben aufgeteilt zu sein, so als laute der Befehl ›*Laß* mich *rein*!‹

Und Qwilleran kam dem Befehl ohne zu zögern nach. Er öffnete die Tür, und da stand Kao K'o-Kung.

Zum ersten Mal sah Qwilleran den Kater des Kritikers bei hellem Tageslicht, das durch die facettierten Glasscheiben der Eingangshalle fiel. Das Licht unterstrich den Glanz des hellen Felles, das satte Dunkelbraun des Gesichts und der Ohren, das unheimliche Blau der Augen. Die langen braunen Beine, gerade und schlank, endeten in zierlichen Füßen, und die kühnen Schnurrhaare schimmerten in allen Regenbogenfarben. Die Stellung seiner Ohren, die er wie eine Krone trug, war die Erklärung für sein königliches Auftreten.

Kao K'o-Kung war kein gewöhnlicher Kater, und Qwilleran wußte kaum, wie er ihn anreden sollte. Sahib? Eure Hoheit? Einem Impuls folgend, beschloß er, den Kater als Gleichgestellten zu behandeln, und sagte daher nur: »Willst du nicht hereinkommen?« und trat beiseite; er merkte nicht, daß er sich leicht verneigte.

Kao K'o-Kung trat zur Türschwelle vor und begutachtete die Wohnung eingehend, bevor er die Einladung annahm. Das dauerte eine Weile. Dann schritt er stolz über den roten Teppich und begann mit einer Routineuntersuchung: der Kamin, der Aschenbecher, etwas Käse und Cracker auf dem Tisch, Qwillerans Jacke, die über der Sessellehne hing, das Buch über moderne Kunst und ein nicht identifizierter und fast unsichtbarer Fleck auf dem Teppich, alles wurde genau inspiziert. Als er schließlich mit allem zufrieden war, wählte er einen Platz mitten auf dem Fußboden – in sorgsam kalkulierter Entfernung vom Gasfeuer – und streckte sich in stolzer Haltung aus.

»Kann ich dir etwas anbieten?« erkundigte sich Qwilleran.

Der Kater gab keine Antwort; er sah seinen Gastgeber nur an

und kniff die Augen zusammen, was Zufriedenheit zu bedeuten schien.

»Koko, du bist ein toller Bursche«, sagte Qwilleran. »Mach es dir gemütlich. Stört es dich, wenn ich weiterlese?«

Kao K'o-Kung blieb eine halbe Stunde, und Qwilleran genoß das Bild, das sie boten – ein Mann, eine Pfeife, ein Buch, eine teuer aussehende Katze –, und er war enttäuscht, als sein Gast aufstand, sich streckte, ein scharfes ›Ciao‹ von sich gab und hinauf in seine eigene Wohnung ging.

Den Rest des Wochenendes freute sich Qwilleran auf seine Verabredung mit Sandra Halapay zum Lunch am Montag. Er umging das Problem, ihren Mann zu interviewen, indem er einen Artikel über Cal Halapay ›aus der Sicht seiner Familie und Freunde‹ schrieb. Sandra sollte ihn zu den richtigen Leuten führen, und sie hatte versprochen, scharfe Schnappschüsse mitzubringen, die ihren Mann zeigten, wie er die Kinder Skifahren lehrte, die Truthähne auf der Farm in Oregon fütterte, und wie er dem irischen Terrier beibrachte, Männchen zu machen.

Den ganzen Sonntag hatte Qwilleran das Gefühl, daß sein Schnurrbart ihm Botschaften sandte – oder vielleicht mußte er nur gestutzt werden. Egal, sein Besitzer hatte jedenfalls das Gefühl, daß die kommende Woche etwas Besonderes sein würde. Ob besonders gut oder besonders schlecht, das verriet die informierte Quelle nicht.

Der Montagmorgen kam und mit ihm eine unerwartete Mitteilung aus dem ersten Stock.

Qwilleran zog sich gerade an und wählte eine Krawatte aus, die Sandys Beifall finden könnte (blau-grünes Karo, eine Krawatte aus Schottland), als er ein gefaltetes Blatt Papier auf dem Boden bemerkte, das halb unter der Tür durchgeschoben worden war.

Er hob es auf. Die Handschrift war miserabel – wie das Gekritzel eines Kindes –, und die Botschaft war knapp und in Abkürzungen gehalten;

Mr. Q – Tonb. bitte bei A. K. abließ. Spart Bot Weg – GBM.

Qwilleran hatte seinen Hausherrn seit Freitagabend nicht mehr gesehen, als er seine beiden Koffer aus dem Hotel in die Wohnung gebracht und die Miete für einen Monat bezahlt hatte. Eine vage Hoffnung, daß ihn Mountclemens zum Sonntagsfrühstück einladen würde — zu Eier Benedict oder zu einem Hühnerleberomelette vielleicht — hatte sich in Luft aufgelöst. Wie es schien, würde nur der Kater gesellschaftlichen Kontakt zu ihm pflegen.

Nachdem er die Mitteilung entziffert hatte, öffnete Qwilleran die Tür; die Tonbänder lagen für ihn auf dem Fußboden der Eingangshalle bereit. Er lieferte sie bei Arch Riker ab, fand die Bitte jedoch seltsam — und unnötig. Der *Fluxion* hatte eine ganze Reihe Botenjungen, die meist auf ihrer Bank herumsaßen und sich die Zeit mit Spielen vertrieben.

Arch sagte: »Machst du Fortschritte mit der Halapay-Story?«

»Ich gehe heute mit Mrs. Halapay Mittagessen. Meinst du, daß der *Flux* die Rechnung bezahlt?«

»Klar, ein paar Dollar sind schon drin.«

»Wo gibt es hier ein gutes Lokal, in das ich mit ihr gehen kann? Etwas Besonderes.«

»Frag doch unsere hungrigen Fotografen. Die gehen ständig mit irgendwelchen Leuten auf Spesen essen.«

Im Fotolabor traf Qwilleran auf sechs Paar Füße, die auf Schreibtischen, Tischen, Papierkörben und Aktenschränken lagen und warteten — auf einen Auftrag oder darauf, daß die Fotos trockneten, oder daß der Dunkelraum frei wurde.

Qwilleran sagte: »Wo gibt es ein gutes Lokal, in das man jemanden für ein Interview zum Lunch ausführen kann?«

»Wer zahlt?«

»Der *Flux*.«

»Dann Sitting Bull's Chop House«, sagten die Fotografen einmütig.

»Das Lendensteak dort wiegt ein Pfund«, sagte einer.

»Der Käsekuchen ist zehn Zentimeter hoch.«

»Die haben ein doppeltes Lammkotelett, das ist so groß wie mein Schuh.«

Hörte sich gut an, fand Qwilleran.

Das Lokal befand sich in dem Bezirk, in dem die Verpackungsindustrie beheimatet war, und der charakteristische Geruch drang in den Speisesaal und vermischte sich mit dem Zigarrenrauch.

»Oh, was für ein lustiges Lokal«, quietschte Sandy Halapay. »Wie gescheit von Ihnen, mit mir hierher zu gehen. So viele *Männer*! Ich liebe Männer.«

Die Männer liebten Sandy auch. Ihr auffallender roter Hut zog alle Aufmerksamkeit auf sich. Sie bestellte Austern, die das Lokal nicht führte, also begnügte sie sich mit Champagner. Doch mit jedem Schluck wurde ihr Lachen schriller; es wurde von den sterilen weißgefliesten Wänden des Restaurants zurückgeworfen, und die Begeisterung ihres Publikums schwand.

»Jim, mein Lieber, Sie müssen mit mir in die Karibik hinunterfliegen, wenn Cal nächste Woche nach Europa fährt. Ich werde das Flugzeug ganz für mich alleine haben. Wäre das nicht *lustig*?«

Doch sie hatte die Informationen vergessen, die Qwilleran benötigte, und die Schnappschüsse von ihrem Mann waren unbrauchbar. Das Lammkotelett war wirklich so groß wie der Schuh des Fotografen, und es schmeckte auch so. Die Serviererinnen trugen Uniformen wie Krankenschwestern und waren eher tüchtig als herzlich. Das Essen war kein Erfolg.

In der Redaktion mußte sich Qwilleran am Nachmittag telefonische Beschwerden über Mountclemens Artikel in der Sonntagsausgabe anhören. Der Kritiker hatte einen Aquarellmaler einen verhinderten Innenausstatter genannt, und die Freunde und Verwandten des Aquarellmalers riefen an, um sich am *Daily Fluxion* zu rächen und ihre Abonnements zu kündigen.

Alles in allem war der Montag nicht der angenehmste Tag für Qwilleran. Am Ende des ermüdenden Nachmittags floh er in den Presseclub, um dort zu Abend zu essen. Bruno, der ihm den Tomatensaft eingoß, sagte: »Wie ich höre, sind Sie zu Mountclemens gezogen.«

»Ich habe eine seiner leerstehenden Wohnungen gemietet«, fuhr ihn Qwilleran an. »Ist was dagegen einzuwenden?«

»Solange er nicht anfängt, Sie herumzukommandieren, wohl nicht.«

Dann blieb Odd Bunsen lange genug stehen, um den Reporter wissend anzugrinsen und zu sagen: »Ich habe gehört, der alte Monty gibt Ihnen bereits kleine Aufträge.«

Als Qwilleran zum Blenheim Place 26 kam, nach Hause, war er nicht in der Stimmung für das, was er dort vorfand. Unter seiner Tür lag eine weitere Mitteilung.

Mr. Q. Bitte Flugticket abh. – Buchg. Mi. 15h NY – Rechn. an mich – GBM.

Qwillerans Schnurrbart sträubte sich. Schön, das Reisebüro der Fluglinie befand sich direkt gegenüber dem Gebäude des *Daily Fluxion*, und wenn er das Flugticket abholte, dann war das nur ein kleiner Gefallen, um den sein Hausherr ihn als Gegenleistung für ein gutes Abendessen bat. Was ihn störte, war die schroffe Form der Bitte. Oder war es ein Befehl? Glaubte Mountclemens, er sei Qwillerans Chef?

Morgen war Dienstag. Der Flug war für Mittwoch gebucht. Er hatte keine Zeit, um viel Aufhebens zu machen, also murrte Qwilleran vor sich hin und holte das Ticket am nächsten Morgen auf dem Weg zur Arbeit.

Später am Tag traf ihn Odd Bunsen im Aufzug und sagte: »Fahren Sie weg?«

»Nein. Warum?«

»Habe Sie ins Büro der Fluglinie gehen gesehen. Dachte, Sie hauen ab.« Dann grinste er spöttisch. »Erzählen Sie mir nicht, daß Sie schon wieder den Laufburschen für Monty machen!«

Qwilleran strich seinen Schnurrbart mit den Knöcheln in Form und versuchte, ruhige Überlegungen darüber anzustellen, daß Neugier und eine scharfe Beobachtungsgabe einen guten Pressefotografen ausmachen.

Als er an diesem Abend heimkam, erwartete ihn die dritte Mitteilung unter seiner Tür. Sie war mehr nach seinem Geschmack:

Mr. Q — Bitte frühstü. Sie m. mir Mi. 8.30 — GBM.

Am Mittwoch morgen ging Qwilleran mit dem Flugticket hinauf und klopfte an Mountclemens Tür.

»Guten Morgen, Mr. Qwilleran«, sagte der Kritiker und hielt ihm eine dünne weiße Hand zum Gruß entgegen, die Linke. »Ich hoffe, Sie haben es nicht eilig. Ich habe einen Eier-Käseauflauf mit Kräutern und saurer Sahne, den ich sofort in den Ofen schieben werden, wenn Sie so lange warten können. Und etwas Hühnerleber und Speck en brochette.«

»Darauf kann ich warten«, sagte Qwilleran.

»Der Tisch ist in der Küche gedeckt. Wir können frische Ananas essen, während wir den Herd im Auge behalten. Ich hatte Glück und habe auf dem Markt eine perfekt ausgereifte Ananas gefunden.«

Der Kritiker trug eine Seidenhose und eine kurze orientalische Jacke, die mit einer Schärpe um seine bemerkenswert dünne Taille gebunden war. Ein Duft nach Limonenschale umgab ihn. Seine Ledersandalen schlappten, als er über den langen Korridor zur Küche vorausging.

Die Wände des Ganges waren vollständig mit Wandteppichen, Schriftrollen und gerahmten Bildern bedeckt. Qwilleran machte eine Bemerkung darüber, wie viele es waren.

»Und gut sind sie auch«, sagte Mountclemens und klopfte auf eine Reihe von Zeichnungen, an denen er gerade vorbeiging.

»Rembrandt... Holbein. Sehr schön... Millet.«

Die Küche war groß, sie hatte drei hohe, schmale Fenster. Bambusjalousien hielten das Licht gedämpft, doch Qwilleran spähte durch sie hinaus und sah eine Außentreppe — offenbar eine Feuertreppe —, die zu einem von einer Ziegelmauer umgebenen Hinterhof hinunterführte. In der kleinen Gasse hinter der hohen Mauer konnte er den oberen Teil eines Lieferwagens erkennen.

»Ist das Ihr Auto?« fragte er.

»Dieses groteske Gefährt«, sagte Mountclemens mit einem leisen Schaudern, »gehört dem Schrotthändler gegenüber. Wenn ich ein Auto hätte, dann eines mit einem edleren Design

– vermutlich eine europäische Marke. Aber wie es ist, vergeude ich mein Vermögen mit Taxis.«

In der Küche herrschte ein fröhliches Durcheinander von Antiquitäten, Kupferutensilien und Büscheln getrockneter Pflanzen.

»Ich trockne meine eigenen Kräuter«, erklärte Mountclemens. »Möchten Sie die Ananas mit etwas Minze mariniert? Ich finde, das gibt der Frucht eine neue Dimension. Ananas kann etwas zu direkt sein. Ich ziehe die Minze in einem Topf auf dem Fensterbrett – hauptsächlich für Kao K'o-Kung. Sein Lieblingsspielzeug ist ein Sträußchen getrocknete Minzeblätter, das in den Vorderteil eines Sockens gebunden ist. In einem Augenblick von seltenem Witz haben wir dieses Spielzeug Minzi-Maus genannt. Eine ziemlich freie Abstraktion einer Maus, aber an solchen Dingen findet sein künstlerischer Intellekt Gefallen.«

Mountclemens schob zwei kleine Auflaufformen einzeln in das Backrohr, alles mit der linken Hand. »Wo ist Koko heute morgen?« fragte Qwilleran.

»Sie sollten seinen Blick eigentlich spüren. Er liegt am Kühlschrank und beobachtet Sie – es ist der einzige Kühlschrank mit Daunenkissen westlich des Hudson. Es ist sein Bett. Er weigert sich, woanders zu schlafen.«

Das Aroma von Speck, Kräutern und Kaffee begann sich in der Küche zu verbreiten, und Koko – auf einem Kissen, das so blau war wie seine Augen – hob den Kopf und schnupperte. Qwilleran tat dasselbe.

Er sagte: »Was machen Sie mit dem Kater, wenn Sie nach New York fahren?«

»Ah, das ist das Problem«, sagte der Kritiker. »Er braucht ein gewisses Maß an Betreuung. Wäre es sehr viel verlangt, wenn ich Sie bitten würde, ihm während meiner Abwesenheit seine Mahlzeiten zu bereiten? Ich werde nicht mal eine Woche weg sein. Er braucht nur zwei Mahlzeiten am Tag, und seine Kost ist einfach. Im Kühlschrank ist rohes Rindfleisch. Sie brauchen es nur in kleine Stücke zu schneiden, so groß wie Limabohnen, mit ein wenig Brühe in eine Pfanne zu geben und langsam zu wärmen. Eine Prise Salz und etwas Salbei oder Thymian weiß er zu schätzen.«

»Also...« sagte Qwilleran und löffelte den letzten Rest des mit Minze gewürzten Ananassaftes.

»Damit es am Morgen für Sie leichter ist, wenn Sie in die Redaktion müssen, kann er zum Frühstück eine Scheibe *Pâté de la maison* statt Rindfleisch essen. Das ist eine angenehme Abwechslung für ihn. Möchten Sie Ihren Kaffee jetzt gleich oder später?«

»Später«, sagte Qwilleran. »Nein — ich trinke ihn gleich.«

»Und dann ist da noch sein Kistchen.«

»Was für ein Kistchen?«

»Das Katzenkistchen. Es ist im Badezimmer. Man braucht sich nicht viel darum zu kümmern. Er ist ein äußerst reinlicher Kater. Den Sand für das Kistchen finden Sie in dem chinesischen Teeschränkchen neben der Badewanne. Trinken Sie den Kaffee mit Zucker oder Sahne?«

»Schwarz.«

»Wenn das Wetter nicht zu unfreundlich ist, kann er sich im Hinterhof ein bißchen Bewegung verschaffen, vorausgesetzt, Sie bleiben bei ihm. Normalerweise bekommt er genug Bewegung, wenn er die Vordertreppe auf- und abläuft. Ich lasse meine Wohnungstür angelehnt, damit er ein und aus kann. Zur Sicherheit gebe ich Ihnen auch einen Schlüssel. Kann ich in New York irgend etwas für Sie tun?«

Qwilleran hatte gerade den ersten Bissen Hühnerleber im Speckmantel mit einem Hauch Basilikum gekostet und drehte die Augen dankbar gen Himmel. Dabei begegnete er dem Blick von Kao K'o-Kung, der auf dem Kühlschrank saß. Der Kater kniff langsam und bedächtig ein Auge zu — unverkennbar: Er zwinkerte.

Kapitel sieben

»Ich möchte mich beschweren«, sagte Qwilleran am Mittwoch abend zu Arch.

»Ich weiß, worum es geht. Dein Name ist gestern mit U geschrieben worden, aber wir haben es bei der zweiten Ausgabe schon korrigiert. Du weißt, was kommen wird, nicht wahr? Wenn sich der Betriebsrat der Schriftsetzer das nächste Mal mit der Geschäftsleitung zusammensetzt, wird eine seiner Beschwerden die Schreibweise deines Namens sein.«

»Ich habe noch etwas. Ich bin nicht als Dienstbote für euren Kunstkritiker angestellt, aber das glaubt er anscheinend. Weißt du, daß er heute abend verreist?«

»Ich habe mir so was gedacht«, meinte Arch. »Die letzten Bänder reichen für drei Kolumnen.«

»Zuerst habe ich diese Bänder für ihn abgeliefert. Und dann habe ich das Ticket für den Drei-Uhr-Flug heute nachmittag abgeholt. Und jetzt soll ich Latrinendienst für seine Katze machen!«

»Warte, bis Odd Bunsen das hört!«

»Sag es ihm nicht! Neugierig wie er ist, findet Bunsen das über seine eigenen verzweigten Kanäle früh genug heraus. Ich soll den Kater zweimal täglich füttern, sein Trinkwasser wechseln und sein Kistchen saubermachen. Weißt du, was ein Katzenkistchen ist?«

»Ich kann es mir vorstellen.«

»Für mich war das etwas Neues. Ich habe geglaubt, Katzen laufen einfach in den Hof hinaus.«

»Im Vertrag des Journalistenverbandes steht nichts über Reporter, die niedrige Dienste verrichten«, sagte Arch. »Warum hast du nicht abgelehnt?«

»Mountclemens gab mir keine Chance. Er ist wirklich gerissen! Da saß ich in seiner Küche, total im Bann von frischer Ananas, geschmorter Hühnerleber und Eier-Rahmauflauf. Noch dazu eine *perfekt ausgereifte* Ananas! Was konnte ich tun?«

»Du wirst zwischen Stolz und Gefräßigkeit wählen müssen, das ist alles. Magst du keine Katzen?«

»Klar, ich mag Tiere, und dieser Kater ist menschlicher als ein paar Leute, die ich nennen könnte. Aber er gibt mir das unangenehme Gefühl, daß er mehr weiß als ich – und daß er mir nicht sagt, was.«

Arch sagte: »Wir haben daheim ständig Katzen. Die Kinder bringen sie nach Hause. Aber keine davon hat mir je einen Minderwertigkeitskomplex eingejagt.«

»Deine Kinder haben nie eine Siamkatze heimgebracht.«

»Du wirst es drei, vier Tage aushalten. Wenn es dir zuviel wird, schicken wir einen Laufburschen mit Doktortitel. Der sollte wohl mit einer Siamkatze fertig werden.«

»Schluß damit. Da kommt Odd Bunsen«, sagte Qwilleran.

Noch bevor der Fotograf auftauchte, konnte man seine Zigarre riechen und seine Stimme hören, die über die Kälte draußen schimpfte.

Odd klopfte Qwilleran auf die Schulter. »Sind das Katzenhaare auf Ihrem Kragen, oder haben Sie eine blonde Freundin mit Bürstenhaarschnitt?«

Qwilleran kämmte seinen Schnurrbart mit einem Cocktailstäbchen.

Odd sagte: »Ich habe noch immer Nachtdienst. Will einer von euch mit mir essen? Ich habe eine Stunde Zeit zum Abendessen, wenn niemand das Rathaus in die Luft sprengt.«

»Ich esse mit Ihnen«, sagte Qwilleran.

Sie suchten sich einen Tisch und studierten die Karte. Odd bestellte ein Salisbury-Steak, machte der Kellnerin Komplimente über ihre schmale Taille und sagte dann zu Qwilleran: »Nun, haben Sie den alten Monty inzwischen durchschaut? Würde ich herumlaufen und alle Leute beleidigen wie er, dann würde man mich feuern — oder zur Klatschspalte versetzen, was noch schlimmer ist. Wie kommt er damit durch?«

»Die Freiheit des Kritikers. Außerdem haben die Zeitungen gerne kontroverse Autoren.«

»Und woher hat er das ganze Geld? Ich habe gehört, er lebt recht gut. Reist viel. Fährt einen teuren Wagen. Von dem, was ihm der *Flux* zahlt, kann er sich das nicht leisten.«

»Mountclemens fährt kein Auto«, sagte Qwilleran.

»Aber klar doch. Ich habe ihn am Steuer eines Wagens gesehen. Erst heute morgen.«

»Mir sagte er, er hätte kein Auto. Er fährt Taxi.«

»Vielleicht hat er kein eigenes, aber er fährt manchmal mit einem.«

»Wie, glauben Sie, schafft er das?«

»Kein Problem. Ein Automatik-Auto. Sind Sie noch nie mit einem Arm gefahren? Sie müssen ein miserabler Liebhaber sein. Ich bin schon Auto gefahren, habe den Schalthebel betätigt und dabei einen Hot Dog gegessen.«

»Ich habe auch ein paar Fragen«, sagte Qwilleran. »Sind die Künstler hier wirklich so schlecht, wie Mountclemens sagt? Oder ist er wirklich so ein Schwindler, wie die Künstler glauben? Mountclemens sagt, Halapay ist ein Scharlatan. Halapay nennt Zoe Lambreths Bilder eine Zumutung. Zoe sagt, Sandy Halapay ist ungebildet. Sandy hält Mountclemens für verantwortungslos. Mountclemens sagt, Farhar ist unfähig. Farhar sagt, Mountclemens hat keine Ahnung von Kunst. Mountclemens sagt, Earl Lambreth ist bemitleidenswert. Lambreth sagt, Mountclemens ist ein Ausbund an gutem Geschmack, Wahrheitsliebe und Integrität. Also ... wer hat damit angefangen?«

»Hören Sie mal«, sagte Odd. »Ich glaube, sie rufen mich aus.«

Die murmelnde Durchsage war über den Lärm in der Bar kaum zu hören.

»Ja, das ist für mich«, sagte der Fotograf. »Es muß doch jemand das Rathaus gesprengt haben.«

Er ging zum Telefon, und Qwilleran dachte über die Komplexität der Kunstwelt nach.

Als Odd Bunsen von der Telefonzelle zurückkam, war er ganz außer sich vor Aufregung.

Qwilleran dachte, er ist seit fünfzehn Jahren Pressefotograf, und noch immer strahlt er, wenn es Feueralarm gibt.

»Ich habe Neuigkeiten für Sie«, sagte Odd. Er beugte sich über den Tisch und sprach mit leiser Stimme.

»Was ist los?«

»Ärger in Ihrem Ressort.«

»Was für Ärger?«

»Mord! Ich bin unterwegs zur Lambreth Gallery.«

»Zur Lambreth!« Qwilleran sprang so schnell auf, daß er seinen Stuhl umwarf. »Wer ist es? . . . Doch nicht Zoe?«

»Nein. Ihr Mann.«

»Wissen Sie, was passiert ist?«

»Sie haben gesagt, er ist erstochen worden. Wollen Sie mitkommen? Ich habe Ihrer Redaktion gesagt, daß Sie hier sind, und sie meinten, es wäre gut, wenn Sie die Berichterstattung übernehmen könnten. Kendall ist in einer anderen Sache unterwegs, und die beiden anderen Reporter haben zu tun.«

»Okay, ich komme.«

»Rufen Sie lieber zurück und geben Sie ihnen Bescheid. Mein Auto steht draußen.«

Als Qwilleran und Bunsen vor der Lambreth Gallery ankamen, herrschte eine völlig unangemessene Ruhe auf der Straße. Das Finanzviertel war normalerweise nach halb sechs verlassen, und selbst ein Mord hatte keine große Menschenmenge anziehen können. Ein scharfer Wind blies durch die von den nahen Bürohäusern gebildete Schlucht, und nur ein paar bibbernde Nachzügler standen auf dem Gehsteig herum, gingen aber bald weiter. Einsamkeit erfüllte die Straße. Vereinzelte Stimmen klangen unmäßig laut.

Die Zeitungsleute wiesen sich bei dem Polizisten an der Tür

aus und gingen hinein. Die teuren Kunstwerke und die luxuriöse Einrichtung der Galerie gaben einen irrealen Hintergrund für die Ansammlung ungeladener Gäste ab. Ein Polizeifotograf machte Bilder von ein paar Gemälden, die böse zerfetzt worden waren. Bunsen zeigte Qwilleran den Revierinspektor und Hames, einen Beamten des Morddezernats. Hames nickte ihnen zu und deutete mit dem Daumen nach oben.

Die Journalisten wollten die Wendeltreppe hinaufsteigen, mußten aber zurücktreten, um den Fingerabdruckspezialisten herunterzulassen. Er führte Selbstgespräche. Er sagte: »Wie können die da eine Bahre hinuntertragen? Sie werden ihn durch das Fenster hinablassen müssen.«

Oben sagte eine scharfe Stimme: »Kommt schon, Leute. Das könnt ihr auch unten machen. Wir brauchen Platz!«

»Das ist Wojcik vom Morddezernat«, sagte Bunsen. »Mit dem ist nicht zu spaßen.«

Die Rahmenwerkstatt war ungefähr so, wie Qwilleran sie in Erinnerung hatte — abgesehen von den Männern mit Dienstabzeichen, Fotoapparaten und Notizheften. Ein Polizist stand in Lambreths Bürotür, mit dem Rücken zum Büro. Über seine Schulter konnte Qwilleran sehen, daß das Büro ziemlich verwüstet war. Die Leiche lag am Boden neben dem Schreibtisch.

Er sprach Wojcik an und schlug ein kleines Notizheft auf. »Ist der Mörder bekannt?«

»Nein«, sagte der Kriminalbeamte.

»Opfer: Earl Lambreth, Leiter der Galerie?«

»Stimmt.«

»Methode?«

»Mit einem Werkzeug von der Werkbank erstochen. Einem scharfen Meißel.«

»Wo?«

»In die Kehle. Sehr feuchte Angelegenheit.«

»Wo wurde der Tote gefunden?«

»In seinem Büro.«

»Von wem?«

»Seiner Frau, Zoe.«

Qwilleran mußte schlucken und verzog das Gesicht.

»Das wird Z-o-e geschrieben«, sagte der Kriminalbeamte.

»Ich weiß. Anzeichen für einen Kampf?«

»Büro praktisch auf den Kopf gestellt.«

»Was ist mit dem Vandalenakt in der Galerie?«

»Einige Bilder zerstört. Eine Statue zerbrochen. Sie können das unten sehen.«

»Wann ist es passiert?«

»Die elektrische Uhr wurde vom Schreibtisch gestoßen. Steht auf sechs Uhr fünfzehn.«

»Die Galerie war zu der Zeit geschlossen.«

»Stimmt.«

»Irgendwelche Hinweise auf gewaltsames Eindringen?«

»Nein.«

»Dann könnte der Mörder jemand gewesen sein, der Zutritt zur Galerie hatte.«

»Kann sein. Wir haben die Eingangstür versperrt vorgefunden. Ob die Hintertür versperrt war, als Mrs. Lambreth kam, ist nicht sicher.«

»Wurde etwas gestohlen?«

»Auf den ersten Blick nicht zu sagen.« Wojcik schickte sich an, wegzugehen. »Das ist alles. Sie haben die Geschichte.«

»Noch eine Frage. Gibt es Verdächtige?«

»Nein.«

Während Bunsen herumsauste und Fotos machte, betrachtete Qwilleran das Zerstörungswerk genauer. Zwei Ölgemälde waren mit einem scharfen Instrument aufgeschlitzt worden. Ein gerahmtes Bild lag am Boden, das Glas war zerbrochen, als wäre jemand mit dem Fuß draufgetreten. Eine rötliche Tonskulptur schien von einem Tisch mit Marmorplatte gestoßen worden zu sein; die Trümmer lagen überall herum.

Die Bilder von Zoe Lambreth und Scrano – die einzigen beiden Namen, die Qwilleran kannte – waren unversehrt.

Die Skulptur war ihm von seinem vorherigen Besuch noch in Erinnerung. Das langgezogene Gebilde mit den willkürlichen Ausbuchtungen war offenbar eine Frauenfigur gewesen. Das

dazugehörige Schild hing noch immer an dem leeren Podest:
›*Eva* – von B. H. Riggs – Terrakotta.‹

Das Aquarell am Boden hatte Qwilleran in der vorherigen Woche nicht bemerkt. Es ähnelte einem vielfarbigen Puzzle – einfach ein angenehmes Muster. Es trug den Titel ›Interior‹, und die Künstlerin hieß Mary Ore. Auf dem Schild wurde es als Gouache bezeichnet.

Dann untersuchte Qwilleran die zwei Ölgemälde. Beide bestanden aus wellenförmigen, vertikalen Farbstreifen, die mit einem breiten Pinsel auf einem weißen Hintergrund aufgetragen waren. Die Farben waren sehr kräftig – rot, purpur, orange, rosa –, und die Bilder schienen förmlich zu vibrieren. Qwilleran fragte sich, wer diese nervenzermürbenden Kunstwerke wohl kaufte. Da zog er seinen zweitklassigen Monet vor.

Er trat näher, um die Schilder zu lesen. Auf einem stand ›Strandszene Nr. 3 von Milton Ore – Öl‹, während das andere ›Strandszene Nr. 2‹ vom selben Künstler war. Irgendwie halfen einem die Titel, die Bilder richtig zu würdigen. Sie begannen Qwilleran an flimmernde Hitzewellen zu erinnern, die von heißem Sand aufstiegen.

Er sagte zu Bunsen: »Sehen Sie sich diese beiden Bilder an. Würden Sie sagen, das sind Strandszenen?«

»Ich würde sagen, der Künstler war betrunken«, erwiderte Odd.

Qwilleran trat ein paar Schritte zurück und betrachtete die beiden Ölbilder mit zusammengekniffenen Augen. Plötzlich sah er eine Gruppe stehender Figuren. Er hatte auf die roten, orangen und purpurnen Streifen geschaut, und er hätte die weißen Stellen dazwischen sehen müssen. Die weißen vertikalen Streifen deuteten weibliche Körper an – abstrakt, aber erkennbar.

Er dachte: ›Weibliche Figuren in diesen weißen Streifen... ein weiblicher Torso aus zerbrochenem Ton. Sehen wir uns das Aquarell nochmals an‹.

Jetzt, wo er wußte, wonach er suchte, war es nicht schwer zu finden. In den gezackten Keilen, aus denen sich das Muster von

Mary Ores Bild zusammensetzte, konnte er ein Fenster erkennen, einen Stuhl, ein Bett —auf dem eine menschliche Figur lag. Eine weibliche Figur.

Er sagte zu Odd Bunsen: »Ich würde gerne zum Haus der Lambreths hinausfahren und schauen, ob Zoe mit mir spricht. Vielleicht hat sie ja auch ein Foto des Toten. Sollen wir in der Redaktion anrufen?«

Nachdem er dem Redakteur, der den Artikel ausarbeiten sollte, die Details durchgegeben und das Okay von der Lokalredaktion erhalten hatte, zwängte sich Qwilleran in Odd Bunsens engen Zweisitzer, und sie fuhren zur Sampler Street 3434.

Die Lambreths hatten ein modernes Stadthaus in einem neuen Viertel (dem man die sorgfältige Planung ansah), in einer Gegend, die früher ein Slum gewesen war. Die beiden Männer läuteten an der Tür und warteten. Hinter den großen Fenstern waren die Vorhänge zugezogen, doch man konnte sehen, daß in jedem Raum, oben und unten, Licht brannte. Sie läuteten nochmals.

Die Tür ging auf, und eine Frau in Hosen stand vor ihnen — die Arme streitbar verschränkt, die Füße fest auf die Schwelle gepflanzt; sie kam Qwilleran bekannt vor. Sie war groß und kräftig. Ihr weiches Gesicht blickte streng.

»Ja?« sagte sie grimmig.

»Ich bin ein Freund von M.. Lambreth«, sagte Qwilleran. »Könnte ich sie wohl sprechen und ihr meine Hilfe anbieten? Jim Qwilleran ist mein Name. Das ist Mr. Bunsen.«

»Sie sind von der Zeitung. Sie wird heute nacht nicht mit Reportern sprechen.«

»Das ist kein offizieller Besuch. Wir waren auf dem Nachhauseweg und dachten, wir könnten vielleicht etwas tun. Sind Sie nicht Miß Bolton?«

Aus dem Inneren des Hauses rief eine tiefe, müde Stimme: »Wer ist es, Butchy?«

»Qwilleran und noch ein Mann vom *Fluxion*.«

»Ist schon gut. Bitte sie herein.«

Die beiden Männer traten in einen hypermodern eingerichteten Raum mit wenigen, aber guten Möbeln. Und da stand Zoe Lambreth, an einen Türpfosten gelehnt, in purpurner Seidenhose und lavendelfarbiger Bluse. Sie wirkte hager und verwirrt.

Butchy meinte: »Sie sollte sich hinlegen und ausruhen.«

Zoe sagte: »Mir geht es gut. Ich bin viel zu aufgeregt, um mich auszuruhen.«

»Sie will auch kein Beruhigungsmittel nehmen.«

»Meine Herren, setzen Sie sich«, sagte Zoe.

Qwillerans Miene drückte das teilnahmsvolle Verständnis aus, für das er berühmt war. Selbst sein Schnurrbart trug zum Ausdruck tiefer Sorge bei. Er sagte: »Ich brauche Ihnen meine Gefühle nicht zu beschreiben. Obwohl unsere Bekanntschaft nur kurz war, empfinde ich einen persönlichen Verlust.«

»Es ist schrecklich. Einfach schrecklich.« Zoe saß am Rand des Sofas und hatte die Hände auf den Knien gefaltet.

»Ich habe die Galerie letzte Woche besucht, wie Sie vorgeschlagen haben.«

»Ich weiß. Earl hat es mir erzählt.«

»Es muß ein unvorstellbarer Schock für Sie gewesen sein.«

Butchy unterbrach ihn. »Ich glaube nicht, daß sie jetzt darüber reden sollte.«

»Butchy, ich muß darüber reden«, sagte Zoe, »oder ich werde verrückt.« Sie sah Qwilleran mit den tiefbraunen Augen an, die ihm noch so gut von ihrer ersten Begegnung im Gedächtnis waren, und jetzt erinnerten sie ihn an die Augen in Zoes eigenen Gemälden in der Galerie.

Er sagte: »War es üblich, daß Sie in die Galerie gingen, nachdem sie geschlossen war?«

»Ganz im Gegenteil. Ich ging überhaupt sehr selten hin. Es wirkt unprofessionell, wenn sich eine Künstlerin ständig in der Galerie aufhält, die ihre Bilder ausstellt. Noch dazu in unserem Fall — als Ehepaar. Es würde allzu sehr nach Anbiederung aussehen!«

»Die Galerie machte einen sehr exquisiten Eindruck«, sagte Qwilleran. »Sehr passend für das Finanzviertel.«

Butchy sagte mit unverhohlenem Stolz: »Das war Zoes Idee.«

»Mrs. Lambreth, weshalb sind Sie heute nacht in die Galerie gegangen?«

»Ich war zweimal da. Das erste Mal kurz vor Ladenschluß. Ich war den ganzen Nachmittag einkaufen und schaute vorbei, um zu fragen, ob Earl zum Abendessen in der Stadt bleiben wollte. Er sagte, er könne erst um sieben oder noch später weg.«

»Um welche Zeit haben Sie da mit ihm gesprochen?«

»Die Tür war noch offen, also muß es vor halb sechs gewesen sein.«

»Hat er gesagt, warum er nicht aus der Galerie wegkonnte?«

»Er mußte an den Büchern arbeiten – für den Steuertermin oder so was –, also fuhr ich nach Hause. Aber ich war müde und hatte keine Lust zu kochen.«

Butchy sagte: »Sie hat Tag und Nacht gearbeitet, um alles für ihre Ausstellung fertigzubekommen.«

»Also beschloß ich, ein Bad zu nehmen und mich umzuziehen«, fuhr Zoe fort, »und um sieben Uhr nochmals in die Stadt zu fahren und Earl von seinen Büchern loszueisen.«

»Haben Sie ihn angerufen, um ihm zu sagen, daß Sie nochmals in die Galerie kämen?«

»Ich glaube, ja. Oder vielleicht auch nicht. Ich kann mich nicht erinnern. Ich dachte daran anzurufen, aber in der Hektik, mit der ich mich umzog – ich weiß nicht, ob ich anrief oder nicht ... Sie wissen, wie das ist. Man tut solche Dinge automatisch, ohne zu denken. Manchmal kann ich mich nicht erinnern, ob ich mir die Zähne geputzt habe, und muß nachsehen, ob die Zahnbürste naß ist.«

»Wann sind Sie das zweite Mal in der Galerie angekommen?«

»So um sieben, glaube ich. Earl hatte das Auto zur Reparatur gebracht, deshalb rief ich ein Taxi und sagte dem Fahrer, er sollte mich zum Hintereingang der Galerie fahren. Ich habe den Schlüssel für die Hintertür – für den Notfall.«

»War sie verschlossen?«

»Das ist noch etwas, woran ich mich nicht erinnere. Sie hätte verschlossen sein sollen. Ich habe den Schlüssel ins Schloß gesteckt und den Türknopf gedreht, ohne viel dabei zu denken. Die Tür ging auf, und ich ging hinein.«

»Ist Ihnen im Erdgeschoß aufgefallen, daß etwas nicht in Ordnung war?«

»Nein. Das Licht war ausgeschaltet. Ich ging direkt die Wendeltreppe hinauf. Sobald ich in die Werkstatt kam, merkte ich, daß etwas nicht stimmte. Es war totenstill. Ich hatte fast Angst, ins Büro zu gehen.« Die Erinnerung war sichtlich qualvoll. »Aber ich ging. Zuerst sah ich – Papier und alles über den Boden verstreut. Und dann...« Sie bedeckte das Gesicht mit den Händen, und im Zimmer war es still.

Nach einer Weile sagte Qwilleran sanft: »Soll ich Mountclemens in New York benachrichtigen? Ich weiß, daß er Sie beide sehr schätzt.«

»Wenn Sie wollen.«

»Sind schon Begräbnisvorbereitungen getroffen worden?«

Butchy sagte: »Es wird kein Begräbnis geben. Zoe hält nichts von Begräbnissen.«

Qwilleran stand auf. »Wir gehen, aber wenn ich irgend etwas tun kann, Mrs. Lambreth, bitte wenden Sie sich an mich. Manchmal hilft es schon, wenn man nur mit jemandem reden kann.«

Butchy sagte: »Ich bin hier. Ich kümmere mich um sie.«

Qwilleran fand, die Frau klang besitzergreifend. Er sagte: »Nur noch eins, Mrs. Lambreth. Haben Sie eine gute Fotografie von Ihrem Mann?«

»Nein. Nur ein Porträt, das ich letztes Jahr gemalt habe. Es ist in meinem Studio. Butchy wird es Ihnen zeigen. Ich glaube, ich gehe jetzt hinauf.«

Sie ging ohne weitere Formalitäten aus dem Zimmer, und Butchy führte die beiden Männer in das Studio an der Rückseite des Hauses.

Dort, an der Wand, war Earl Lambreth – kalt, hochmütig, geringschätzig – ohne Liebe gemalt.

»Die Ähnlichkeit ist perfekt«, sagte Butchy stolz. »Sie hat wirklich seine Persönlichkeit eingefangen.«

Fast unhörbar klickte Odd Bunsens Kamera.

Kapitel acht

Als Qwilleran und Odd Bunsen vom Haus der Lambreths wegfuhren, schwiegen sie bibbernd, bis die Heizung von Odds Auto den ersten, vielversprechenden Schnaufer von sich gab.

Dann sagte Odd: »Den Lambreths scheint es im Kunstgeschäft ja recht gut zu gehen. Ich wünschte, ich könnte so leben. Ich wette, das Sofa dort ist seine tausend Dollar wert. Wer war denn diese Walküre?«

»Butchy Bolton. Unterrichtet Bildhauerei an der Penniman School of Fine Art.«

»Die hat wirklich geglaubt, sie hätte das Kommando. Und es richtig ausgekostet.«

Qwilleran pflichtete ihm bei. »Butchy hat nicht den Eindruck gemacht, als sei sie tief betrübt über den Tod von Earl Lambreth. Ich frage mich, wie sie in dieses Bild paßt. Ist vermutlich eine Freundin der Familie.«

»Wenn Sie mich fragen«, sagte Odd, »ich glaube, die liebreizende Zoe nimmt es auch nicht allzu schwer.«

»Sie ist eine ruhige, intelligente Frau«, erwiderte Qwilleran, »auch wenn sie gut aussieht. Sie ist nicht der Typ, der zusammenbricht.«

»Wenn meine Frau mich je in einer Blutlache findet, dann möchte ich, daß sie zusammenbricht, und zwar ordentlich! Ich will nicht, daß sie heimläuft, ihr Make-up auffrischt und sich in scharfe Klamotten wirft, um die Kondolenzbesucher zu empfangen. Stellen Sie sich das vor, 'ne Lady kann sich nicht erinnern, ob sie ihren Mann angerufen hat oder nicht, und ob die Galerietür offen oder versperrt war!«

»Das ist der Schock. Da hat man Blackouts. Sie wird sich morgen wieder erinnern – oder übermorgen. Was halten Sie von dem Porträt, das sie von ihrem Mann gemalt hat?«

»Perfekt. Er ist kalt wie ein Fisch. Ich hätte kein besseres Foto machen können.«

Qwilleran sagte: »Ich habe immer geglaubt, diese modernen Künstler malen Kleckse und Flecken, weil sie nicht zeichnen können, aber jetzt bin ich nicht mehr so sicher. Zoe ist wirklich talentiert.«

»Wenn sie so talentiert ist, warum verschwendet sie ihre Zeit dann mit diesem modernen Mist?«

»Vielleicht, weil es sich gut verkauft. Übrigens, ich würde gerne unseren Polizeireporter kennenlernen.«

»Lodge Kendall? Haben Sie ihn noch nicht kennengelernt? Er ißt fast jeden Mittag im Presseclub.«

»Ich würde mich gerne mit ihm unterhalten.«

»Soll ich für morgen etwas arrangieren?« fragte Odd.

»Okay ... Wohin fahren Sie jetzt?«

»Zurück ins Labor.«

»Wenn es kein Umweg für Sie ist, würden Sie mich bei meiner Wohnung absetzen?«

»Kein Problem.«

Qwilleran sah beim Schein der Armaturenbeleuchtung auf die Uhr. »Schon halb elf!« sagte er. »Und ich habe vergessen, die Katze zu füttern.«

»Aha! Aha!« sagte Odd. »Ich habe Ihnen gesagt, Monty will Sie als Katzensitter.« Ein paar Minuten später, als er auf den Blenheim Place fuhr, fragte er: »Haben Sie nicht mordsmäßig Schiß in dieser Gegend? Die Typen, die hier auf der Straße herumlaufen!«

»Die stören mich nicht«, antwortete Qwilleran.

»*Mich* brächte man nicht dazu, hierher zu ziehen! Ich bin ein Feigling.«

Eine gefaltete Zeitung lag vor der Eingangstür von Nr. 26.

Qwilleran hob sie auf, sperrte die Tür auf und schloß sie schnell wieder hinter sich, froh, aus der Kälte hereinzukommen. Er rüttelte an der Türschnalle, um sich zu vergewissern, daß sie wirklich abgeschlossen war — wie Mountclemens ihm aufgetragen hatte.

Mit einem zweiten Schlüssel sperrte er die innere Tür zur Vorhalle auf. Und dann prallte er entsetzt zurück.

Aus der Dunkelheit kam ein wilder Schrei. Qwillerans Verstand setzte aus. Sein Schnurrbart sträubte sich. Sein Herz hämmerte. Instinktiv packte er die Zeitung wie einen Prügel.

Dann wurde ihm klar, woher der Schrei stammte. Koko wartete auf ihn. Koko schimpfte ihn aus. Koko war hungrig. Koko war wütend.

Qwilleran lehnte sich gegen den Türrahmen und schnappte nach Luft. Er lockerte seine Krawatte.

»Mach das *nie* wieder!« sagte er zu der Katze.

Koko saß auf dem Tisch, der von goldenen Löwen getragen wurde, und antwortete mit einem Schwall von Schmähungen.

»Schon gut! Schon gut!« schrie Qwilleran ihn an. »Ich entschuldige mich. Ich habe es vergessen, das ist alles. Hatte in der Stadt etwas Wichtiges zu erledigen.«

Koko setzte seine Tirade fort.

»Warte wenigstens bis ich den Mantel ausgezogen habe, ja?«

Sobald Qwilleran die Treppe hinaufging, hörte der Lärm auf. Die Katze schlüpfte an ihm vorbei und lief voran in Mountclemens Wohnung, die im Finsteren lag. Qwilleran tastete nach einem Lichtschalter. Diese Verzögerung ärgerte Koko, und er begann sofort wieder lautstark zu schimpfen. Jetzt hatten die durchdringenden Schreie einen rauhen Unterton, der drohend klang.

»Ich komme ja schon, ich komme ja schon«, sagte Qwilleran und folgte dem Kater den langen Gang hinunter in die Küche. Koko führte ihn direkt zum Kühlschrank, in dem ein Stück Rindfleisch auf einem Glasteller wartete. Es sah aus wie ein ganzes Lendenstück.

Qwilleran legte das Fleisch auf ein eingebautes Schneidbrett und suchte ein scharfes Messer.

»Wo hat er denn seine Messer?« sagte er und zog eine Lade nach der anderen auf.

Koko sprang leichtfüßig auf eine angrenzende Arbeitsfläche und beschnupperte eine magnetische Leiste, an der fünf stattliche Messer mit der Spitze nach unten hingen.

»Danke«, sagte Qwilleran. Er begann das Rindfleisch zu schneiden und bewunderte die Qualität der Messer. Richtige Messer für einen Küchenchef. Mit denen war Fleischschneiden ein Vergnügen. Wie hatte Mountclemens gesagt, sollte er das Fleisch schneiden? So groß wie kleine Bohnen oder wie dicke Bohnen? Und was war mit der Brühe? Er hatte gesagt, er solle das Fleisch in einer Brühe wärmen. Wo war die Brühe?

Der Kater saß auf der Arbeitsfläche und überwachte — finster und ungeduldig, wie es schien — jede Bewegung.

Qwilleran sagte: »Wie wär's, wenn du es roh frißt, Alter? Wo es schon so spät ist...«

Koko stieß ein tiefes, kehliges Gurgeln aus, das Qwilleran als Zustimmung auffaßte. Er nahm einen Teller aus einem Schrank — weißes Porzellan mit einem breiten Goldrand. Er richtete das Rindfleisch darauf an — sehr appetitlich, wie er fand — und stellte es auf den Boden neben eine Wasserschüssel aus Porzellan mit der Aufschrift ›Katze‹ in drei Sprachen.

Koko grummelte und sprang hinunter, ging zum Teller und inspizierte das Fleisch. Dann blickte er zu Qwilleran auf; die Stellung seiner Ohren drückte Fassungslosigkeit aus.

»Los, friß«, sagte Qwilleran. »Wohl bekomm's.«

Koko senkte nochmals den Kopf. Er schnüffelte. Er berührte das Fleisch mit der Pfote und schauderte sichtlich. Dann schüttelte er angewidert die Pfote ab und ging mit steif zum Himmel gerichteten Schwanz davon.

Später, nachdem Qwilleran im Kühlschrank eine dünne Brühe gefunden und die Mahlzeit ordnungsgemäß zubereitet hatte, war Kao K'o-Kung geneigt zu speisen.

Dieses Erlebnis erzählte der Reporter am nächsten Tag im

Presseclub, wo er mit Arch Riker und Lodge Kendall zu Mittag aß.

»Aber heute früh habe ich mich hervorragend gehalten«, sagte Qwilleran. »Koko hat mich um halb sieben aufgeweckt — er hat vor meiner Tür gebrüllt —, und ich bin hinaufgegangen und habe das Frühstück zu seiner Zufriedenheit zubereitet. Ich glaube, er wird mir den Job lassen, bis Mountclemens heimkommt.«

Der Polizeireporter war jung, steif und ernsthaft; er nahm alles sehr wörtlich, kein Lächeln entkam ihm. Er fragte: »Wollen Sie damit sagen, daß Sie sich von einer Katze herumkommandieren lassen?«

»Eigentlich tut er mir leid. Armer, kleiner, reicher Kater! Nichts als Lende und *Pâté de la maison*. Ich wünschte, ich könnte ihm eine Maus fangen.«

Arch sagte erklärend zu Kendall: »Wissen Sie, das ist ein Siamkater, der von einem ägyptischen Gott abstammt. Nicht nur, daß er spricht und überhaupt alles unter Kontrolle hat; er liest auch die Schlagzeilen in der Zeitung. Eine Katze, die lesen kann, ist einem Journalisten, der keine Mäuse fangen kann, ganz offensichtlich überlegen.«

Qwilleran sagte: »Fliegen kann er auch. Wenn er auf einen zweieinhalb Meter hohen Schrank hinauf will, legt er einfach die Ohren an und schießt hinauf wie ein Jet. Ohne Flügel. Er verfügt über irgendein aerodynamisches Prinzip, das gewöhnlichen Katzen fehlt.«

Kendall sah die beiden Älteren verwundert und argwöhnisch an.

»Nachdem Koko mich um halb sieben geweckt hatte«, fuhr Qwilleran fort, »begann ich über den Lambreth-Mord nachzudenken. Gibt es irgendwelche neuen Entwicklungen, Lodge?«

»Heute morgen ist nichts bekanntgegeben worden.«

»Sind sie im Hinblick auf den Vandalenakt schon zu einem Schluß gekommen?«

»Nicht daß ich wüßte.«

»Nun, mir ist gestern nacht etwas aufgefallen, das vielleicht interessant ist. Alle vier Kunstwerke, die zerstört worden sind, stellten den weiblichen Körper dar, mehr oder weniger unbekleidet. Ist der Polizei das aufgefallen?«

»Ich weiß es nicht«, sagte der Polizeireporter. »Ich werde es in der Polizeizentrale erwähnen.«

»Man sieht es nicht gleich. Das Zeug ist ziemlich abstrakt, und wenn man nur flüchtig hinsieht, erkennt man gar nichts.«

»Dann muß der Vandale jemand sein, der auf moderne Kunst steht«, sagte Kendall. »Irgend so ein Verrückter, der seine Mutter gehaßt hat.«

»Das engt den Kreis ein«, sagte Arch.

Qwilleran war in seinem Element: Er hatte — wenn auch nur am Rande — mit Polizeiberichterstattung zu tun, dem Ressort, in dem er das Journalistenhandwerk gelernt hatte. Sein Gesicht leuchtete. Sogar sein Schnurrbart sah glücklich aus.

Drei Cornedbeef-Sandwiches wurden serviert, und dazu eine Plastikflasche. Sie konzentrierten sich darauf, den Senf auf die Roggenbrote zu drücken, jeder auf seine Art: Arch produzierte konzentrische Kreise, Kendall malte präzise Zickzacklinien, und Qwilleran erging sich in unbekümmerter abstrakter Senfmalerei.

Nach einer Weile sagte Kendall zu ihm: »Wissen Sie viel über Lambreth?«

»Ich habe ihn nur einmal getroffen. Er war ein ziemlich aufgeblasener Typ.«

»War die Galerie erfolgreich?«

»Schwer zu sagen. Sie war kostspielig eingerichtet, aber das beweist gar nichts. Einige der Bilder kosteten fünfstellige Summen, obwohl ich keine fünf Cents dafür zahlen würde. Ich nehme an, die Leute haben diese Art Kunst als Investitionsobjekte gekauft; das ist auch der Grund, warum Lambreth den Laden im Finanzviertel aufmachte.«

»Vielleicht dachte irgend so ein Blödmann, er sei übers Ohr gehauen worden, und geriet mit dem Händler in Streit, und dann ist es passiert.«

»Das paßt nicht zu der Art von Vandalismus.«

Arch sagte: »Glauben Sie, daß die Wahl der Waffe irgend etwas zu bedeuten hat?«

»Es war ein Meißel von der Werkbank«, sagte Kendall.

»Entweder hat der Mörder in einem Augenblick der Erregung danach gegriffen, oder er hat von vornherein gewußt, daß der Meißel für seinen Zweck da liegen würde.«

»Wer war in der Werkstatt angestellt?«

»Ich glaube nicht, daß überhaupt jemand angestellt war«, sagte Qwilleran. »Ich vermute, Lambreth hat die Rahmen selbst gemacht – trotz der vornehmen Show, die er vor den Kunden abzog. Als ich dort war, wies alles darauf hin, daß an der Werkbank gerade gearbeitet wurde – aber es war kein Arbeiter da. Und als ich fragte, wer die Rahmen machte, gab er mir eine ausweichende Antwort. Und dann fiel mir auf, daß seine Hände schmutzig waren – verfärbt und lädiert, eben so, als verrichte er manuelle Arbeit.«

»Vielleicht war dann die Galerie gar nicht so erfolgreich, und er hat Einsparungen vorgenommen.«

»Andererseits hat er in einer guten Gegend gewohnt, und sein Haus schien teuer eingerichtet zu sein.«

Kendall sagte: »Ich frage mich, ob Lambreth den Mörder nach Ladenschluß eingelassen hat. Oder hat der Mörder selbst die Hintertür aufgeschlossen – mit einem Schlüssel?«

»Ich bin sicher, es war jemand, den Lambreth kannte«, sagte Qwilleran, »und ich glaube, die Kampfspuren sind erst nach dem Mord inszeniert worden.«

»Wieso glauben Sie das?«

»Wegen der Position der Leiche. Lambreth ist anscheinend zwischen seinem Drehstuhl und dem Schreibtisch zu Boden gefallen, so als habe er dort gesessen, als der Mörder sich überraschend auf ihn stürzte. Er würde doch nicht mit jemandem kämpfen, sich dann an seinen Schreibtisch setzen und darauf warten, daß er gekillt wird.«

»Nun, laß die Polizei das aufklären«, sagte Arch.

»Wir haben zu arbeiten.«

Als die Männer vom Tisch aufstanden, winkte der Barkeeper Qwilleran zu sich. »Ich habe vom Lambreth-Mord gelesen«, sagte er und schwieg vielsagend, bevor er hinzufügte: »Ich kenne diese Galerie.«

»Ja? Was wissen Sie darüber?«

»Lambreth hat die Leute gelinkt.«

»Wieso glauben Sie das?«

Bruno sah sich hastig nach beiden Seiten um. »Ich kenne eine Menge Maler und Bildhauer, und jeder von ihnen kann Ihnen sagen, wie Lambreth gearbeitet hat. Er hat ein Stück für achthundert Dollar verkauft und dem Künstler lumpige einhundertfünfzig gegeben.«

»Glauben Sie, daß einer Ihrer Kumpel ihn umgelegt hat?«

Bruno war gebührend indigniert. »Ich habe nichts dergleichen gesagt. Ich dachte nur, Sie wüßten vielleicht gerne, was für ein Typ er war.«

»Nun, danke.«

»Und seine Frau ist nicht viel besser.«

»Was meinen Sie damit?«

Der Barkeeper nahm ein Tuch und wischte damit die Theke ab, obwohl das gar nicht nötig war. »Jeder weiß, daß sie herumgeflirtet hat. Eines muß man ihr aber lassen. Sie läßt ihre Reize dort spielen, wo es das meiste bringt.«

»Und wo zum Beispiel?«

»Zum Beispiel im ersten Stock des Hauses, in dem Sie wohnen. Wie ich höre, soll das ein sehr gemütliches Nest sein.« Bruno hielt inne und warf Qwilleran einen vielsagenden Blick zu. »Sie geht dorthin, um die Katze zu malen!«

Qwilleran zuckte wortlos die Achseln und wollte gehen.

Bruno hielt ihn zurück. »Und noch etwas, Mr. Qwilleran«, sagte er. »Ich habe da etwas Merkwürdiges über das Museum gehört. Ein wertvolles Exponat fehlt, und sie vertuschen es.«

»Warum sollten sie es vertuschen?«

»Wer weiß? Viele merkwürdige Dinge gehen dort vor sich.«

»Was fehlt denn?«

»Ein Dolch — aus dem florentinischen Saal! Ein Freund von mir — er ist Aufseher im Museum —, der hat entdeckt, daß der Dolch fehlt, und es gemeldet, aber keiner will deswegen etwas unternehmen. Ich dachte, das wäre doch 'ne Story für Sie.«

»Danke. Ich werde der Sache nachgehen«, sagte Qwilleran. Er hatte einige der besten Tips von Barkeepern in Presseclubs bekommen. Einige der schlechtesten auch.

Auf dem Weg hinaus blieb er in der Eingangshalle des Gebäudes stehen, wo die Damen von der Presse für einen wohltätigen Zweck gebrauchte Bücher verkauften. Für einen halben Dollar erwarb er ein Buch mit dem Titel *Das glückliche Haustier*. Außerdem kaufte er *Die Höhen und Tiefen der amerikanischen Wirtschaft von 1800 bis 1850* für einen Vierteldollar.

In die Redaktion zurückgekehrt, rief er im Haus der Lambreth an. Butchy hob ab und sagte, nein, Zoe könne nicht ans Telefon kommen... ja, sie hätte ein bißchen schlafen können... nein, es gäbe nichts, was Qwilleran tun könne.

Er brachte die Arbeit des Nachmittags hinter sich und ging dann nach Hause. Es begann zu schneien, und er stellte den Mantelkragen auf. Er hatte vor, die Katze zu füttern, irgendwo einen Hamburger zu essen und danach zum Kunstmuseum hinüberzuspazieren und sich den florentinischen Saal anzusehen. Es war Donnerstag, und das Museum war abends geöffnet.

Als er bei Nr. 26 ankam, den Schnee von den Schultern schüttelte und von den Schuhen abtrat, wartete Koko bereits auf ihn. Der Kater begrüßte ihn in der Eingangshalle — diesmal nicht mit einer lautstarken Liste von Beschwerden, sondern mit einem anerkennenden Zirpen. Seine Schnurrhaare richteten sich nach vorne, was ihm ein freundlich-erwartungsvolles Aussehen verlieh. Der Journalist fühlte sich geschmeichelt.

»Hallo, alter Knabe«, sagte er. »Wie ist es heute gelaufen? War viel los?«

Aus Kokos unverbindlichen Lautäußerungen schloß Qwilleran, daß der Kater einen etwas weniger interessanten Tag hinter sich hatte als er selbst. Er ging hinauf, um das Lendenstück zu schneiden — oder wie immer das Stück Fleisch hieß, das

Mountclemens als Katzenfutter verwendete. Koko hüpfte ihm heute nicht voraus. Statt dessen war ihm der Kater dicht auf den Fersen und lief ihm zwischen die Knöchel, während er die Stiegen hinaufstieg.

»Was hast du vor? Willst du mir ein Bein stellen?« fragte Qwilleran.

Er bereitete das Rindfleisch nach den offiziellen Vorschriften zu, stellte den Teller auf den Boden und setzte sich nieder, um Koko beim Essen zuzusehen. Langsam begann er die Schönheit der Siamkatzen zu schätzen – die eleganten Proportionen des Körpers, die Muskeln, die sich unter dem feinen Fell abzeichneten, und die exquisiten Farbtöne: das cremefarbene Fell ging in helles Rehbraun und dann in samtiges Schwarzbraun über. Qwilleran kam zu dem Schluß, daß es das schönste Braun war, das er je gesehen hatte.

Zu seiner Überraschung zeigte der Kater kein Interesse am Futter. Er wollte sich an den Knöcheln reiben und hohe, klagende Miau-Laute ausstoßen.

»Was ist los mit dir?« fragte Qwilleran. »Aus dir wird man auch nicht schlau.«

Der Kater sah mit einem flehenden Ausdruck in seinen blauen Augen hoch, schnurrte laut und legte eine Pfote auf Qwillerans Knie.

»Koko, ich wette, du bist einsam. Du bist daran gewöhnt, daß den ganzen Tag jemand da ist. Fühlst du dich vernachlässigt?«

Er hob das bereitwillige, warme Fellbündel auf seine Schulter, und Koko schnurrte ihm mit einem krächzenden Unterton ins Ohr, der äußerste Zufriedenheit ausdrückte.

»Ich glaube, ich bleibe heute abend zu Hause«, sagte Qwilleran zu dem Kater. »Schlechtes Wetter. Es schneit immer stärker. Habe meine Schneestiefel in der Redaktion gelassen.«

Als Abendessen stibitzte er sich eine Scheibe von Kokos *Pâté de la maison*. Es war die beste Pastete, die er je gegessen hatte. Koko merkte, daß das ein Fest war, und begann von einem Ende der Wohnung zum anderen zu rasen. Er schien eine Handbreit über dem Teppich dahinzufliegen; seine Füße bewegten sich, schienen aber den Boden nicht zu berühren — er hechtete in einem einzigen Sprung über den Schreibtisch, dann vom Sessel auf das Bücherregal, auf den Tisch, auf einen anderen Sessel, auf den Schrank — und alles in rasendem Tempo. Jetzt war Qwilleran klar, warum es in der Wohnung keine Tischlampen gab.

Er selbst wanderte auch herum — weitaus gemächlicher. Er öffnete eine Tür in dem langen, schmalen Gang und blickte in ein Schlafzimmer mit einem Himmelbett mit Baldachin und roten Samtvorhängen an den Seiten. Im Badezimmer entdeckte er eine grüne Flasche mit der Aufschrift *Limonenessenz*; er roch daran und erkannte den Duft. Im Wohnzimmer spazierte er herum, die Hände in den Hosentaschen, und sah sich Mountclemens Schätze genauer an. Auf den Messingschildchen der Bilderrahmen waren die Namen *Hals*, *Gauguin*, *Eatkins* eingraviert.

Das war also ein Liebesnest, wie Bruno behauptete. Qwilleran mußte zugeben, daß es für diesen Zweck gut geeignet war: gedämpftes Licht, leise Musik, Kerzenlicht, Wein, große, weiche Fauteuils — all das erzeugte eine angenehm entspannte Stimmung.

Und jetzt war Earl Lambreth tot! Qwilleran blies durch seinen Schnurrbart, während er die Möglichkeiten überdachte. Es war nicht schwer, sich vorzustellen, daß Mountclemens einem anderen die Frau stahl. Mit seinem galanten Charme konnte der Kritiker, wenn er wollte, gewiß jede Frau beeindrucken, und er war der Typ Mann, der ein ›Nein‹ als Antwort nie akzeptieren würde. Ehefrauen stehlen, ja. Einen Mord begehen, nein. Mountclemens war zu elegant, zu kultiviert für so etwas.

Schließlich kehrte Qwilleran in seine eigene Wohnung zurück, gefolgt von einem gutgelaunten Koko. Zur Unterhaltung des Katers band Qwilleran ein gefaltetes Stück Papier an eine Schnur und ließ es baumeln. Um neun wurde die letzte Ausgabe des *Daily Fluxion* geliefert, und Koko las die Schlagzeilen. Als der Reporter es sich schließlich mit einem Buch in einem Lehnstuhl bequem machte, okkupierte der Kater seinen Schoß; sein seidiges Fell bewies, daß er zufrieden war. Mit offensichtlichem Widerstreben verließ ihn Koko um Mitternacht und ging hinauf zu seinem Kissen auf dem Kühlschrank.

Am nächsten Tag beschrieb Qwilleran seinen Abend mit dem Kater, als er bei Arch Rikers Schreibtisch stehenblieb, um seinen Gehaltsscheck abzuholen.

Arch fragte: »Wie kommst du mit der Katze unseres Kritikers aus?«

»Koko war gestern abend einsam, also blieb ich daheim und unterhielt ihn. Wir haben ›Sperling‹ gespielt.«

»Ist das ein Spiel, das ich nicht kenne?«

»Wir haben es erfunden — es ist wie Tennis, aber mit nur einem Spieler und ohne Netz«, sagte Qwilleran. »Ich mache einen Sperling aus Papier und binde ihn an ein Stück Schnur. Dann schwinge ich ihn hin und her, und Koko schlägt mit seiner Pfote danach. Du mußt wissen, er hat eine beachtliche Rückhand. Jedes Mal, wenn er trifft, bekommt er einen Punkt. Wenn er danebenschlägt, ist das ein Punkt für mich. Einundzwanzig Punkte sind eine Runde. Ich führe Buch über das Ergebnis. Gestern nacht stand es nach fünf Runden einhundertacht für Koko zu zweiundneunzig für Qwilleran.«

»Ich setze voll auf den Kater«, sagte Arch. Er griff nach einem rosa Blatt Papier. »Ich weiß, dieser Kater nimmt einen großen Teil deiner Zeit, Aufmerksamkeit und Kraft in Anspruch, aber ich wünschte, du würdest mit dem Artikel über Halapay weitermachen. Heute morgen ist schon wieder eine rosa Mitteilung gekommen.«

»Noch ein Treffen mit Mrs. Halapay, und ich bin soweit.«

Als er zu seinem Tisch zurückkam, rief er Sandy an und schlug ein Mittagessen am folgenden Mittwoch vor.

»Sagen wir, Abendessen«, meinte sie. »Cal ist in Denver, und ich bin ganz allein. Ich würde gerne irgendwo zu Abend essen, wo eine Band spielt und wo man tanzen kann. Sie sind so ein wunderbarer Tänzer.« Ihr Lachen ließ Zweifel über die Ehrlichkeit ihres Kompliments aufkommen.

Sei nett zu den Leuten! stand auf dem Telefon, und so antwortete er: »Sandy, das wäre ganz toll — aber nicht nächste Woche. Da habe ich Nachtdienst.« Am Telefon stand nichts davon, daß man nicht lügen sollte. »Gehen wir einfach am Mittwoch zum Mittagessen und unterhalten wir uns über Ihren Mann und seine Aktionen für wohltätige Zwecke und für die Öffentlichkeit. Man hat mir einen festen Termin für diesen Artikel gesetzt.«

»Okay«, sagte sie. »Ich hole Sie ab, und wir fahren irgendwo hinaus. Wir werden eine Menge Gesprächsstoff haben. Ich will alles über den Mord an Lambreth hören.«

»Ich fürchte, ich weiß nicht viel darüber.«

»Also, ich denke, das liegt doch auf der Hand.«

»Was liegt auf der Hand?«

»Daß es eine Familienangelegenheit ist.« Bedeutungsschwangere Pause. »Sie wissen doch, was los war, nicht wahr?«

»Nein, das weiß ich nicht.«

»Nun, darüber möchte ich nicht am Telefon sprechen«, sagte sie. »Also dann, bis Mittwoch mittag.«

Qwilleran verbrachte den Vormittag damit, dies und jenes fertigzumachen. Er schrieb einen kurzen, humorvollen Beitrag über einen Grafiker in der Stadt, der sich auf Aquarelle verlegt hatte, nachdem ihm eine hundert Pfund schwere Druckplatte auf den Fuß gefallen war. Danach verfaßte er eine anregende Geschichte über eine preisgekrönte Webkünstlerin, die in der High-School Mathematik unterrichtete, zwei Romane veröffentlicht hatte, den Pilotenschein besaß, Cello spielte und Mutter von zehn Kindern war. Dann dachte er über den talentierten Pudel nach, der mit den Pfoten Bilder malte. Der Pudel hatte eine Ausstellung im Tierschutzhaus.

Gerade, als Qwilleran sich die Überschrift vorstellte (*Pudelkünstler stellt aus*), läutete das Telefon auf seinem Schreibtisch. Er hob ab, und die tiefe, hauchende Stimme am anderen Ende jagte ihm angenehme Schauer über den Rücken.

»Hier ist Zoe Lambreth, Mr. Qwilleran. Ich muß leise sprechen. Können Sie mich hören?«

»Ja. Ist etwas nicht in Ordnung?«

»Ich muß mit Ihnen reden — persönlich —, wenn Sie Zeit für mich haben. Nicht hier. In der Stadt.«

»Wäre Ihnen der Presseclub recht?«

»Gibt es etwas, wo wir ungestörter sind? Es handelt sich um etwas Vertrauliches.«

»Würde es Ihnen etwas ausmachen, in meine Wohnung zu kommen?«

»Das wäre besser. Sie wohnen in Mountclemens Haus, nicht wahr?«

»Blenheim Place Nr. 26.«

»Ich weiß, wo das ist.«

»Wie wäre es morgen nachmittag? Nehmen Sie ein Taxi. Es ist kein sehr gutes Viertel.«

»Morgen. Ich danke Ihnen sehr. Ich brauche Ihren Rat. Ich muß jetzt auflegen.«

Ein abruptes Klicken, und die Stimme war weg. Qwillerans Schnurrbart vibrierte vor Freude. *Exklusiv im Flux: Kunsthändler-Witwe packt aus.*

Kapitel neun

Es war lange her, seit Qwilleran das letzte Mal Damenbesuch in seiner Wohnung gehabt hatte, und so erwachte er am Samstag morgen mit einem leichten Anfall von Lampenfieber. Er trank eine Tasse Instant-Kaffee, kaute an einem altbackenen Krapfen herum und überlegte, ob er Zoe etwas zu essen oder zu trinken anbieten sollte. Kaffee schien unter den Umständen passend. Kaffee, und was dazu? Krapfen würden zu gewöhnlich wirken; warum, konnte er nicht erklären. Kuchen? Zu hochgestochen.

Plätzchen?

In der Nähe gab es einen Laden, der sich auf Bier, billigen Wein und gummiartiges Weißbrot spezialisiert hatte. Unschlüssig inspizierte Qwilleran dort die fertig verpackten Plätzchen, doch die kleingedruckte Liste der Inhaltsstoffe (künstliche Geschmacksstoffe, Emulgatoren, Glyzerin, Lezithin und Invertzucker) dämpfte sein Interesse.

Er erkundigte sich nach einer Bäckerei und marschierte sechs Blocks weiter durch den Februarmatsch zu einem Geschäft, in dem die Waren eßbar aussahen. *Petit fours* kamen nicht in Frage (zu fein), ebensowenig Haferkekse (zu herzhaft); schließlich entschied er sich für Plätzchen mit Schokoladenstückchen und kaufte zwei Pfund.

In seiner Kochnische gab es eine altmodische Kaffeemaschine, doch wie sie funktionierte, war ihm ein Rätsel. Zoe würde sich mit Instant-Kaffee begnügen müssen. Er überlegte, ob sie wohl Zucker und Sahne nahm. Wieder ging er in den

Lebensmittelladen und kaufte ein Pfund Zucker, einen Viertelliter Sahne und ein paar Papierservietten.

Inzwischen war es Mittag geworden, und eine zögernde Februarsonne begann die Wohnung zu erhellen und damit auch den Staub auf den Tischen, Fusseln auf dem Teppich und Katzenhaare auf dem Sofa sichtbar zu machen. Qwilleran wischte den Staub mit Papierservietten ab und eilte dann hinauf in Mountclemens Wohnung, um einen Staubsauger zu suchen. Er fand ihn in einem Besenschrank in der Küche.

Es wurde eins, und er war fertig – bis auf Zigaretten. Er hatte Zigaretten vergessen. Er stürzte hinaus zum Drugstore und kaufte lange, milde, filterlose Zigaretten. Was den Filter anbelangte, war er zu dem Schluß gekommen, daß Zoe nicht der Typ war, der Kompromisse schloß.

Um halb zwei zündete er das Gas im Kamin an, setzte sich hin und wartete.

Zoe kam pünktlich um vier. Qwilleran sah eine reizende Frau in einem weichen braunen Pelzmantel aus einem Taxi steigen, die Straße hinauf- und hinunterblicken und dann zum Eingang hinaufeilen. Dort erwartete er sie.

»Ich bin Ihnen so dankbar, daß ich kommen darf«, sagte sie mit tiefer, atemloser Stimme. »Butchy hat mich nicht aus den Augen gelassen, und ich mußte mich aus dem Haus stehlen . . . Ich sollte mich nicht beklagen. In Zeiten wie diesen braucht man eine Freundin wie Butchy.« Sie stellte ihre braune Krokohandtasche ab. »Entschuldigen Sie. Ich bin ganz durcheinander.«

»Nur keine Aufregung«, sagte Qwilleran. »Beruhigen Sie sich erst mal. Würde Ihnen eine Tasse Kaffee guttun?«

»Lieber keinen Kaffee für mich«, sagte sie. »Er macht mich nervös, und ich bin so schon fahrig genug.« Sie reichte Qwilleran ihren Mantel, nahm auf einem einfachen Stuhl mit aufrechter Lehne Platz und schlug sehr attraktiv ihre Knie übereinander. »Macht es Ihnen etwas aus, die Tür zu schließen?«

»Keineswegs, obwohl sonst niemand im Haus ist.«

»Ich hatte das unangenehme Gefühl, verfolgt zu werden. Ich fuhr mit dem Taxi zum Arcade Building, ging durch und nahm am anderen Ausgang ein anderes. Glauben Sie, daß sie mich beschatten lassen? Die Polizei, meine ich.«

»Ich sehe keinen Grund dafür. Wie kommen Sie auf die Idee?«

»Gestern waren sie bei mir zu Hause. Zwei Männer. Von der Kriminalpolizei. Sie waren ausgesprochen höflich, aber einige ihrer Fragen waren beunruhigend, so, als wollten sie mir eine Falle stellen. Glauben Sie, daß sie *mich* verdächtigen?«

»Ich glaube nicht wirklich, aber sie müssen jede Möglichkeit überprüfen.«

»Butchy war natürlich auch da, und sie war den Polizisten gegenüber sehr feindselig. Das hat keinen guten Eindruck gemacht. Sie bemüht sich so, mich zu beschützen, wissen Sie. Alles in allem war es ein scheußliches Erlebnis.«

»Was haben sie gesagt, als sie gingen?«

»Sie dankten mir für meine Hilfe und sagten, daß sie vielleicht nochmals mit mir sprechen müßten. Danach habe ich dann Sie angerufen – während Butchy im Keller war. Ich wollte nicht, daß sie davon erfährt.«

»Warum nicht?«

»Nun... weil sie so sicher ist, daß sie alles ganz allein schafft in dieser – dieser Krise. Und auch wegen der Sache, über die ich mit Ihnen reden will... Sie nehmen nicht an, daß die Polizei mich Tag und Nacht beschattet, oder? Vielleicht hätte ich nicht hierherkommen sollen.«

»Warum hätten Sie nicht herkommen sollen, Mrs. Lambreth? Ich bin ein Freund der Familie. Ich habe beruflich mit Kunst zu tun. Und ich will Ihnen bei diversen Einzelheiten hinsichtlich der Galerie helfen. Wie klingt das?«

Sie lächelte traurig. »Ich komme mir schon wie ein Verbrecher vor. Man muß so vorsichtig sein, wenn man mit der Polizei spricht. Ein falsches Wort oder ein falscher Tonfall, und sie stürzen sich darauf.«

»Nun ja«, sagte Qwilleran so beruhigend wie er konnte, »jetzt denken Sie nicht mehr daran und entspannen Sie sich. Hätten Sie nicht lieber einen bequemeren Sessel?«

»Der hier ist sehr gut. Ich habe mich besser in der Gewalt, wenn ich aufrecht sitze.«

Sie trug ein flauschiges, blaßblaues Wollkleid, in dem sie weich und zerbrechlich aussah. Qwilleran bemühte sich, nicht auf das aufreizende Grübchen direkt unter ihrem Knie zu starren.

Er sagte: »Ich finde diese Wohnung sehr gemütlich. Mein Vermieter ist sehr geschickt beim Einrichten. Woher wußten Sie, daß ich hier wohne?«

»Oh... so was spricht sich herum in Kunstkreisen.«

»Anscheinend waren Sie schon früher einmal hier.«

»Mountclemens hat uns ein- oder zweimal zum Essen eingeladen.«

»Sie müssen ihn besser kennen als die meisten Künstler.«

»Wir sind ganz gut befreundet. Ich habe ein paar Studien von seiner Katze gemacht. Haben Sie ihn benachrichtigt wegen — wegen des...?«

»Ich konnte nicht herausbekommen, wo er in New York wohnt. Wissen Sie, in welchem Hotel er absteigt?«

»Es ist in der Nähe des Museum of Modern Art, aber ich kann mich an den Namen nicht erinnern.« Sie drehte am Griff ihrer Handtasche herum, die auf ihrem Schoß lag.

Qwilleran holte einen Teller aus der Kochnische. »Möchten Sie ein paar Plätzchen?«

»Nein, danke. Ich muß... auf mein Gewicht... achten...« sagte sie stockend und verstummte.

Er merkte, daß sie mit den Gedanken ganz woanders war, und fragte: »Also, worüber wollen Sie mit mir sprechen?« Im Geist nahm er Zoes Maße und fragte sich, warum sie sich über ihr Gewicht Sorgen machte.

»Ich weiß nicht, wo ich anfangen soll.«

»Wie wäre es mit einer Zigarette? Ich vergesse meine Manieren.«

»Ich habe vor ein paar Monaten mit dem Rauchen aufgehört.«

»Stört es Sie, wenn ich Pfeife rauche?«

Unvermittelt sagte Zoe: »Ich habe der Polizei nicht alles gesagt.«

»Nein?«

»Vielleicht war es falsch, aber ich brachte es nicht über mich, einige ihrer Fragen zu beantworten.«

»Welche Fragen?«

»Sie fragten, ob Earl Feinde hatte. Wie hätte ich mit dem Finger auf jemanden zeigen und sagen können, der war sein Feind? Was würde passieren, wenn ich anfinge, alle möglichen Leute in der ganzen Stadt aufzuzählen? Bekannte... Clubmitglieder... wichtige Leute. Ich finde es schrecklich, so eine Frage zu stellen, finden Sie nicht?«

»Es war eine notwendige Frage«, sagte Qwilleran freundlich, aber bestimmt. »Und ich werde Ihnen dieselbe Frage stellen. Hatte er viele Feinde?«

»Ich fürchte, ja. Viele Leute mochten ihn nicht. ... Mr. Qwilleran, es ist doch in Ordnung, wenn ich vertraulich mit Ihnen spreche, nicht wahr? Ich muß mich jemandem anvertrauen. Ich bin sicher, Sie gehören nicht zu diesen miesen Reportern, die dann...«

»Diese Typen gibt es nur im Film«, versicherte er. Er war ganz Mitgefühl und Interesse.

Zoe seufzte schwer und begann. »In Kunstkreisen herrscht eine starkes Konkurrenzdenken und viel Eifersucht. Ich weiß nicht, warum das so ist.«

»Das gibt es überall.«

»Unter den Künstlern ist es schlimmer. Glauben Sie mir!«

»Könnten Sie sich deutlicher ausdrücken?«

»Nun... die Galeristen, zum Beispiel. Die anderen Galerien in der Stadt glaubten, daß Earl ihnen ihre besten Künstler abspenstig machte.«

»Und stimmte das?«

Etwas ärgerlich sagte Zoe: »Natürlich waren die Künstler daran interessiert, von der besten Galerie vertreten zu werden. Das Ergebnis war, daß Earl bessere Arbeiten zeigte, und daß die Ausstellungen der Lambreth Gallery bessere Kritiken bekamen.«

»Und so verstärkte sich die Eifersucht.« Zoe nickte. »Außerdem mußte Earl oft die Arbeiten von weniger guten Künstlern ablehnen, und das hat ihm auch nicht gerade Freunde eingebracht! Für sie war er ein Schuft. Das Ego eines Künstlers ist sehr empfindlich. Leute wie Cal Halapay und Franz Buchwalter — oder Mrs. Buchwalter, genauer gesagt -- sind im Club ganz schön über meinen Mann hergezogen, und was sie sagten, war nicht sehr freundlich. Deshalb ist Earl niemals ins Turp and Chisel gegangen.«

»Bisher«, sagte Qwilleran, »haben Sie nur Außenstehende erwähnt, die unfreundlich waren. Gab es jemanden in Ihrem engeren Kreis, der mit Ihrem Mann nicht gut auskam?«

Zoe zögerte. Sie machte ein bedauerndes Gesicht. »Niemand wurde wirklich warm mit ihm. Er war sehr unnahbar. Es war nur eine Fassade, aber nur wenige Menschen haben das verstanden.«

»Es besteht die Möglichkeit, daß das Verbrechen von jemandem begangen wurde, der einen Schlüssel zur Galerie hatte oder freiwillig eingelassen wurde.«

»Das hat Butchy auch gesagt.«

»Hatte irgend jemand anderer außer Ihnen einen Schlüssel?«

»N-nein«, sagte Zoe und kramte in den Tiefen ihrer Handtasche herum.

Qwilleran fragte: »Kann ich Ihnen irgend etwas bringen?«

»Vielleicht ein Glas Wasser — mit etwas Eis. Es ist ziemlich warm...«

Er drehte die Flamme im Kamin kleiner und brachte Zoe ein Glas Eiswasser. »Erzählen Sie mir von Ihrer Freundin Butchy. Wie ich höre, ist sie Bildhauerin.«

»Ja. Sie schweißt Metallskulpturen«, sagte Zoe mit ausdrucksloser Stimme.

»Sie meinen, sie arbeitet mit Schweißbrennern und solchen Dingen? Das gäbe vielleicht eine Story. Schweißerinnen sind immer gut für einen Artikel — mit einem Foto, auf dem die Funken sprühen.«

Zoe überlegte und nickte langsam. »Ja, ich wünschte, Sie

würden etwas über Butchy schreiben. Das würde ihr sehr gut tun — vom psychologischen Standpunkt. Vor kurzem hat sie einen Auftrag über fünfzigtausend Dollar verloren, und das hat sie furchtbar getroffen. Wissen Sie, sie unterrichtet an der Penniman School, und der Auftrag hätte ihr Prestige erhöht.«

»Wie hat sie ihn verloren?«

»Butchy war für eine Skulptur vor einem neuen Einkaufszentrum im Gespräch. Und dann ging der Auftrag plötzlich an Ben Riggs, der in der Lambreth Gallery ausstellt.«

»War die Entscheidung berechtigt?«

»O ja. Riggs ist ein viel besserer Künstler. Er arbeitet mit Ton und Bronze. Aber für Butchy war es ein Schlag. Ich würde ihr gerne irgendwie helfen. Würden Sie sie in Ihrer Zeitung groß herausbringen?«

»Ist sie eine gute Freundin von Ihnen?« Qwilleran verglich die sanfte, attraktive Zoe mit dem Mannweib, das sie in der Mordnacht bewacht hatte.

»Ja und nein. Wir sind zusammen aufgewachsen und zur gleichen Zeit in die Kunstschule gegangen, und Butchy war meine beste Freundin, als wir wilde kleine Gören waren. Aber Butchy ist nie aus dem Alter herausgekommen. Sie war immer groß und stark für ein Mädchen, und sie hat das kompensiert, indem sie sich wie ein Junge benahm. Butchy tut mir leid. Wir haben nicht mehr viel gemeinsam — außer den alten Zeiten.«

»Wie kam sie am Mittwoch abend in Ihr Haus?«

»Sie war die einzige, die mir einfiel, die ich anrufen konnte. Nachdem ich Earl gefunden und die Polizei verständigt hatte, war ich wie betäubt. Ich wußte nicht, was ich tun sollte. Ich brauchte jemanden, und so rief ich Butchy an. Sie kam sofort und brachte mich nach Hause und sagte, sie würde ein paar Tage bei mir bleiben. Und jetzt werde ich sie nicht mehr los.«

»Wieso?«

»Sie genießt es, mich zu beschützen. Sie braucht das Gefühl, gebraucht zu werden. Butchy hat nicht viele Freunde, und sie hat eine unangenehme Art, sich an die wenigen, die sie hat, zu klammern.«

»Was hat Ihr Mann von ihr gehalten?«

»Er mochte sie überhaupt nicht. Earl wollte, daß ich den Kontakt zu Butchy abbreche, aber es ist schwer, mit jemandem zu brechen, den man sein schon ganzes Leben kennt — besonders, wenn man sich ständig über den Weg läuft ... Ich weiß gar nicht, warum ich Ihnen diese persönlichen Dinge erzähle. Ich muß Sie doch langweilen.«

»Überhaupt nicht. Sie sind ...«

»Ich muß mit jemandem sprechen, der kein persönliches Interesse hat und der verständnisvoll ist. Mit Ihnen spricht es sich sehr leicht. Sind alle Reporter so?«

»Wir sind gute Zuhörer.«

»Es geht mir jetzt viel besser, und das verdanke ich Ihnen.«

Zoe lehnte sich zurück und schwieg, und ein zärtlicher Ausdruck breitete sich auf ihrem Gesicht aus.

Qwilleran strich seinen Schnurrbart mit dem Mundstück seiner Pfeife glatt und strahlte innerlich. Er sagte: »Es freut mich, daß ich ...«

»Brauchen Sie Material für Ihre Kolumne?« unterbrach ihn Zoe. Ihr strahlender Gesichtsausdruck paßte irgendwie nicht zu dieser Frage.

»Natürlich suche ich immer ...«

»Ich möchte Ihnen von Neun-Null erzählen.«

»Wer ist Neun-Null?« fragte Qwilleran lebhaft, um seine leise Enttäuschung zu überspielen.

»Er macht Dinge. Manche nennen ihn einen Schrottkünstler. Er macht sinnhafte Gebilde aus Schrott und nennt sie Dinge.«

»Ich habe sie in der Galerie gesehen. Eines war ein Stück Abflußrohr mit Fahrradspeichen.«

Zoe lächelte ihn strahlend an. »Das ist ›Ding Nr. 17‹. Ist es nicht ausdrucksstark? Es bejaht das Leben, während es die Pseudowelt um uns herum negiert. Sind Sie von der Spannung, diesem Aufbegehren, nicht gepackt worden?«

»Um ehrlich zu sein ... nein«, sagte Qwilleran, ein ganz klein wenig mürrisch. »Es sah aus wie ein Stück Abflußrohr und ein paar Fahrradspeichen.«

Zoe warf ihm einen liebenswürdigen Blick zu, der tadelnd und mitleidig zugleich war. »Ihr Auge hat sich noch nicht auf die zeitgenössischen Ausdrucksformen eingestellt, doch mit der Zeit werden Sie sie schätzen lernen.«

Qwilleran wand sich und blickte finster hinab auf seinen Schnurrbart.

Begeistert fuhr Zoe fort. »Neun-Null ist mein Protégé, mehr oder weniger. Ich habe ihn entdeckt. In dieser Stadt gibt es eine ganze Reihe talentierter Künstler, doch ich kann ehrlich behaupten, daß Neun-Null mehr als Talent hat. Er ist genial. Sie sollten sein Studio besuchen.« Sie lehnte sich eifrig vor. »Möchten Sie Neun-Null gerne kennenlernen? Ich bin sicher, er gäbe gutes Material für eine Story ab.«

»Wie heißt er mit vollem Namen?«

»Neun Null Zwei Vier Sechs Acht Drei«, sagte sie. »Oder vielleicht auch Fünf. Die letzte Zahl kann ich mir nie merken. Wir nennen ihn kurz Neun-Null.«

»Sie meinen, er hat eine Nummer statt eines Namens?«

»Neun-Null ist ein Aussteiger«, erklärte sie. »Er erkennt die Konventionen der gewöhnlichen Gesellschaft nicht an.«

»Er trägt natürlich einen Vollbart.«

»Ja, stimmt. Woher wissen Sie das? Er spricht sogar eine eigene Sprache, aber von einem Genie erwarten wir auch nicht, daß es sich anpaßt, nicht wahr? Daß er statt eines Namens eine Nummer verwendet, ist Teil seines Protestes. Ich glaube, nur seine Mutter und die Leute von der Sozialversicherung kennen seinen richtigen Namen.«

Qwilleran starrte sie an. »Wo hält sich der Typ auf?«

»Er wohnt und arbeitet in einer Hinterhofwerkstatt, Ecke Twelfth und Somers Street, hinter einer Eisengießerei. Sein Studio wird Sie vielleicht schockieren.«

»Ich glaube nicht, daß ich so leicht zu schockieren bin.«

»Ich meine, Sie werden vielleicht irritiert sein von seiner Sammlung von Fundgegenständen.«

»Schrott?«

»Nicht alles ist Schrott. Er hat ein paar sehr schöne Sachen.

Der Himmel weiß, wo er sie her hat. Doch zum Großteil ist es Schrott – wunderschöner Schrott. Neun-Nulls Talent, am Straßenrand Dinge aufzulesen, ist fast eine göttliche Gabe. Wenn Sie ihn besuchen, bemühen Sie sich, das Wesen seiner künstlerischen Vorstellungskraft zu verstehen. Er sieht Schönheit, wo andere nur Mist und Dreck sehen.«

Fasziniert betrachtete Qwilleran Zoe – ihre ruhige Lebhaftigkeit, ihre offensichtliche Überzeugung. Er verstand nicht, wovon sie sprach, doch er genoß es, in ihrem Bann zu stehen.

»Ich glaube, Sie werden Neun-Null mögen«, fuhr sie fort. »Er ist elementar und real – und irgendwie traurig. Oder vielleicht sind auch Sie und ich diejenigen, die traurig sind, benehmen wir uns doch nach einem vorgegebenen Muster. Es ist, wie wenn man die Schritte eines Tanzes ausführt, den einem ein diktatorischer Tanzlehrer vorschreibt. Der Tanz des Lebens sollte individuell und spontan in jedem Moment neu erschaffen werden.«

Qwilleran riß sich aus seiner verzückten Betrachtung und sagte: »Darf ich Ihnen eine persönliche Frage stellen? Warum malen Sie so unverständliche Sachen, wenn Sie doch imstande sind, realistische Bilder von konkreten Dingen zu malen?«

Wieder bedachte ihn Zoe mit ihrem liebenswürdigen Blick. »Sie sind so naiv, Mr. Qwilleran, aber Sie sind ehrlich, und das ist erfrischend. Realistische Bilder von konkreten Dingen kann man mit dem Fotoapparat machen. Ich male im forschenden Geist unserer Zeit. Wir kennen nicht alle Antworten, und wir wissen es. Manchmal bin ich selbst verwirrt von meinen eigenen Schöpfungen, doch sie sind meine künstlerische Reaktion auf das Leben, wie ich es im Augenblick sehe. Wahre Kunst ist immer ein Ausdruck ihrer Zeit.«

»Ich verstehe.« Er wollte sich ja überzeugen lassen, aber er war nicht sicher, ob es Zoe gelungen war.

»Wir müssen uns darüber einmal ausführlich unterhalten.« Aus ihrem Gesichtsausdruck sprach eine unerklärliche Sehnsucht.

»Das wäre schön«, sagte er sanft.

Eine befangene Stille machte sich zwischen ihnen breit. Qwilleran überbrückte sie, indem er ihr eine Zigarette anbot.

»Ich habe aufgehört«, erinnerte sie ihn.

»Plätzchen? Mit Schokoladenstückchen.«

»Nein, danke.« Sie seufzte.

Er deutete auf den Monet über dem Kamin. »Was halten Sie davon? Er war schon in der Wohnung.«

»Wenn es ein guter wäre, würde ihn Mountclemens nicht an einen Mieter vergeuden«, sagte sie mit einer jähen Schärfe in der Stimme, und Qwilleran fand den plötzlichen Stimmungswechsel befremdend.

»Aber er hat einen netten Rahmen«, sagte er. »Wer macht die Rahmen in der Lambreth Gallery?«

»Warum fragen Sie?«

»Reine Neugier. Man hat mich auf die gute Handwerksarbeit hingewiesen.« Das war eine Lüge, aber eine von der Sorte, die immer Vertrauen erweckt.

»Oh... Nun, ich kann es Ihnen genausogut sagen. Earl machte sie. Er hat alle Rahmen selbst gemacht, obwohl er nicht wollte, daß das bekannt würde. Es hätte das elitäre Image der Galerie ruiniert.«

»Er hat hart gearbeitet – Rahmen gemacht, die Bücher geführt und die Galerie geleitet.«

»Ja. Das letzte Mal, als ich ihn lebend sah, hat er über die Arbeitsbelastung geklagt.«

»Warum hat er nicht jemanden angestellt?«

Zoe zuckte die Achseln und schüttelte den Kopf.

Das war eine unbefriedigende Antwort, doch Qwilleran beließ es dabei. Er sagte: »Ist Ihnen etwas eingefallen, was bei der Untersuchung helfen könnte? Irgend etwas, was Ihr Mann gesagt hat, als Sie um halb sechs dort waren?«

»Nichts von Bedeutung. Earl hat mir ein paar Grafiken gezeigt, die gerade hereingekommen waren, und ich habe ihm gesagt...« Sie hielt unvermittelt inne. »Ja, da war ein Anruf...«

»War irgend etwas ungewöhnlich daran?«

»Ich habe nicht genau zugehört, aber da war irgend etwas, das Earl gesagt hat – jetzt, wo ich daran denke –, das keinen Sinn ergab. Irgend etwas mit dem Lieferwagen.«

»Hatte Ihr Mann einen Lieferwagen?«

»Jeder Händler muß einen haben. Ich hasse sie.«

»Was hat er darüber gesagt?«

»Ich habe nicht genau aufgepaßt, aber ich habe etwas gehört, daß Bilder für eine Lieferung in den Wagen gepackt werden sollten. Earl sagte, der Lieferwagen stünde in der Seitengasse; ja, er hat es sogar wiederholt und ausdrücklich betont. Deshalb fällt es mir ein ... damals ist mir nichts aufgefallen, aber jetzt kommt es mir seltsam vor.«

»Warum kommt es Ihnen seltsam vor?«

»Unser Wagen war in der Werkstatt zur Überholung. Er ist noch immer dort. Ich habe ihn gar nicht abgeholt. Earl hat ihn an jenem Morgen hingebracht. Und doch beteuerte er am Telefon, daß er in der Seitengasse stünde, als bestreite sein Gesprächspartner das.«

»Wissen Sie, mit wem er sprach?« fragte Qwilleran.

»Nein. Es hat sich angehört wie ein Ferngespräch. Sie wissen, wie die Leute manchmal schreien, wenn sie ein Ferngespräch führen. Selbst wenn die Verbindung hervorragend ist, glauben sie, sie müssen lauter reden.«

»Vielleicht hat Ihr Mann eine kleine Notlüge gebraucht – aus geschäftlichen Gründen.«

»Ich weiß es nicht.«

»Oder vielleicht meinte er den Lieferwagen eines anderen Händlers.«

»Ich weiß es wirklich nicht.«

»Sie haben kein Auto in der Seitengasse stehen gesehen?«

»Nein. Ich bin zur Vordertür hinein- und hinausgegangen. Und als ich um sieben Uhr zurückkam, stand überhaupt kein Auto in der Seitengasse. Glauben Sie, das Telefongespräch hat irgend etwas mit dem zu tun, was geschehen ist?«

»Es würde nicht schaden, der Polizei davon zu erzählen. Versuchen Sie, sich an soviel wie möglich zu erinnern.«

Zoe sah geistesabwesend vor sich hin.

»Übrigens«, sagte Qwilleran, »hat Mountclemens ein Auto?«

»Nein«, murmelte sie.

Qwilleran nahm sich Zeit, seine Pfeife wieder zu füllen und klopfte sie laut auf dem Aschenbecher aus. Wie als Antwort auf dieses Zeichen ertönte ein langgezogenes, verzweifeltes Jammern vor der Wohnungstür.

»Das ist Koko«, sagte Qwilleran. »Er hat etwas dagegen, ausgeschlossen zu sein. Darf er hereinkommen?«

»Oh, ich liebe Kao K'o-Kung!«

Qwilleran öffnete die Tür, und der Kater kam – nach der üblichen Rekognoszierung – herein; sein Schwanz bewegte sich in grazilen Arabesken von einer Seite zur anderen. Er hatte geschlafen und seine Muskeln noch nicht gelockert. Jetzt krümmte er den Rücken zu einem steifen Katzenbuckel, dann streckte er genüßlich beide Vorderbeine durch. Mit weit nach hinten gestreckten Hinterbeinen beschloß er die Aktion.

Zoe sagte: »Er lockert sich auf wie ein Tänzer.«

»Wollen Sie ihn tanzen sehen?« fragte Qwilleran. Er faltete ein Stück Papier und band es an eine Schnur. Erwartungsvoll machte Koko ein paar kleine Schritte nach links und ein paar nach rechts, dann stellte er sich auf die Hinterbeine, als das Papierbällchen hin- und herzuschwingen begann. Er bot ein Bild voller Anmut und Rhythmus, tanzte auf den Zehenspitzen, sprang hoch, vollführte in der Luft unglaubliche akrobatische Kunststücke, landete leichtfüßig und sprang wieder hoch, höher als vorher.

Zoe sagte: »So habe ich ihn noch nie gesehen. Wie hoch er springt! Er ist ein richtiger Nijinskij.«

»Mountclemens legt mehr Wert auf intellektuelle Betätigungen«, sagte Qwilleran, »und dieser Kater hat zuviel Zeit auf Bücherregalen verbracht. Ich hoffe, ich kann sein Interessenspektrum etwas erweitern. Er braucht mehr Sport.«

»Ich würde gerne ein paar Skizzen machen.« Sie griff in ihre Handtasche. »Er bewegt sich wirklich wie ein Ballettänzer.«

Ein Ballettänzer. Ein *Ballettänzer*. Bei diesem Wort tauchte ein Bild vor Qwillerans geistigem Auge auf: ein unordentliches Büro, ein Gemälde, das schief an der Wand hing. Als er das Büro zum zweiten Mal gesehen hatte, über die Schulter eines Polizisten, hatte eine Leiche am Boden gelegen. Und wo war das Gemälde? Qwilleran konnte sich nicht erinnern, die Ballettänzerin gesehen zu haben.

Er sagte zu Zoe: »Da war ein Gemälde von einer Ballettänzerin in der Lambreth Gallery . . .«

»Earls berühmter Ghirotto«, sagte sie, während sie rasche Striche auf einen Block warf. »Es war nur die Hälfte der Originalleinwand, wissen Sie. Es war sein großes Ziel, die zweite Hälfte zu finden. Damit wäre er reich geworden, glaubte er.«

Qwilleran war alarmiert. »Wie reich?«

»Wenn man die beiden Hälften wieder zusammensetzen und gut restaurieren würde, wäre das Gemälde vielleicht einhundertfünfzigtausend Dollar wert.«

Der Journalist blies erstaunt durch seinen Schnurrbart.

»Auf der anderen Hälfte ist ein Affe«, sagte sie. »Ghirotto malte in seiner berühmten Vibratoperiode Ballerinen oder Affen, doch nur einmal hat er eine Tänzerin und einen Affen in ein und demselben Bild gemalt. Es war ein Einzelstück – der Traum eines jeden Sammlers. Nach dem Krieg wurde es an einen New Yorker Händler geschickt und während der Überführung beschädigt – in der Mitte auseinandergerissen. So, wie das Bild aufgebaut ist, konnte der Importeur die beiden Hälften einzeln rahmen und getrennt verkaufen. Earl hat die Hälfte mit der Tänzerin gekauft und gehofft, er könnte die andere Hälfte mit dem Affen aufspüren.«

Qwilleran fragte: »Glauben Sie, der Besitzer des Affen hat versucht, die Ballettänzerin ausfindig zu machen?«

»Kann sein. Earls Hälfte ist die wertvollere von den beiden; sie trägt die Signatur des Künstlers.« Während sie sprach, flog ihr Stift über das Papier, und ihr Blick glitt blitzschnell zwischen Skizzenblock und dem tanzenden Kater hin und her.

»Wußten viele Leute über den Ghirotto Bescheid?«

»Oh, er war Thema vieler Unterhaltungen. Einige Leute wollten die Ballerina kaufen — nur als Spekulationsobjekt. Earl hätte sie verkaufen und einen schönen kleinen Gewinn machen können, aber er hing an seinem Traum von den einhundertfünfzigtausend Dollar. Er hat nie die Hoffnung aufgegeben, den Affen zu finden.«

Qwilleran fragte vorsichtig: »Haben Sie die Ballerina in der Nacht des Verbrechens gesehen?«

Zoe legte Stift und Block nieder und sagte: »Ich fürchte, ich habe überhaupt nicht sehr viel gesehen — in jener Nacht.«

»Ich war dort, habe herumgeschnüffelt«, sagte Qwilleran, »und ich bin ziemlich sicher, daß das Bild weg war.«

»Weg!«

»Es hat bei meinem ersten Besuch über dem Schreibtisch gehangen, und jetzt erinnere ich mich, daß — in der Nacht, als die Polizei dort war — die Wand leer war.«

»Was soll ich tun?«

»Sagen Sie es lieber der Polizei. Es sieht aus, als sei das Bild gestohlen worden. Erzählen Sie ihnen auch von dem Anruf. Wenn Sie nach Hause kommen, rufen Sie im Morddezernat an. Erinnern Sie sich an die Namen der Beamten? Hames und Wojcik.«

Zoe schlug bestürzt die Hände vor das Gesicht. »Ehrlich, den Ghirotto hatte ich total vergessen!«

Kapitel zehn

Als Zoe gegangen war — und Qwilleran mit einer Kanne Kaffee, einem Pfund Zucker, einem Viertelliter Sahne, einem Päckchen Zigaretten und zwei Pfund Plätzchen mit Schokoladenstückchen zurückließ —, fragte er sich, wieviel sie ihm wohl nicht gesagt hatte. Ihre Nervosität deutete darauf hin, daß sie die Informationen filterte. Bei der Frage, ob jemand anderer außer ihr einen Schlüssel zur Lambreth Gallery besaß, hatte sie gestockt. Sie hatte zugegeben, daß sie der Polizei nicht alles gesagt hatte, was ihr eingefallen war. Und sie behauptete, die Existenz eines Gemäldes vergessen zu haben, das — möglicherweise — wertvoll genug war, um einen Mord zu rechtfertigen.

Qwilleran ging hinauf, um Kokos Abendessen zuzubereiten. Langsam und unkonzentriert schnitt er das Fleisch klein, während er über weitere Komplikationen im Fall Lambreth nachgrübelte. Inwiefern traf Sandys Andeutung, dies sei eine ›Familienangelegenheit‹, zu? Und wie würde das mit dem Verschwinden des Ghirotto zusammenpassen? Man mußte auch den Vandalenakt in die Überlegungen einbeziehen, und Qwilleran überlegte, daß das verschwundene Bild in die gleiche Kategorie fiel wie die beschädigten Kunstwerke; es stellte eine spärlich bekleidete weibliche Figur dar.

Er öffnete die Küchentür und blickte hinaus. Die Nacht war eisig, und die Gerüche des Viertels wurden durch die Kälte noch verschärft. Kohlenmonoxyd hing in der Luft, und in der Werkstatt an der Ecke hatte man ölige Lappen verbrannt. Unter ihm war der Hinterhof, ein dunkles Loch; seine hohen Ziegelmauern schlossen jeden Lichtschimmer von fernen Straßenlampen aus.

Qwilleran schaltete das Außenlicht ein, das einen schwachen, gelben Schein auf die Feuerleiter warf. Er dachte, was hat der Mann bloß gegen einen etwas höheren Stromverbrauch? Ihm fiel ein, daß er im Besenschrank eine Taschenlampe gesehen hatte, und er ging sie holen − es war eine leistungsstarke, verchromte Taschenlampe mit langem Griff, die gut in der Hand lag und wunderschön war. Alles, was Mountclemens besaß, sah edel aus: die Messer, die Töpfe und Pfannen, sogar die Taschenlampe. Sie warf einen starken Lichtstrahl auf die Wände und den Boden des leeren Hinterhofes, auf das wuchtige Holztor, auf die hölzerne Feuertreppe. Die Treppe war stellenweise mit gefrorenem Matsch bedeckt, und Qwilleran beschloß, mit weiteren Nachforschungen zu warten, bis es hell war. Morgen könnte er vielleicht sogar Koko mit hinunternehmen, damit er sich ein wenig austoben konnte.

An diesem Abend ging er in ein italienisches Restaurant in der Nähe zum Abendessen, und die braunäugige Serviererin erinnerte ihn an Zoe. Er ging heim und spielte mit Koko ›Sperling‹, und die Bewegungen des Katers erinnerten ihn an die verschwundene Ballettänzerin. Er zündete das Gas im Kamin an und blätterte das gebrauchte Buch über Wirtschaftsgeschichte durch, das er im Presseclub gekauft hatte; die Statistiken darin erinnerten ihn an Neun Null Zwei Vier Sechs Acht Drei − oder war es Fünf?

Am Sonntag besuchte er Neun-Null.

Die Studio-Wohnung des Künstlers in der Hinterhofwerkstatt war genauso deprimierend, wie sie sich anhörte. Ein früherer Bewohner hatte das Gebäude schmutzstarrend hinterlassen, und dazu kam jetzt noch Neun-Nulls Schrottsammlung.

Qwilleran hatte geklopft und keine Antwort erhalten, also spazierte er hinein in die Ansammlung trübseliger Abfälle. Es gab alte Reifen, Berge von zerbrochenem Glas, Betonbrocken, die aus Gehsteigen gerissen worden waren, Dosen jeder erdenklichen Größe und geklaute Türen und Fenster. Er entdeckte einen Kinderwagen ohne Räder, eine Schaufensterpuppe ohne Kopf und Arme, eine Küchenspüle, die innen und außen leuchtend orange gestrichen war, ein völlig verrostetes Eisentor und ein hölzernes Bettgestell im deprimierenden modernistischen Design der dreißiger Jahre.

Ein Heizgerät, das von der Decke hing, spie warme Dämpfe in Qwillerans Gesicht, während die kalte Zugluft in Knöchelhöhe ihm fast die Beine lähmte. Ebenfalls von der Decke hing an einem Seil ein Kristalleuchter von unglaublicher Schönheit.

Dann sah Qwilleran den Künstler bei der Arbeit. Auf einer Plattform im hinteren Teil des Raumes stand ein monströses ›Ding‹ aus hölzernen Abfällen, Straußenfedern und glänzenden Weißblechstücken. Am Kopf des Monstrums befestigte Neun-Null gerade zwei Kinderwagenräder.

Er gab den Rädern einen Schubs und trat einen Schritt zurück. Die sich drehenden Speichen, die unter einem Lichtspot glitzerten, wurden zu boshaften Augen.

»Guten Tag«, sagte Qwilleran. »Ich bin ein Freund von Zoe Lambreth. Sie müssen Neun-Null sein.«

Der Künstler schien sich in Trance zu befinden, sein Gesicht erleuchtet vom erregenden Akt der Schöpfung. Hemd und Hosen waren von Farben und Schmutz verkrustet, sein Bart war ungepflegt, und sein Haar hatte wohl schon lange keinen Kamm mehr gesehen. Und trotzdem war er ein gutaussehendes Scheusal — mit klassischen Zügen und einem beneidenswert gut gebauten Körper. Er blickte Qwilleran an, ohne ihn zu sehen, und wandte sich dann wieder dem ›Ding‹ mit den rotierenden Augen zu.

»Haben Sie ihm einen Titel gegeben?« fragte der Reporter.

»Sechsunddreißig«, sagte Neun-Null. Dann bedeckte er das Gesicht mit den Händen und weinte. Qwilleran wartete teilnahmsvoll, bis der Künstler sich erholt hatte, und sagte dann: »Wie schaffen Sie diese Kunstwerke? Wie gehen Sie dabei vor?«

»Ich lebe sie«, sagte Neun-Null. »Sechsunddreißig ist, was ich bin, war und sein werde. Gestern ist vorüber, und wen interessiert es? Wenn ich dieses Studio anzünde, lebe ich — in jeder flackernden Flamme, funkelnden Funken, fletschendem Feuer, flammender Flora.«

»Haben Sie Ihr Material versichert?«

»Wenn ja, dann ja, wenn nein, dann nein. Es ist alles relativ. Der Mensch liebt, haßt, weint, spielt, doch was kann ein Künstler tun? BUMM! So ist das. Eine Welt hinter einer Welt hinter einer Welt hinter einer Welt hinter einer Welt.«

»Eine kosmische Vorstellung«, pflichtete ihm Qwilleran bei, »aber verstehen die Leute Ihre Ideen wirklich?«

»Sie verrenken sich ihre Hirne bei dem Versuch, aber ich weiß, und Sie wissen, und wir alle wissen — was wissen wir denn schon? Gar nichts!«

Neun-Null kam in seiner Begeisterung über diese Unterhaltung dem Reporter immer näher, und Qwilleran trat unauffällig immer weiter zurück. Er sagte: »Neun-Null, Sie scheinen ein Pessimist zu sein, aber bewirkt Ihr Erfolg in der Lambreth Gallery nicht doch eine etwas lebensbejahendere Haltung?«

»Warmes, wildes, wollüstiges, wachsames, wehrloses Weib! Ich spreche mit ihr. Sie spricht mit mir. Wir kommunizieren.«

»Wußten Sie, daß ihr Mann tot ist? Ermordet!«

»Wir sind alle tot«, sagte Neun-Null. »Tot wie Türknöpfe. *Türknöpfe!*« rief er, stürzte sich in einen Berg von Abfall und begann verzweifelt zu suchen.

»Vielen Dank, daß ich Ihr Studio besichtigen durfte«, sagte Qwilleran und ging in Richtung Tür. Als er an einem überquellenden Regal vorbeikam, blinkte ihn etwas Goldglänzendes an, und er rief über die Schulter zurück: »Wenn Sie einen Türknopf suchen, hier ist einer.«

Es lagen zwei Türknöpfe auf dem Regal, und sie sahen aus wie pures Gold. Daneben lagen noch andere Dinge aus glänzendem Metall und auch einige erstaunlich geschnitzte Gegenstände aus Elfenbein und Jade, doch Qwilleran blieb nicht stehen, um sie genauer zu betrachten. Von den Dämpfen aus dem Heizgerät hatte er bohrende Kopfschmerzen bekommen, und er mußte so schnell wie möglich an die frische Luft. Er wollte nach Hause gehen und einen verständlichen, vernünftigen, vergnüglichen Feierabend mit Koko verbringen. Er merkte, daß er anfing, den Kater gern zu haben; es würde ihm leid tun, wenn Mountclemens zurückkam. Er fragte sich, ob Koko die kulturschwangere Atmosphäre im ersten Stock wirklich mochte. Waren die Freuden, die man beim Schlagzeilenlesen oder beim Beschnüffeln alter Meister empfand, wirklich einer lustigen Runde ›Sperling‹ vorzuziehen? Nach vier Tagen stand es vierhunderteinundsiebzig für den Kater und vierhundertneun für ihn.

Als Qwilleran zu Hause ankam und an der Tür ein freundliches, fröhliches, flauschiges Fellbündel vorzufinden hoffte, wurde er enttäuscht. Koko erwartete ihn nicht. Er ging hinauf zu Mountclemens Wohnung und fand die Tür geschlossen. Drinnen hörte er Musik. Er klopfte.

Es dauerte ein Weilchen, bis Mountclemens – im Morgenmantel – öffnete.

»Wie ich sehe, sind Sie wieder zu Hause«, sagte Qwilleran. »Ich wollte mich nur vergewissern, daß der Kater sein Abendessen bekommt.«

»Er hat den Hauptgang schon beendet«, sagte Mountclemens, »und läßt sich jetzt gekochten Eidotter als Nachtisch schmecken. Danke, daß Sie sich um ihn gekümmert haben. Er sieht gesund und glücklich aus.«

»Wir hatten viel Spaß miteinander«, sagte Qwilleran. »Wir haben Spiele gespielt.«

»Tatsächlich! Ich habe mir oft gewünscht, er würde Mah Jongg lernen.«

»Haben Sie schon die schlimme Nachricht von der Lambreth Gallery gehört?«

»Wenn es dort gebrannt hat, dann haben sie es verdient«, sagte der Kritiker. »Dieses Lagerhaus brennt wie Zunder.«

»Es hat nicht gebrannt. Es hat einen Mord gegeben.«

»Tatsächlich!«

»Earl Lambreth«, sagte Qwilleran. »Seine Frau hat ihn vergangenen Mittwoch nacht tot in seinem Büro gefunden. Er ist erstochen worden.«

»Wie unappetitlich!« Mountclemens Stimme klang gelangweilt — oder müde —, und er trat zurück, als wolle er gleich die Tür schließen.

»Die Polizei hat keine Verdächtigen«, fuhr Qwilleran fort. »Haben Sie eine Theorie?«

Kurz angebunden antwortete Mountclemens: »Ich bin gerade beim Auspacken. Und dann will ich ein Bad nehmen. Nichts liegt mir im Augenblick ferner als die Identität von Earl Lambreths Mörder.« Sein Ton setzte der Unterhaltung ein Ende.

Qwilleran akzeptierte wohl oder übel, daß er entlassen war, und ging hinunter. Er zupfte an seinem Schnurrbart und dachte, daß Mountclemens wirklich widerlich sein konnte, wenn ihm danach war.

Dann ging er in ein drittklassiges Restaurant etwas weiter unten an der Straße, wo er mit finsterem Blick vor seinen Frikadellen saß, in einem schlappen Salat herumstocherte und eine Tasse heißes Wasser betrachtete, in der ein Teesäckchen schwamm. Zu seiner Verärgerung über seinen Hausherrn kam noch eine schmerzliche Enttäuschung — Koko war nicht an die Tür gekommen, um ihn zu begrüßen. Unzufrieden und verstimmt ging er nach Hause.

Qwilleran wollte gerade die Tür zum Vorraum aufsperren, als der Duft von Limonenschale durch das Schlüsselloch zu ihm aufstieg, und so war er nicht überrascht, Mountclemens in der Eingangshalle anzutreffen. »Ach, hier sind Sie!« sagte der Kritiker freundlich. »Ich war gerade heruntergekommen, um Sie auf eine Tasse Lapsang Souchong und ein Dessert einzuladen. Ich habe ziemlich mühsam eine Dobostorte aus einer hervorragenden Wiener Bäckerei in New York nach Hause transportiert.«

Die Sonne brach durch Qwillerans düstere Stimmung, und er folgte der Samtjacke und den italienischen Schuhen nach oben.

Mountclemens goß den Tee ein und beschrieb die Ausstellungen in New York, während Qwilleran gehaltvolle, cremige Schokolade langsam auf der Zunge zergehen ließ.

»Und jetzt lassen Sie uns die grausigen Einzelheiten hören«, sagte der Kritiker. »Ich nehme an, sie sind grausig. Ich habe in New York nichts von dem Mord gehört, aber dort werden Kunsthändler sowieso nicht alt ... Verzeihen Sie, wenn ich mich an den Schreibtisch setze und die Post öffne, während Sie erzählen.«

Mountclemens saß vor einem Stapel großer und kleiner Kuverts und Umschlägen mit Zeitschriften. Er legte jedes Kuvert mit der Beschriftung nach unten auf den Schreibtisch, fixierte es mit seiner rechten Hand, während die Linke das Papiermesser führte, und zog dann den Inhalt heraus; das meiste warf er verächtlich in den Papierkorb.

Qwilleran schilderte kurz die Einzelheiten des Mordes an Lambreth, wie er in den Zeitungen beschrieben worden war. »Das ist die Geschichte«, sagte er. »Haben Sie eine Idee, was das Motiv gewesen sein könnte?«

»Ich persönlich«, sagte Mountclemens, »habe Mord aus Rache nie begreifen können. Ich finde Mord zum Zweck persönlichen Gewinns unendlich ansprechender. Doch was irgend jemand davon haben könnte, wenn er Earl Lambreth vom Diesseits ins Jenseits beförderte, übersteigt meine Vorstellungskraft.«

»Er hatte ziemlich viele Feinde, wie ich höre.«

»Alle Kunsthändler und alle Kunstkritiker haben Feinde!« Mountclemens öffnete ein Kuvert mit einem besonders heftigen Ruck. »Die erste, die mir in diesem Fall einfällt, ist dieses unbeschreibliche Bolton-Weib.«

»Was hatte die Schweißerin gegen Lambreth?«

»Er hat sie um einen Auftrag über fünfzigtausend Dollar gebracht – das behauptet sie wenigstens.«

»Die Skulptur vor dem Einkaufszentrum?«

»In Wirklichkeit hat Lambreth dem unschuldigen Publikum einen Gefallen getan, indem er die Architekten überredete, den Auftrag einem anderen Bildhauer zu geben. Geschweißtes Metall ist eine Modeerscheinung. Wenn wir Glück haben, wird es bald von der Bildfläche verschwunden sein – von Protagonisten wie dieser Bolton zur Strecke gebracht.«

Qwilleran sagte: »Man hat mir vorgeschlagen, eine Personality-Story über die Künstlerin zu schreiben.«

»Unbedingt, machen Sie ein Interview mit dieser Frau«, sagte Mountclemens, »und sei es nur, damit Sie selbst etwas lernen. Ziehen Sie Tennisschuhe an. Wenn sie einen ihrer Anfälle von Wahnsinn inszeniert, müssen Sie vielleicht um Ihr Leben rennen oder Metalltrümmern ausweichen.«

»Hört sich an, als würde sie eine gute Verdächtige für den Mord abgeben.«

»Sie hat das Motiv und das Temperament. Aber sie hat das Verbrechen nicht begangen, das kann ich Ihnen versichern. Sie wäre nicht fähig, irgend etwas erfolgreich durchzuführen – schon gar nicht einen Mord, der doch ein gewisses Maß an Raffinesse erfordert.«

Qwilleran ließ die letzten bittersüßen Tortenkrümel auf der Zunge zergehen, dann sagte er: »Ich habe auch über den Schrottkünstler, den sie Neun-Null nennen, nachgedacht. Wissen Sie etwas über ihn?«

»Hochbegabt, übelriechend und harmlos«, sagte Mountclemens. »Nächster Verdächtigter?«

»Es wurde die Vermutung geäußert, es sei eine Familienangelegenheit.«

»Mrs. Lambreth hat zuviel Geschmack, um etwas so Vulgäres zu tun wie jemanden zu erstechen. Erschießen, vielleicht, aber nicht erstechen. Mit einer zierlichen kleinen emaillierten Pistole – oder was immer die Frauen in den Tiefen ihrer Handtasche herumschleppen. Ich hatte immer den Eindruck, daß diese Handtaschen mit nassen Windeln vollgestopft sind. Aber es wäre doch gewiß noch Platz für eine zierliche kleine Pistole – emailliert oder mit Schildpatt und Alpaka belegt...«

Qwilleran sagte: »Haben Sie je das Porträt gesehen, das sie von ihrem Mann gemalt hat? Es ist so lebensecht wie eine Fotografie und nicht sehr schmeichelhaft.«

»Ich danke dem Schicksal, daß mir dieser Anblick erspart geblieben ist... Nein, Mister Qwilleran, ich fürchte, Ihr Mörder war kein Künstler. Zu erleben, wie es sich anfühlt, wenn man eine Klinge in Fleisch stößt, wäre einem Maler extrem zuwider. Ein Bildhauer hätte ein besseres Gefühl für die Anatomie, aber er würde seine Feindseligkeit auf gesellschaftlich akzeptiertere Weise ausdrücken — indem er Ton mißhandelt, an einem Stein herummeißelt oder Metall martert. Also sollten Sie lieber nach einem aufgebrachten Kunden, einem verzweifelten Konkurrenten, einem psychopathischen Kunstliebhaber oder einer abgewiesenen Geliebten Ausschau halten.«

»Alle Kunstwerke, die zerstört worden sind, stellen weibliche Figuren dar«, sagte Qwilleran.

›R-r-ritsch‹ machte der Brieföffner. »Sehr diszipliniert«, sagte der Kritiker. »Ich beginne an eine eifersüchtige Geliebte zu glauben.«

»Hatten Sie jemals Grund zu der Vermutung, daß Earl Lambreth bei seinen Geschäften nicht ganz ehrlich war?«

»Mein lieber Mann«, sagte Mountclemens, »jeder gute Kunsthändler würde einen hervorragenden Juwelendieb abgeben. Earl Lambreth hat sich entschlossen, seine Talente in orthodoxere Bahnen zu lenken, doch darüber hinaus kann ich nichts sagen. Ihr Reporter seid alle gleich. Wenn Ihr Eure Zähne in eine Story geschlagen habt, müßt Ihr sie gleich zerfleischen ... Noch eine Tasse Tee?«

Der Kritiker schenkte den Tee aus der silbernen Kanne ein und nahm dann wieder seine Post in Angriff. »Hier ist eine Einladung, die Sie vielleicht interessiert«, sagte er. »Hatten Sie jemals Pech, einem Happening beizuwohnen?« Er schob Qwilleran eine magentarote Karte zu.

»Nein. Was passiert da?«

»Nicht viel. Es ist ein äußerst langweiliger Abend, den ein paar Künstler einem Publikum auferlegen, das dumm genug ist, Eintritt zu zahlen. Mit dieser Einladung kommen Sie jedoch gratis hinein, und Sie finden dort vielleicht ein Thema für Ihre Kolumne. Vielleicht amüsiert es Sie sogar ein bißchen. Ich rate Ihnen, alte Kleidung anzuziehen.«

Das Happening hatte einen Namen. Es hieß *Schwere über deinem Kopf*, und es sollte am folgenden Abend in der Penniman School of Fine Art stattfinden. Qwilleran sagte, er würde hingehen.

Bevor der Journalist Mountclemens Wohnung verließ, beehrte sie Koko kurz mit seiner Anwesenheit. Der Kater kam hinter dem orientalischen Wandschirm hervor, warf Qwilleran einen flüchtigen Blick zu, gähnte kräftig und verließ den Raum.

Kapitel elf

Am Montagmorgen rief Qwilleran den Direktor der Penniman School an und bat um Erlaubnis, ein Mitglied des Lehrkörpers zu interviewen. Der Direktor war entzückt. Aus seinem Verhalten hörte Qwilleran die freudige Begeisterung heraus, die die Aussicht auf Gratiswerbung immer hervorruft.

Um eins erschien der Journalist in der Schule und wurde ins Schweiß-Studio geführt. Das war ein eigenes Gebäude im hinteren Teil des Geländes, das efeuüberwachsene Fuhrwerkhaus des ehemaligen Penniman-Anwesens. Das Innere des Studios machte einen aggressiven Eindruck. Überall scharfe Kanten und spitze Stacheln von geschweißten Metallskulpturen; ob die Werke fertig waren oder nicht, konnte Qwilleran nicht sagen. Alles schien einzig den Zweck zu haben, in Fleisch zu stechen und Kleidung zu zerreißen. Ringsum an den Wänden hingen Gasflaschen, Gummischläuche und Feuerlöscher.

Butchy Bolton, in einem Arbeits-Overall schrecklich und mit ihren streng gewellten Haaren lächerlich anzusehen, saß allein da und verzehrte ihr Mittagsmahl aus einer Papiertüte.

»Nehmen Sie ein Sandwich«, sagte sie in schroffem Ton, der aber nicht über ihre Freude hinwegtäuschen konnte, daß sie für die Zeitung interviewt wurde. »Roggenbrot mit Schinken.« Sie machte ihm auf der asbestbelegten Werkbank Platz, indem sie Schraubenschlüssel, Eisenklammern, Zangen und zerbrochene Ziegel beiseiteschob, und schenkte Qwilleran eine Tasse Kaffee ein, der stark wie Teer war.

Er aß und trank, obwohl er eine halbe Stunde zuvor gut zu

Mittag gegessen hatte. Er wußte, daß es ein Vorteil war, wenn man während eines Interviews kaute: An die Stelle des förmlichen Frage- und Antwortspiels trat eine ungezwungene Unterhaltung.

Sie sprachen über ihre Lieblingsrestaurants und das beste Rezept für gebackenen Schinken. Von da war es nicht weit zum Thema Diät und körperliche Betätigung. Das wiederum brachte sie auf das Sauerstoff-Acetylenschweißen. Während Qwilleran einen großen, roten Apfel aß, setzte Butchy Schutzhelm und Schutzbrille auf, zog Lederhandschuhe an und führte vor, wie man einen Metallstab puddelt und eine gleichmäßige Schweißnaht herstellt.

»Im ersten Semester müssen wir froh sein, wenn wir die Schüler so weit bringen, daß sie sich nicht selbst anzünden«, sagte sie.

Qwilleran fragte: »Warum arbeiten Sie mit Metall, statt Holz zu schnitzen oder Ton zu modellieren?«

Butchy sah ihn grimmig an, und Qwilleran war nicht sicher, ob sie ihm mit dem Schweißkolben eins überziehen würde oder sich eine scharfe Antwort überlegte. »Sie müssen mit diesem Mountclemens geredet haben«, sagte sie.

»Nein. Ich bin nur neugierig. Es interessiert mich ganz persönlich.«

Butchy gab der Werkbank einen Tritt mit ihrem knöchelhohen Schnürstiefel. »Unter uns gesagt, es ist schneller und billiger«, sagte sie. »Aber für die Zeitung können Sie schreiben, daß Metall etwas ist, das zum zwanzigsten Jahrhundert gehört. Wir haben ein neues Werkzeug für die Bildhauerei entdeckt: Feuer!«

»Ich vermute, es spricht vor allem Männer an.«

»O nein. Es sind auch ein paar liebe kleine Mädchen in meinem Kurs.«

»War Neun-Null, der Schrottkünstler, auch einer Ihrer Schüler?«

Butchy blickte über ihre Schulter, als suche sie eine Stelle zum Ausspucken. »Er war in meiner Klasse, aber ich konnte ihm nichts beibringen.«

»Wie ich höre, hält man ihn für eine Art Genie.«

»Manche halten ihn für ein Genie. Ich halte ihn für einen Blender. Ich kann mir nicht vorstellen, wie er es geschafft hat, in der Lambreth Gallery auszustellen.«

»Mrs. Lambreth hält sehr viel von seiner Arbeit.«

Butchy atmete hörbar durch die Nase aus und schwieg.

»Hat Earl Lambreth ihre Begeisterung geteilt?«

»Vielleicht. Ich weiß es nicht. Earl Lambreth war kein Experte. Er hat nur vielen Leuten vormachen können, daß er ein Fachmann sei — wenn Sie verzeihen, daß ich schlecht von den Toten spreche.«

»Wie ich gehört habe«, sagte Qwilleran, »sind ziemlich viele Leute Ihrer Meinung.«

»Natürlich sind sie meiner Meinung. Schließlich habe ich recht! Earl Lambreth war ein Blender, genau wie Neun-Null. Sie haben ein tolles Paar abgegeben, haben versucht, sich gegenseitig zu blenden.« Sie grinste böse. »Natürlich weiß ein jeder, wie Lambreth gearbeitet hat.«

»Was meinen Sie?«

»Keine Preisschilder. Kein Katalog — außer bei großen Ausstellungen. Das gehörte zum sogenannten exklusiven Image der Galerie. Wenn einem Kunden ein Stück gefiel, konnte Lambreth jeden Preis nennen, den der Kunde zahlen würde. Und wenn der Künstler dann seinen Anteil bekam, konnte er nicht beweisen, zu welchem Preis sein Werk tatsächlich verkauft worden war.«

»Sie glauben, daß Betrug im Spiel war?«

»Natürlich. Und Lambreth kam damit durch, weil die meisten Künstler Idioten sind. Neun-Null war der einzige, der Lambreth vorwarf, ihn übers Ohr zu hauen. Ein Schwindler erkennt den anderen gleich.«

Selbstgefällig schob Butchy ihre gewellten Haare zurecht.

Qwilleran kehrte zurück in die Redaktion und forderte schriftlich einen Fotografen für eine Großaufnahme einer Schweißerin bei der Arbeit an. Er tippte auch eine Rohfassung des Interviews — ohne die Bemerkungen über Lambreth und

Neun-Null – und legte sie beiseite, um sie reifen zu lassen. Er war sehr zufrieden mit sich. Er hatte das Gefühl, irgendeiner Sache auf der Spur zu sein. Als nächstes würde er das Kunstmuseum besuchen und die Geschichte mit dem verschwundenen florentinischen Dolch überprüfen, und nach dem Abendessen würde er zu dem Happening gehen. Für einen Montag entwickelte sich der Tag sehr interessant.

Im Kunstmuseum schlug Qwilleran die montagnachmittägliche Stille entgegen. In der Eingangshalle nahm er sich einen Katalog der florentinischen Sammlung und erfuhr, daß die meisten Stücke ein großzügiges Geschenk der Familie Duxbury waren. Percy Duxbury saß in der Museumskommission. Seine Frau war Präsidentin des Spendenkomitees.

In der Garderobe, wo Qwilleran Hut und Mantel abgab, fragte er Tom LaBlancs Freundin, wo die florentinische Sammlung sei.

Sie wies verträumt ans andere Ende des Ganges. »Aber warum wollen Sie Ihre Zeit *damit* verschwenden?«

»Ich habe sie noch nicht gesehen, darum. Ist das ein guter Grund?« fragte er in freundlichem, scherzhaftem Ton.

Sie blickte ihn durch ein paar lange Haarsträhnen an, die über ein Auge gefallen waren. »Wir stellen gerade zeitgenössisches schwedisches Silber aus, eine Leihgabe. Das ist viel aufregender.«

»Okay. Ich werde mir beides ansehen.«

»Sie werden nicht soviel Zeit haben. Das Museum macht in einer Stunde zu«, sagte sie. »Die schwedischen Sachen sind echt cool, und sie sind nur noch diese Woche hier.«

Für eine Garderobenfrau ging ihr Interesse, ihn zu beraten, über das übliche Maß hinaus, fand Qwilleran, und sein beruflicher Argwohn begann sich zu regen. Er ging in den florentinischen Saal.

Das Geschenk der Duxburys war ein Mischmasch von Gemälden, Wandteppichen, Bronzereliefs, Marmorstatuen, alten Handschriften und kleinen Objekten aus Silber und Gold in Glasvitrinen. Einige waren hinter gläsernen Schiebetüren mit winzigen, fast unsichtbaren Schlössern ausgestellt, andere standen auf Podesten unter Glaskuppeln, die fest verankert schienen.

Qwilleran fuhr mit dem Finger die Katalogseite hinunter und fand das Stück, das ihn interessierte: einen goldenen Dolch, zwanzig Zentimeter lang, kunstvoll ziseliert, sechzehntes Jahrhundert, Benvenuto Cellini zugeschrieben. In den Glasvitrinen — zwischen den Salzstreuern und Bechern und religiösen Statuen — war er nicht zu sehen.

Qwilleran ging in das Büro des Direktors und fragte nach Mr. Farhar. Eine Sekretärin mittleren Alters mit schüchternem Auftreten sagte ihm, daß Mr. Farhar nicht da sei. Könnte ihm vielleicht Mr. Smith behilflich sein? Mr. Smith war der Kustos des Museums.

Smith saß an einem Tisch, auf dem kleine Jadeobjekte lagen, von denen er eines unter einer Lupe betrachtete. Er war ein gutaussehender, dunkelhaariger Mann mit blasser Haut und Augen, die genauso grün waren wie die Jade. Qwilleran erkannte ihn als Humbert Humbert, Lolitas Begleiter beim Valentins-Ball. Der Mann hatte einen verschlagenen Blick, und man konnte sich leicht vorstellen, daß er irgendwelche Scheußlichkeiten beging. Überdies hieß er mit Vornamen John, und ein Mann namens John Smith würde den gutgläubigsten Menschen mißtrauisch machen.

Qwilleran sagte zu ihm: »Wie ich höre, ist ein wertvoller Gegenstand aus dem florentinischen Saal verschwunden.«

»Wo haben Sie das gehört?«

»Die Zeitung hat einen Tip bekommen. Ich weiß nicht, von wem.«

»Das Gerücht entbehrt jeder Grundlage. Es tut mir leid, daß Sie umsonst hergekommen sind. Wenn Sie Material für eine Geschichte suchen, könnten Sie jedoch über diese private Jadesammlung schreiben, die das Museum soeben von einem seiner Kommissionsmitglieder erhalten hat.«

»Vielen Dank. Das werde ich gerne tun«, sagte Qwilleran, »aber ein andermal. Heute interessiere ich mich für florentinische Kunst. Insbesondere bin ich auf der Suche nach einem ziselierten goldenen Dolch, der Cellini zugeschrieben wird, und ich kann ihn anscheinend nicht finden.«

Smith machte eine abfällige Handbewegung. »Der Katalog ist übertrieben optimistisch. Es sind nur sehr wenige von Cellinis Arbeiten erhalten, aber die Duxburys möchten gerne glauben, daß sie einen Cellini gekauft haben, und so tun wir ihnen den Gefallen.«

»Ich möchte den Dolch selber sehen, egal, von wem er ist«, sagte Qwilleran. »Wären Sie so gut, mit mir zu kommen und ihn mir zu zeigen?«

Der Kustos lehnte sich in seinem Stuhl zurück und hob die Arme hoch. »Okay. Wie Sie wollen. Der Dolch ist im Moment verlegt worden, aber wir wollen das nicht ausposaunen. Das könnte eine Welle von Diebstählen auslösen. So etwas kommt vor, wissen Sie.« Er hatte dem Reporter keinen Stuhl angeboten.

»Wieviel ist er wert?«

»Das sagen wir lieber nicht.«

»Das ist ein städtisches Museum«, sagte Qwilleran, »und die Öffentlichkeit hat ein Recht, davon zu erfahren. Es könnte zur Wiederauffindung des Dolches führen. Haben Sie die Polizei verständigt?«

»Würden wir jedesmal, wenn irgendein kleiner Gegenstand irrtümlich verlegt wird, die Polizei verständigen und die Presse alarmieren, wären wir ein öffentliches Ärgernis.«

»Wann haben Sie bemerkt, daß er fehlt?«

Smith zögerte. »Ein Aufseher hat es schon vor einer Woche gemeldet.«

»Und Sie haben gar nichts unternommen?«

»Eine Routinemeldung wurde Mr. Farhar auf den Schreibtisch gelegt, aber — wie Sie wissen — Mr. Farhar verläßt uns und hat sehr viele andere Dinge im Kopf.«

»Zu welcher Tageszeit hat der Aufseher das Fehlen des Dolches bemerkt?«

»In der Frühe, als er seine erste Bestandsaufnahme machte.«

»Wie oft macht er das?«

»Einige Male am Tag.«

»Und war der Dolch bei der vorherigen Überprüfung noch an seinem Platz?«

»Ja.«

»Wann war das?«

»Am Abend davor, als das Museum schloß.«

»Also ist er während der Nacht verschwunden.«

»Es scheint so.« John Smith war jetzt kurz angebunden und abweisend.

»Gab es irgendeinen Hinweis, daß jemand in das Museum eingebrochen ist oder die ganze Nacht hier eingeschlossen war?«

»Nein.«

Qwilleran erwärmte sich immer mehr für die Sache. »Mit anderen Worten, es hätte jemand von der Belegschaft sein können. Wie wurde der Dolch aus der Vitrine genommen? War das Glas zerbrochen?«

»Nein. Die Vitrine ist ordnungsgemäß geöffnet und wieder verschlossen worden.«

»Um was für eine Art Vitrine handelt es sich?«

»Um ein Podest mit einer Glaskuppel, unter der sich die Objekte befinden.«

»Waren auch andere Objekte unter derselben Kuppel?«

»Ja.«

»Doch die wurden nicht angerührt.«

»Richtig.«

»Wie nimmt man so eine Kuppel ab? Ich habe sie mir angesehen, wurde aber nicht schlau daraus.«

»Sie wird über das Podest gestülpt und von einer Leiste gehalten, die mit verborgenen Schrauben befestigt ist.«

»Mit anderen Worten«, sagte Qwilleran, »man muß den Dreh kennen, um das Ding auseinanderzubekommen. Der Dolch muß von jemandem entfernt worden sein, der sich auskannte – und zwar nachdem das Museum geschlossen worden war. Würden Sie nicht sagen, daß das nach einem Insider aussieht?«

»Mir gefällt Ihre Anspielung auf den *Insider* nicht, Mr. Qwilleran«, sagte der Kustos. »Ihr Zeitungsleute könnt äußerst ekelhaft sein, wie dieses Museum zu seinem Leidwesen erfahren mußte. Ich verbiete Ihnen, ohne Mr. Farhars Genehmigung irgend etwas über diesen Vorfall zu drucken.«

»Sie schreiben einer Zeitung nicht vor, was sie drucken soll und was nicht«, sagte Qwilleran und versuchte, sich zu beherrschen.

»Wenn dieser Artikel erscheint«, sagte Smith, »werden wir daraus schließen müssen, daß der *Daily Fluxion* ein verantwortungsloses Sensationsblatt ist. Erstens könnten Sie falschen Alarm schlagen. Zweitens lösen Sie vielleicht eine Lawine von Diebstählen aus. Und drittens verhindern Sie damit möglicherweise, daß der Dolch wiedergefunden wird, falls er tatsächlich gestohlen wurde.«

»Ich werde das meinem Herausgeber überlassen«, sagte Qwilleran. »Übrigens, fallen Sie die Leiter hinauf, wenn Farhar geht?«

»Sein Nachfolger ist noch nicht bestimmt worden«, sagte Smith, und seine fahle Haut wurde noch eine Spur bleicher.

Zum Abendessen ging Qwilleran ins *Artist and Model*, eine gemütliche Kellerkneipe, die bei der Kulturschickeria gerade ›in‹ war. Die Hintergrundmusik war klassisch, die Speisekarte französisch, und die Wände waren mit Kunstwerken behängt. Man konnte sie im kultiviert gedämpften Licht des Kellerlokals unmöglich betrachten, und selbst das Essen – kleine Portionen auf braunem Steingut – war für die Gabel schwer zu finden.

Die Atmosphäre war eher für ein Gespräch oder zum Händchenhalten geeignet als zum Essen, und Qwilleran gestattete sich einen Augenblick des Selbstmitleids, als er merkte, daß er der einzige war, der allein zu Abend aß. Wieviel angenehmer wäre ein Abend zu Hause, dachte er – er würde ein Stück Pastete mit Koko teilen und dann eine Runde ›Sperling‹ spielen. Dann fiel ihm zu seinem Kummer ein, daß Koko ihn verlassen hatte.

Er bestellte *Ragôut de boeuf Bordelaise* und lenkte sich ab, indem er über den goldenen Dolch nachdachte. Dieser Smith war ein hinterhältiger Typ. Zu Beginn des Gespräches hatte er gelogen, das hatte er sogar zugegeben. Selbst das Mädchen in der Garderobe hatte versucht, Qwilleran davon abzuhalten, in den florentinischen Saal zu gehen. Wer deckte da wen?

Wenn der Dolch gestohlen worden war, warum hatte der Dieb gerade dieses spezielle Stück aus der italienischen Renaissance gewählt? Warum sollte jemand eine Waffe stehlen? Warum nicht einen Becher oder eine Schale? Es war wohl kaum die Art Beute, die ein kleiner Gauner schnell zu Geld machen konnte, und professionelle Juwelendiebe, die im großen Stil operierten, hätten eine größere Beute gemacht. Jemand hatte diesen Dolch unbedingt haben wollen, dachte Qwilleran, weil er aus Gold war, oder weil er schön war.

Das war ein poetischer Gedanke, und Qwilleran schrieb ihn der romantischen Atmosphäre des Restaurants zu. Dann ließ er zufrieden seine Gedanken zu Zoe schweifen. Er fragte sich, wie lange es wohl angemessen war zu warten, bis er sie zum Abendessen einladen konnte. Eine Witwe, die nichts von Begräbnissen hielt und eine purpurne Seidenhose als Trauerkleidung trug, richtete sich offenbar nicht nach Konventionen.

Um ihn herum plauderten und lachten die Paare. Immer wieder erklang eine weibliche Stimme, die trillernd lachte. Diese Stimme war unverkennbar. Sie gehörte Sandy Halapay. Sie hatte offensichtlich eine Abendbegleitung gefunden, mit der sie sich amüsieren konnte, während ihr Mann in Dänemark war.

Als Qwilleran das Restaurant verließ, sah er verstohlen zu Sandys Tisch und auf den dunklen Kopf, der sich ihr zuneigte. Es war John Smith.

Qwilleran vergrub die Hände in den Manteltaschen und ging die paar Häuserblocks zur Penniman School. Seine Gedanken wanderten vom Cellini-Dolch zu John Smith mit dem verschlagenen Blick – zu Sandy, die sich blind stellte – zu Cal Halapay in Dänemark – zu Tom, Halapays mürrischem Hausburschen – zu Toms Freundin in der Garderobe des Museums – und wieder zurück zum Dolch.

Dieses Gedankenkarussell machte Qwilleran etwas schwindlig, und er versuchte, sich die Sache aus dem Kopf zu schlagen. Schließlich ging es ihn gar nichts an. Genau wie der Mord an Earl Lambreth. Sollte die Polizei ihn aufklären.

In der Penniman School gab es andere rätselhafte Dinge, die Qwilleran verwirrten. Das Happening war ein Raum voller Menschen, Dingen, Geräuschen und Gerüchen, die weder Sinn noch Ziel oder Zweck zu haben schienen.

Die Schule war verschwenderisch ausgestattet (Mrs. Duxbury war vor ihrer Heirat eine Penniman gewesen); unter anderem gab es ein beeindruckendes Bildhauerstudio. Mountclemens hatte es in einer seiner Kolumnen als ›so groß wie eine Scheune und so produktiv wie ein Heuschober‹ beschrieben. In diesem Bildhauerstudio fand das Happening statt, für das die Studenten einen Dollar und das gewöhnliche Publikum drei Dollar Eintritt bezahlten. Die Einnahmen waren für den Stipendien-Fonds vorgesehen.

Als Qwilleran hinkam, war der riesige Raum dunkel, abgesehen von ein paar Spots, die auf den Wänden Lichtspiele veranstalteten. Diese schmalen und breiten Lichtbahnen enthüllten eine Nordwand aus undurchsichtigem Glas und eine hohe Decke mit freiliegenden Balken. Außerdem war unter der Decke ein provisorisches Gerüst aufgebaut.

Unten, auf dem Betonboden, standen Menschen aller Altersklassen entweder in Gruppen zusammen, oder sie spazierten zwischen den aufgetürmten großen, leeren Kartons herum, die den Raum in ein Labyrinth verwandelten. Diese Türme aus Pappkarton waren grellbunt bemalt und gefährlich hoch gestapelt, sie drohten bei der leisesten Berührung einzustürzen.

Vom Gerüst baumelten andere bedrohliche Dinge. Ein Schwert hing an einem unsichtbaren Faden. Außerdem Bündel grüner Ballons, rote Äpfel, die an den Stengeln angebunden waren, und gelbe Plastikeimer, die mit wer weiß was gefüllt waren. Ein Gartenschlauch tröpfelte planlos vor sich hin. In einer Seilschlinge hing eine nackte Frau mit langen grünen Haaren, die aus einer Unkrautspritze billiges Parfüm versprühte. Und in der Mitte des Gerüstes hockte, wie eine böse Gottheit, die über allem wachte, das ›Ding Nr. 36‹ mit den rotierenden Augen. Irgend etwas war noch dazugekommen, merkte Qwilleran: Das Ding trug jetzt eine Krone aus Türknöpfen, Neun-Nulls Symbol für den Tod.

Bald erfüllte das Wimmern und Piepsen elektronischer Musik den Raum, die Spots begannen sich im Rhythmus der Musik zu bewegen und rasten schwindelerregend über die Decke oder verharrten auf nach oben gerichteten Gesichtern.

Als das Licht einmal über sie hinwegglitt, erkannte Qwilleran Mr. und Mrs. Franz Buchwalter, deren normale Kleidung jenen Bauernkostümen nicht unähnlich war, die sie beim Valentins-Ball getragen hatten. Die Buchwalters erkannten seinen Schnurrbart sofort.

»Wann beginnt das Happening?« fragte er sie.

»Es hat schon begonnen«, sagte Mrs. Buchwalter.

»Sie meinen, *das* ist es? Mehr geschieht nicht?«

»Es werden im Lauf des Abends noch andere Dinge geschehen«, sagte sie.

»Was tut man denn hier?«

»Sie können herumstehen und die Dinge geschehen lassen«, sagte sie, »oder Sie können selbst veranlassen, daß Dinge geschehen, je nach Ihrer Lebenseinstellung. Ich werde vermutlich ein paar dieser Kartons herumschieben; Franz wird einfach nur warten, bis sie ihm auf den Kopf fallen.«

»Ich warte einfach, bis sie mir auf den Kopf fallen«, sagte Franz.

Mehr Leute kamen, und die Menge war jetzt gezwungen weiterzugehen. Ein Teil der Besucher legte einen geradezu leidenschaftlichen Ernst an den Tag; andere wirkten amüsiert; und wieder andere überspielten ihre Verwirrung mit großem Getue.

»Was halten Sie von all dem?« fragte Qwilleran die Buchwalters, während sie zu dritt durch das Labyrinth wanderten.

»Wir finden, es ist eine interessante Demonstration der Kreativität und der Entwicklung eines Themas«, sagte Mrs. Buchwalter. »Das Ereignis muß eine Form haben und Bewegung, einen dominanten Mittelpunkt, Vielfalt, Einheit — alle Elemente des guten Designs. Wenn man nach diesen Eigenschaften Ausschau hält, steigert es das Vergnügen.«

Franz nickte beifällig: »Steigert das Vergnügen.«

»Das Team erklimmt das Gerüst«, sagte seine Frau, »also wird sich das Tempo des Happenings jetzt beschleunigen.«

In den vorbeiflitzenden Lichtflecken, die die Spots im Halbdunkel erzeugten, sah Qwilleran drei Figuren die Leiter hinaufklettern. Die große war Butchy Bolton im Overall, gefolgt von Tom LaBlanc; nach ihm kam Neun-Null, genauso ungepflegt wie zuvor.

»Der junge Mann mit Bart«, sagte Mrs. Buchwalter, »ist ein ziemlich erfolgreicher Absolvent der Schule, der andere ist Student hier. Miss Bolton kennen Sie vermutlich. Sie unterrichtet hier. Es war ihre Idee, das glotzäugige Ding über das Happening präsidieren zu lassen. Ehrlich gesagt waren wir überrascht, da wir wissen, wie sie über Schrottkunstwerke denkt. Vielleicht wollte sie damit auch gerade ihre Meinung ausdrücken. Heutzutage verehren die Menschen Schrott.«

Qwilleran wandte sich an Franz. »Sie unterrichten hier an der Schule, nicht wahr?«

»Ja«, sagte Mrs. Buchwalter. »Er unterrichtet Aquarellmalerei.«

Qwilleran sagte: »Sie haben eine Ausstellung in der Westside Gallery, Mr. Buchwalter. Ist sie erfolgreich?«

»Er hat fast alles verkauft«, sagte die Frau des Künstlers, »trotz der bemerkenswerten Rezension von George Bonifield Mountclemens. Ihr Kritiker war nicht in der Lage, den Symbolismus in Franz Arbeit zu interpretieren. Wenn mein Mann Segelboote malt, porträtiert er damit eigentlich die Sehnsucht der Seele zu entfliehen, auf weißen Schwingen in ein Morgen aus reinstem Blau zu entfliehen. Mountclemens hat einen sehr geschickten Kniff angewandt, um zu kaschieren, daß er es einfach nicht versteht. Wir fanden das überaus amüsant.«

»Überaus amüsant«, sagte der Künstler.

»Dann fühlen Sie sich von dieser Art Rezension nicht verletzt?«

»Nein. Der Mann hat seine Grenzen, so wie wir alle. Und wir verstehen sein Problem. Er hat unser ganzes Mitgefühl.«

»Was für ein Problem meinen Sie?«

»Mountclemens ist ein verhinderter Künstler. Sie wissen natürlich, daß die eine Hand eine Prothese ist — eine bemerkenswert realistische Prothese —, sie wurde auch von einem Bildhauer in Michigan gemacht. Seine Eitelkeit kann sie befriedigen, aber er kann nicht mehr malen.«

»Ich wußte nicht, daß er Künstler war«, sagte Qwilleran. »Wie hat er seine Hand verloren?«

»Das scheint niemand zu wissen. Es ist passiert, bevor er hierher kam. Offenbar hat dieser Verlust auch seine Persönlichkeit beeinträchtigt. Aber wir müssen lernen, mit seinem exzentrischen Wesen zu leben. Wir werden ihn wohl nicht mehr loswerden. Soviel wir wissen, kann ihn nichts von seinem viktorianischen Haus trennen...«

Lautes Gekreisch unterbrach Mrs. Buchwalter. Der Gartenschlauch, der über den Köpfen hing, hatte plötzlich eine Reihe von Zusehern mit Wasser begossen.

Qwilleran sagte:

»Der Mord an Lambreth war schrecklich. Haben Sie irgendeine Theorie?«

»Wir gestatten uns nicht, uns mit solchen Dingen näher zu befassen«, antwortete Mrs. Buchwalter.

»Wir befassen uns nicht näher damit«, sagte ihr Mann.

Gelächter erfüllte das Studio, als das Team einen Ballen Hühnerfedern ausstreute und ein elektrischer Ventilator sie wie Schnee herumwirbelte.

»Das ist wirklich lustig«, sagte Qwilleran.

Er änderte seine Meinung einen Augenblick später, als die Veranstalter eine giftige Schwefelwasserstoff-Wolke auf sie losließen.

»Es ist alles symbolisch«, sagte Mrs. Buchwalter. »Sie brauchen ihre fatalistische Ansicht nicht zu teilen, aber Sie müssen zugeben, daß sie denken und sich ausdrücken.«

Schüsse ertönten. Schreie erklangen, gefolgt von einem kleinen Tumult unter den Zusehern. Das Team auf dem Gerüst hatte die grünen Ballons aufgestochen, die jetzt auf die Menge unten niedergingen.

Qwilleran sagte: »Ich hoffe, sie wollen nicht auch dieses Damoklesschwert heruntersausen lassen.«

»Bei einem Happening geschieht niemals etwas wirklich Gefährliches«, sagte Mrs. Buchwalter.

»Nein, nichts Gefährliches«, sagte Mr. Buchwalter.

Die Menschenmenge drängte herum, und die Pappkartontürme begannen umzukippen. Von oben regnete es Konfetti. Dann hagelte es Gummibälle aus einem der gelben Plastikeimer. Und dann...

»*Blut!*« schrie eine gellende Frauenstimme. Qwilleran kannte diese Stimme, und er drängte sich brutal durch die Menge, um zu ihr zu kommen.

Von Sandy Halapays Gesicht tropfte etwas Rotes. Ihre Hände waren rot. Sie stand hilflos da, während John Smith sie zärtlich mit dem Taschentuch abtupfte. Dann lachte sie plötzlich. Es war Ketchup.

Qwilleran ging zu den Buchwalters zurück. »Jetzt wird es ziemlich wild«, sagte er. Die Zuseher hatten begonnen, mit den Gummibällen auf die Veranstalter auf dem Gerüst zu schießen.

Die Gummibälle flogen durch die Luft, trafen das Gerüst, sprangen zurück, prallten von unschuldigen Schädeln und wurden von den höhnisch lachenden Zuschauern erneut geworfen. Die Musik kreischte und blökte. Das Licht der Spots wirbelte schwindelerregend durch den Raum.

»Auf das Monster!« schrie jemand, und ein Hagel von Bällen prasselte auf das Ding mit den rotierenden Augen.

»Nein!« rief Neun-Null. »Aufhören!«

In den Lichtblitzen konnte man sehen, wie das Ding auf seiner Latte zu schwanken begann.

»Aufhören!«

Die Mitglieder des Teams stürzten hin, um es zu retten. Die Gerüstbretter klapperten.

»Vorsicht!«

Das Mädchen in der Seilschlinge schrie auf.

Die Menge lief auseinander. Das Ding krachte herunter. Und mit ihm stürzte ein Körper auf den Betonboden.

Kapitel zwölf

Zwei Ereignisse machten in der Dienstagmorgenausgabe des *Daily Fluxion* Schlagzeilen.

Ein wertvoller goldener Dolch, der Cellini zugeschrieben wurde, war aus dem Kunstmuseum verschwunden. Obwohl sein Fehlen schon vor über einer Woche von einem Aufseher bemerkt worden war, hatte man bei der Polizei keine Meldung erstattet, bis ein Reporter des *Fluxion* entdeckte, daß diese seltene Kostbarkeit aus dem florentinischen Saal verschwunden war. Die Museumsverwaltung konnte keine zufriedenstellende Erklärung für das lange Zögern geben.

Der andere Artikel berichtete von einem tödlichen Unfall.

»Bei einem Sturz kam Montag nacht ein Künstler ums Leben. Der Unfall ereignete sich in der Penniman School of Fine Art während des Happenings, das unter Mitwirkung des Publikums veranstaltet wurde. Der Bildhauer war unter dem Künstlernamen Neun Null Zwei Vier Sechs Acht Fünf bekannt; sein richtiger Name war Joseph Hibber.

Hibber befand sich auf einem hohen Gerüst im abgedunkelten Raum, als durch aggressive Aktionen der Zuseher beinahe eine der riesigen Requisiten der Show zu Fall kam.

Augenzeugen berichteten, Hibber habe verhindern wollen, daß das Objekt auf die Zuseher fiel. Dabei verlor er offenbar den Halt und stürzte acht Meter tief auf den Betonfußboden.

Mrs. Sadie Buchwalter, die Frau von Franz Buchwalter, einem Mitglied des Lehrkörpers, wurde beim Absturz des

Objekts von einem Türknopf verletzt, der durch die Luft flog. Ihr Zustand wurde als zufriedenstellend bezeichnet.

Etwa dreihundert Studenten, Lehrer und Gäste, die an der Benefizveranstaltung teilnahmen, waren Zeugen des Unfalls.«

Qwilleran warf die Zeitung auf die Theke des Presseclubs, als Arch Riker kam, mit dem er um halb sechs auf ein Glas verabredet war.

»Zu Tode gestürzt«, sagte Qwilleran, »oder gestoßen.«

»Du siehst überall Verbrechen«, sagte Arch. »Bist du mit einem Mord in deinem Ressort nicht zufrieden?«

»Du weißt nicht, was ich weiß.«

»Dann erzähl mal. Was war das für ein Typ?«

»Ein Bürgerschreck, der sich zufällig mit Zoe Lambreth gut verstand. Und sie hatte ihn auch recht gern, obwohl das schwer zu begreifen war, wenn man den Jungen sah – ein naturbelassener Typ direkt von der städtischen Müllhalde.«

»Bei Frauen weiß man nie«, sagte Arch.

»Und doch muß ich zugeben, daß der Junge gewisse Fähigkeiten hatte.«

»Also, wer hat ihn gestoßen?«

»Nun, da ist mal diese Bildhauerin, Butchy Bolton, die ihn anscheinend nicht leiden konnte. Ich glaube, Butchy war eifersüchtig auf seine Freundschaft mit Zoe und auch in beruflicher Hinsicht. Er hatte weit mehr Erfolg bei den Kritikern als sie. Und Butchy war in Zoe vernarrt.«

»Ach, eine von denen!«

»Zoe hat versucht, sie loszuwerden – diskret –, aber Butchy ist so diskret wie eine Bulldogge. Und jetzt kommt ein interessanter Punkt: Sowohl Butchy als auch Neun-Null, der Tote, waren ernsthaft sauer auf Zoes Mann. Angenommen, einer von ihnen hat Earl Lambreth umgebracht; hat Butchy Neun-Null als Konkurrenten im Hinblick auf Zoes Aufmerksamkeit gesehen und ihn gestern nacht vom Gerüst gestoßen? Alle Mitglieder des Veranstaltungsteams sind auf diese dünnen Bretter gelaufen, um das Ding vor dem Absturz zu bewahren. Butchy hätte eine wunderbare Gelegenheit gehabt.«

»Du scheinst mehr zu wissen als die Polizei.«

»Ich weiß keine Antworten. Nur Fragen. Und hier ist noch eine: Wer hat das Gemälde der Ballettänzerin aus Earl Lambreths Büro gestohlen? Letztes Wochenende erinnerte ich mich plötzlich, daß es in der Mordnacht verschwunden war. Ich habe es Zoe gesagt, und sie hat es der Polizei gemeldet.«

»Du warst ein sehr fleißiger Junge. Kein Wunder, daß du den Beitrag über Halapay noch nicht fertig hast.«

»Und noch eine Frage: Wer hat den Dolch im Museum gestohlen? Und warum sind sie diesbezüglich gar so diskret?«

»Hast du noch ein paar Geschichten auf Lager?« fragte Arch. »Oder kann ich heimgehen zu Frau und Kinder?«

»Geh heim. Du bist ein mieses Publikum. Hier kommen ein paar Leute, die das interessieren wird.«

Odd Bunsen und Lodge Kendall kamen im Gänsemarsch in die Bar.

»He, Jim«, sagte Odd, »haben Sie den Artikel über den verschwundenen Dolch im Museum geschrieben?«

»Ja.«

»Sie haben ihn gefunden. Ich bin dort gewesen und habe ein paar Fotos davon gemacht. Die Fotoredaktion dachte, die Leute würden gerne wissen, wie er aussieht — nach dem ganzen Wirbel, den Sie gemacht haben.«

»Wo haben sie ihn gefunden?«

»Im Safe des Pädagogikinstituts. Einer der Lehrer schrieb einen Beitrag über florentinische Kunst für eine Zeitschrift, und er hat den Dolch aus der Vitrine genommen, um ihn studieren zu können. Dann ist er zu irgendeiner Konferenz gefahren und hat ihn in den Safe gelegt.«

»Oh«, sagte Qwilleran. Sein Schnurrbart hing traurig herab.

»Nun, damit ist eines deiner Probleme gelöst«, sagte Arch. Er wandte sich an den Polizeireporter. »Was Neues im Fall Lambreth?«

»Ein wichtiger Anhaltspunkt hat sich gerade in Luft aufgelöst«, sagte Kendall. »Die Polizei hat ein wertvolles Gemälde gefunden, das Lambreths Frau als verschwunden gemeldet hat.«

»Wo haben sie es gefunden?« wollte Qwilleran wissen.

»Im Lagerraum der Galerie, unter ›G‹ abgelegt.«

»Oh«, sagte Qwilleran.

Arch klopfte ihm auf den Rücken. »Für einen Detektiv, Jim, bist du ein guter Kulturredakteur. Warum kümmerst du dich nicht um die Story über Halapay und überläßt die Verbrechen der Polizei? Ich geh' nach Hause.«

Arch ging, und Odd Bunsen und Lodge wanderten davon. Qwilleran saß alleine da und starrte unglücklich in seinen Tomatensaft.

Bruno wischte die Theke ab und sagte mit seinem wissenden Lächeln: »Wollen Sie noch eine Bloody Mary ohne Wodka, Limonensaft, Worcester-Sauce oder Tabasco?«

»Nein«, fuhr ihn Qwilleran an.

Der Barkeeper blieb weiter in seiner Nähe. Er räumte die Theke auf. Er gab Qwilleran noch eine Papierserviette. Schließlich fragte er: »Möchten Sie ein paar von meinen Präsidentenporträts sehen?«

Qwilleran warf ihm einen finsteren Blick zu.

»Ich bin mit van Buren fertig«, sagte Bruno, »und ich habe ihn und John Quincy Adams hier unter der Theke.«

»Nicht heute abend. Ich bin nicht in der richtigen Stimmung.«

»Ich kenne niemand anderen, der aus Whisky-Etiketten Collagen macht, die Porträts darstellen«, beharrte Bruno.

»Hören Sie, von mir aus können Sie Mosaikporträts aus gebrauchten Olivenkernen machen! Ich will sie heute abend nicht sehen!«

»Sie hören sich schon an wie Mountclemens«, sagte Bruno.

»Ich habe es mir wegen des Drinks überlegt«, sagte Qwilleran. »Ich nehme einen. Scotch – pur.«

Bruno zuckte die Achseln und machte sich im Zeitlupentempo an die Arbeit.

»Und zwar ein bißchen plötzlich«, sagte Qwilleran.

Aus dem Lautsprecher erklang eine dumpfe Stimme; er hörte sie nicht.

»Mr. Qwilleran«, sagte Bruno. »Ich glaube, Sie werden ausgerufen.

Qwilleran lauschte, wischte sich den Schnurrbart ab und ging schlecht gelaunt zum Telefon.

Eine sanfte Stimme sagte: »Mr. Qwilleran, ich hoffe, ich störe Sie nicht, aber ich möchte Sie fragen, ob Sie heute zum Abendessen schon etwas vorhaben?«

»Nein, habe ich nicht«, sagte er in verändertem Tonfall.

»Würden Sie herauskommen und mit mir zu Hause zu Abend essen? Ich bin bedrückt, und es wäre mir eine Hilfe, wenn ich mit jemandem reden könnte, der verständnisvoll ist. Ich verspreche, ich werde nicht über meine Sorgen reden. Wir werden über angenehme Dinge sprechen.«

»Ich nehme ein Taxi und bin sofort bei Ihnen.«

Auf dem Weg aus dem Presseclub warf Qwilleran Bruno einen Dollar hin. »Trinken Sie den Scotch selber«, sagte er.

Als Qwilleran irgendwann nach Mitternacht von Zoes Haus zurückkam, war er in bester Stimmung. Die Nacht war bitter kalt, und doch war ihm warm. Er gab einem erfroren aussehenden Bettler, der den Blenheim Place hinunterschlurfte, einen Vierteldollar, und er pfiff vor sich hin, als er die Außentür von Nr. 26 aufschloß.

Noch bevor er den zweiten Schlüssel ins Schloß der inneren Tür steckte, konnte er Koko in der Eingangshalle schreien hören.

»Ha! Du treuloser Freund«, sagte er zu dem Kater. »Gestern hast du mich links liegengelassen. Erwarte heute abend keine Runde ›Sperling‹, Kumpel.«

Koko saß in aufrechter Haltung auf der untersten Stufe. Er sprang nicht herum. Er rieb sich nicht an den Beinen. Er war ganz bei der Sache. Er äußerte sich sehr drängend. Qwilleran sah auf die Uhr. Der Kater hätte um diese Zeit zusammengerollt auf dem Kissen auf Mountclemens Kühlschrank liegen und schlafen müssen. Aber er war hier, voll wach, und er stieß langgezogene, laute Schreie aus. Es war nicht das quengelnde Klagen wie über eine etwas verspätete Mahlzeit, auch nicht der scheltende Tonfall, den er anschlug, wenn er sein Abendessen unverzeihlich spät bekam. Es war ein Schrei der Verzweiflung.

»Ruhig, Koko! Du wirst das ganze Haus aufwecken«, sagte Qwilleran mit gedämpfter Stimme.

Koko wurde etwas leiser, behielt aber den dringenden Ton bei. Er stakste steifbeinig auf und ab und rieb sich am Treppenpfosten.

»Was ist los, Koko? Was willst du mir sagen?«

Der Kater rieb seine Flanken so heftig an dem Pfosten, als wolle er Stücke aus seinem Fell herausreißen. Qwilleran beugte sich hinunter und streichelte den gekrümmten Rücken; das seidige Fell war jetzt seltsam rauh und gesträubt. Bei der Berührung der Hand sprang Koko fünf oder sechs Stufen hinauf, dann senkte er den Kopf und verdrehte den Hals, bis er die Rückseite seiner Ohren an der Vorderkante einer Stufe reiben konnte.

»Bist du ausgesperrt, Koko? Gehen wir hinauf und sehen nach.«

Augenblicklich jagte der Kater auf den oberen Treppenabsatz, Qwilleran folgte ihm.

»Die Tür ist offen, Koko«, flüsterte er. »Geh hinein. Geh schlafen.«

Die Katze drückte sich durch den schmalen Spalt, und Qwilleran war schon wieder auf dem Weg nach unten, als das Klagen wieder anfing. Koko war herausgekommen und rieb seinen Kopf heftig am Türpfosten.

»Du kannst nicht die ganze Nacht so weitermachen! Komm mit mir mit. Ich suche dir was zu essen.« Qwilleran packte den Kater unter dem Bauch und trug ihn in seine eigene Wohnung, wo er ihn sanft auf das Sofa warf, doch Koko sauste wie ein geölter weißer Blitz hinaus, raste die Treppe hinauf und stimmte ein jämmerliches Klagen an.

Und da begann Qwillerans Schnurrbart plötzlich ohne Erklärung zu beben. Was war eigentlich los? Ohne ein weiteres Wort folgte er dem Kater hinauf. Zuerst klopfte er an die offene Tür. Als keine Antwort kam, ging er hinein. Das Wohnzimmer war dunkel.

Er drückte auf den Lichtschalter, und alle verborgenen Spots gingen an und warfen ihr Licht auf die Gemälde und Kunstobjekte. Koko war jetzt ruhig; er beobachtete Qwillerans Füße, wie sie durch das Wohnzimmer und in die Speisenische und dann wieder zurück gingen. In den Räumen mit ihren schweren Vorhängen und Teppichen herrschte eine bedrückende Stille. Als die Füße stehenblieben, sauste Koko den langen Gang hinunter zur dunklen Küche. Die Füße folgten ihm. Die Türen von Schlafzimmer und Bad standen offen. Qwilleran schaltete das Küchenlicht ein.

»Was willst du, du Teufel?«

Der Kater rieb sich an der Hintertür, die zur Feuertreppe führte.

»Wenn du nur einen Spaziergang machen willst, drehe ich dir den Hals um. Ist es das?«

Koko stellte sich auf die Hinterbeine und berührte den Türknopf mit der Pfote.

»Nun, ich gehe nicht mit dir hinaus. Wo ist dein Zimmergenosse? Soll *er* doch mit dir hinausgehen... Außerdem ist es da draußen zu kalt für Katzen.«

Qwilleran drehte das Küchenlicht ab und wollte den langen Gang wieder zurückgehen, doch sofort raste Koko mit einem tiefen Knurren hinter ihm her und stürzte sich auf seine Beine.

Qwillerans Schnurrbart übermittelte ihm noch eine Botschaft. Er ging zur Küche zurück, schaltete das Licht ein und holte die Taschenlampe aus dem Besenschrank. Er griff nach dem Schnappschloß an der Hintertür und sah, daß es offen war. Seltsam, dachte er.

Als er die Tür öffnete, schlug ihm ein winterlicher, klirrend kalter Luftzug entgegen. In der Küche, gleich neben der Tür, war ein Lichtschalter, und er knipste ihn mit einem Finger an, doch die Außenlampe warf nur einen schwachen gelblichen Lichtfleck auf den oberen Treppenabsatz. Qwilleran schaltete die Taschenlampe ein, und der kräftige Lichtstrahl wanderte über die Szene im Hof. Er glitt über die drei Ziegelmauern. Er untersuchte das geschlossene Tor. Er kroch über den Ziegelboden, bis er auf den ausgestreckt daliegenden Körper stieß — den langen, dunklen, dürren Körper von George Bonifield Mountclemens.

Qwilleran stieg vorsichtig über die vereisten Stufen der Holztreppe hinunter. Er richtete den Hauptstrahl der Taschenlampe auf die Seite, wo das Gesicht war. Mountclemens lag mit der Wange auf dem Boden, sein Körper war gekrümmt. Kein Zweifel; er war tot.

Die Seitengasse war leer. Die Nacht war still. Limonenduft hing in der Luft. Das einzige, was sich im Hinterhof bewegte, war ein bleicher Schatten, unmittelbar außerhalb der Reichweite der Taschenlampe. Er bewegte sich in Kreisen. Es war der Kater, der sich sonderbar benahm, der irgendein geheimes Ritual vollführte. Mit gekrümmtem Rücken und steifem Schwanz und angelegten Ohren zog Kao K'o-Kung immer wieder und immer wieder und immer wieder seine Kreise. Qwilleran nahm den Kater auf den Arm und ging, so schnell es bei den eisigen Stufen möglich war, die Holztreppe hinauf. Am Telefon zögerten seine Finger an der Wählscheibe, doch dann rief er zuerst die Polizei und danach den diensthabenden Lokalredakteur des *Daily Fluxion* an. Dann setzte er sich hin und wartete; dabei entwarf er seine eigenen bizarren Versionen passender Schlagzeilen für die morgige Ausgabe.

Als erste trafen zwei Polizisten in einem Streifenwagen am Blenheim Place ein.

Qwilleran sagte zu ihnen: »Von vorne können Sie nicht in den Hinterhof gelangen. Sie müssen entweder in den ersten Stock durch seine Wohnung und über die Feuertreppe oder um den Häuserblock herum und durch das Tor in der Seitengasse. Vielleicht ist es verschlossen.«

»Wer wohnt in der hinteren Wohnung im Erdgeschoß?« fragten sie.

»Niemand. Sie wird als Lagerraum benutzt.«

Die Beamten probierten an der Tür zur hinteren Wohnung und fanden sie versperrt. Sie gingen hinauf und stiegen die Feuertreppe hinunter.

Qwilleran sagte: »Zuerst dachte ich, er wäre über die Stufen hinuntergestürzt. Sie sind tückisch. Aber er liegt zu weit davon entfernt.«

»Sieht aus wie eine Wunde«, sagten sie. »Sieht aus wie von einem Messer.«

Im ersten Stock machte der Kater einen Buckel und steife Beine und beschrieb leichtfüßig ein Muster immer kleiner werdender Kreise.

Kapitel dreizehn

Am Tag nach dem Mord an Mountclemens gab es beim *Daily Fluxion* nur ein Gesprächsthema. Einer nach dem anderen kamen sie an Qwillerans Schreibtisch: die Leute von der Lokalredaktion, von der Frauenseite, vom Büro des Chefredakteurs, dem Fotolabor und der Sportredaktion. Auch der Bibliotheksleiter, der Leiter der Setzerei und der Liftboy statteten ihm einen unerwarteten Besuch ab.

Qwillerans Telefon läutete unaufhörlich. Leserinnen weinten ihm ins Ohr. Ein paar anonyme Anrufer erklärten, sie seien froh; Mountclemens habe nur bekommen, was er verdiente. Andere forderten die Zeitung auf, eine Belohnung für die Ergreifung des Mörders auszusetzen. Sechs Galerien riefen an, um sich zu erkundigen, wer ihre März-Ausstellungen rezensieren würde, jetzt, wo der Kritiker ausfiel.

Ein Verrückter gab ihnen einen falsch klingenden Hinweis auf den Mörder und wurde ans Morddezernat verwiesen. Ein zwölfjähriges Mädchen bewarb sich um den Posten als Kunstkritikerin.

Ein Anruf kam von Sandy Halapays Dienstmädchen; sie sagte die Verabredung zum Mittagessen mit Qwilleran — ohne Erklärung — ab. So ging er mittags mit Arch Riker, Odd Bunsen und Lodge Kendall in den Presseclub.

Sie nahmen einen Tisch für vier Personen, und Qwilleran erzählte die Geschichte in allen Einzelheiten, angefangen mit Kokos ungewöhnlichem Verhalten. Mountclemens hatte ein Messer in den Bauch bekommen. Die Waffe war nicht gefunden worden. Es gab kein Zeichen eines Kampfes. Das Tor zur Seitengasse war versperrt.

»Der Leichnam wird nach Milwaukee überführt«, berichtete Qwilleran seinen Zuhörern. »Mountclemens erwähnte, daß er dort eine Schwester hat, und die Polizei hat ihre Adresse gefunden. Sie haben auch die Tonbänder beschlagnahmt, an denen er gearbeitet hat.«

Arch sagte: »Sie haben sich seine alten Rezensionen angesehen, aber ich weiß nicht, was sie da finden wollen. Nur weil er die Hälfte der Künstler in der Stadt beleidigt hat, sind sie doch nicht alle verdächtig, oder? Oder vielleicht doch!«

»Jede noch so kleine Information ist nützlich«, sagte Lodge.

»Viele Leute haßten Mountclemens. Nicht nur Künstler, sondern auch Händler, Leute vom Museum, Lehrer, Sammler – und mindestens ein Barkeeper, den ich kenne«, sagte Qwilleran. »Selbst Odd wollte ihm eine Kamera auf den Schädel knallen.«

Arch sagte: »Die Telefonzentrale dreht schon durch. Alle wollen wissen, wer es getan hat. Manchmal denke ich, unsere Leser sind alle schwachsinnig.«

»Mountclemens hat seine Prothese nicht getragen, als er ermordet wurde«, sagte Odd. »Ich frage mich, warum wohl.«

»Da fällt mir ein«, meinte Qwilleran, »daß ich heute morgen einen ganz schönen Schreck gekriegt habe. Ich bin hinaufgegangen in Mountclemens Wohnung, um das Katzenfutter zu holen, und da lag auf dem Kühlschrank diese Kunststoffhand! Mich hat fast der Schlag getroffen!«

»Was sagt der Kater zu dem ganzen Wirbel?«

»Er ist nervös. Ich habe ihn jetzt in meine Wohnung genommen, und beim leisesten Geräusch fährt er zusammen. Als die Polizei gestern nacht weg war und sich alles beruhigt hatte, habe ich eine Decke auf das Sofa gelegt und versucht, ihn zu bewegen, sich hinzulegen, doch er ist ständig nur herumgewandert. Ich glaube, die ganze Nacht.«

»Ich möchte wissen, was dieser Kater weiß.«

Qwilleran sagte: »Ich möchte wissen, was Mountclemens in einer kalten Winternacht in seinem Hinterhof zu suchen hatte

– in seiner samtenen Hausjacke. Die hat er angehabt, und einen Handschuh an seiner guten Hand. Den Mantel hatte er aber mitgenommen. Ein Cape aus britischem Tweed lag auf dem Ziegelboden in einer Ecke des Hofes. Sie nehmen an, daß es ihm gehörte – die Größe paßt, New Yorker Etikett, und dann – ein Cape! Wer außer ihm würde ein Cape tragen?«

»Wo genau haben Sie die Leiche gefunden?«

»In einer Ecke des Hofes, nahe beim Tor zur Seitengasse. Es sah aus, als habe er mit dem Rücken zur Ziegelmauer gestanden – das heißt, zur Seitenmauer –, als ihm jemand das Messer in den Bauch rammte.«

»Die Bauchschlagader war getroffen«, sagte Lodge. »Er hatte keine Chance.«

»Jetzt müssen wir einen neuen Kunstkritiker suchen«, sagte Arch. »Willst du den Job, Jim?«

»Wer, ich? Bist du verrückt?«

»Das bringt mich auf eine Idee«, sagte Lodge. »Wollte vielleicht irgend jemand in der Stadt Mountclemens Job?«

»Das Gehalt ist nicht gut genug, daß man dafür einen Mordprozeß riskiert.«

»Aber das Prestige ist sehr hoch«, sagte Qwilleran, »und vielleicht sieht irgendein Kunstexperte darin eine Möglichkeit, Gott zu spielen. Ein Kritiker kann einen Künstler aufbauen oder vernichten.«

»Wer käme denn für so einen Job in Frage?«

»Ein Lehrer. Ein Kustos. Jemand, der Beiträge für Kunstmagazine schreibt.«

Arch sagte: »Er müßte gut schreiben können. Die meisten Künstler können nicht schreiben. Sie glauben, daß sie es können, aber sie können es nicht.«

»Es wird interessant sein, wer sich um den Posten bewirbt.«

Jemand sagte: »Irgendwas Neues über den Fall Lambreth?«

»Nichts, was sie uns gesagt hätten«, antwortete Lodge.

»Weißt du, wer einen guten Kritiker abgäbe?« fragte Qwilleran. »Und zur Zeit auch noch arbeitslos ist?«

»Wer?«

»Noel Farhar vom Museum.«

»Glaubst du, daß er interessiert wäre?« fragte Arch. »Vielleicht sollte ich mal bei ihm anklopfen.«

Nach dem Mittagessen verbrachte Qwilleran den Großteil des Nachmittags damit, Anrufe entgegenzunehmen, und am Abend drängte es ihn mehr, nach Hause zu Koko zu gehen, als wieder im Presseclub zu essen. Der Kater, sagte er sich, war jetzt ganz allein auf der Welt. Siamkatzen haben ein besonders ausgeprägtes Bedürfnis nach Gesellschaft. Das verwaiste Tier war den ganzen Tag allein in Qwillerans Wohnung eingesperrt gewesen. Man konnte nicht wissen, welchen seelischen Schaden er erlitten haben mochte.

Qwilleran öffnete die Tür zu seiner Wohnung: Keine Spur von Koko, weder auf dem Sofa noch auf dem Fauteuil, keine stolz ausgestreckte Figur auf dem Teppich, kein helles Fellbündel auf dem Bett in der Schlafnische.

Qwilleran rief den Kater. Er kroch auf Händen und Knien herum und schaute unter die Möbel. Er suchte hinter den Vorhängen und hinter dem Duschvorhang in der Badewanne. Er spähte den Kamin hinauf.

Dann dachte er, er habe ihn irrtümlich in einen Schrank oder eine Kommode eingesperrt. Doch auch, als er in Panik alle möglichen Türen und Laden aufriß, kam keine Katze zum Vorschein. Er konnte nicht entwischt sein. Die Wohnungstür war verschlossen gewesen. Es waren keine Fenster offen. Er mußte in dieser Wohnung sein, dachte Qwilleran. Wenn ich anfange, sein Futter herzurichten, kommt er vielleicht aus seinem Versteck hervor.

Qwilleran ging in die Kochnische zum Kühlschrank und fand sich Aug' in Aug' mit einem ruhigen, kühl blickenden Koko.

Qwilleran schnappte nach Luft. »Du Teufel! Hast du die ganze Zeit hier gesessen?«

Koko, der in unbequemer Stellung auf dem Kühlschrank hockte, antwortete mit einem knappen, einsilbigen Laut.

»Was ist los mit dir, alter Knabe? Bist du unglücklich?«

Der Kater veränderte gereizt seine Position. Jetzt kauerte er wackelig auf der harten Oberfläche. Seine Beine standen ab wie Flossen, und das Fell über seinen Schulterblättern war aufgefächert wie Löwenzahnsamen.

»Du sitzt unbequem! Das ist es! Nach dem Abendessen gehen wir hinauf und holen dein Kissen. In Ordnung?«

Koko kniff beide Augen zusammen.

Qwilleran begann das Rindfleisch zu schneiden. »Wenn dieses Stück Fleisch aus ist, wirst du dich auf Futter umstellen müssen, das ich mir leisten kann – oder nach Milwaukee ziehen. Du lebst ja besser als ich.«

Nachdem Koko sein Rindfleisch verzehrt und Qwilleran ein Salamisandwich verdrückt hatte, gingen sie hinauf, um das blaue Kissen von Mountclemens Kühlschrank zu holen. Die Wohnung war jetzt zugesperrt, doch Qwilleran besaß noch immer den Schlüssel, den der Kritiker ihm vor einer Woche gegeben hatte.

Verwundert und zögernd betrat Koko die Wohnung. Er wanderte ziellos umher, roch hier und dort am Teppich und bewegte sich allmählich auf eine Ecke des Wohnzimmers zu. Die Lamellentüren schienen ihn anzuziehen. Er beschnupperte ihre Kanten, die Scharniere, die Lamellen – alles in hingebungsvoller Konzentration.

»Was suchst du, Koko?«

Der Kater richtete sich auf seinen Hinterbeinen auf und kratzte an der Tür. Dann berührte er mit der Pfote den roten Teppich.

»Willst du in diesen Schrank hinein? Wozu?«

Koko scharrte heftig am Teppich, und Qwilleran verstand den Wink. Er öffnete die Doppeltüren.

Früher einmal mochte dieses Kämmerchen vielleicht ein kleines Nähzimmer oder Arbeitszimmer gewesen sein. Jetzt waren die Fensterläden geschlossen, und der Raum war mit Regalen vollgestellt, in denen in senkrechten Schlitzen Gemälde aufbewahrt wurden. Einige waren gerahmt, andere nur gespannte Leinwände. Hier und dort konnte Qwilleran ein wildes Durcheinander von Farbklecksen sehen.

Sobald sie in dem Schrankraum waren, fing Koko begierig zu schnüffeln an; seine Nase führte ihn von einem Regal zum anderen. Ein spezieller Schlitz interessierte ihn ganz besonders; er versuchte, mit seiner Pfote hineinzufassen.

»Ich möchte wissen, was diese Vorstellung zu bedeuten hat«, sagte Qwilleran.

Koko stimmte ein aufgeregtes Geheul an. Er versuchte zuerst eine, dann die andere Pfote hineinzustecken. Dann unterbrach er seine Tätigkeit, um an Qwillerans Hosenbein herumzustreichen, worauf er seine Versuche wieder aufnahm.

»Du brauchst Hilfe, glaube ich. Was ist in diesem Regal?« Qwilleran zog das gerahmte Bild heraus, das in dem schmalen Schlitz steckte, und Koko faßte in den Zwischenraum und packte ein kleines, dunkles Etwas mit seinen Krallen.

Qwilleran nahm ihm das Ding weg, um es zu begutachten. Was mochte das wohl sein? Weich ... flauschig ... leicht. Koko begann entrüstet zu schreien.

»Entschuldige«, sagte Qwilleran. »Reine Neugier. Das ist also Minzi-Maus!« Er warf das minzeduftende Spielzeug dem Kater zu, der es mit beiden Pfoten festhielt, sich auf die Seite rollte und es mit seinen Hinterpfoten wild bearbeitete.

»Komm, verschwinden wir von hier.« Qwilleran stellte das Gemälde in seinen Schlitz zurück, jedoch nicht, ohne es vorher betrachtet zu haben. Es zeigte eine traumartige Landschaft mit kopflosen Körpern und körperlosen Köpfen. Er schnitt eine Grimasse und stellte es weg. In so was hatte also Mountclemens sein Geld angelegt!

Er sah sich noch ein paar weitere Bilder an. Auf einem war eine Reihe schnurgerader schwarzer Striche auf weißem Grund — einige liefen parallel, andere überschnitten sich. Er runzelte die Stirn. Eine andere Leinwand war mit grauer Farbe bedeckt — einfach nur graue Farbe und eine Signatur in der unteren Ecke. Dann gab es ein Bild mit einer leuchtend violetten Kugel auf einem roten Feld, bei dessen Anblick Qwilleran Kopfschmerzen bekam.

Und beim Anblick des nächsten Gemäldes verspürte er ein

seltsames Prickeln an seinen Schnurrbartwurzeln. Aufgeregt nahm er Koko auf den Arm und lief mit ihm hinunter.

Er ging ans Telefon und wählte eine Nummer, die er nun schon auswendig kannte. »Zoe? Hier ist Jim. Ich habe hier im Haus etwas entdeckt, das ich dir zeigen will. ... Ein Gemälde – eines, das dich interessieren wird. Koko und ich sind in Mountclemens Wohnung hinaufgegangen, um etwas zu holen, und der Kater hat mich zu diesem Schrankraum geführt. Er war sehr beharrlich. Du wirst nicht glauben, was wir gefunden haben... Einen Affen. Das Gemälde eines Affen! ... Kannst du herkommen?«

Wenige Minuten später kam Zoe mit dem Taxi, den Pelzmantel über Pullover und Hose geworfen. Qwilleran wartete schon auf sie. Er hatte das Bild mit dem Affen in seine eigene Wohnung hinuntergebracht, wo es auf dem Kaminsims vor dem Monet lehnte.

»Das ist es!« rief Zoe. »Das ist die zweite Hälfte von Earls Ghirotto!«

»Bist du sicher?«

»Es ist ganz eindeutig ein Ghirotto. Die Pinselführung ist unverkennbar, und der Hintergrund hat dasselbe Gelbgrün. Sieh mal, wie unausgewogen der Aufbau des Bildes ist: der Affe ist zu weit rechts, und er greift aus dem Bild heraus. Und da – kannst du nicht auch am rechten Rand ein Eckchen des Ballettröckchens erkennen?«

Beide starrten auf die Leinwand, ihre Gedanken nahmen Form an.

»Wenn das die verschwundene zweite Hälfte ist ...«

»Was bedeutet das?«

Zoe schien plötzlich zu verfallen. Sie setzte sich und biß sich auf die Unterlippe. Sie hatte denselben Tick, der Qwilleran an Earl Lambreth so unangenehm aufgefallen war. Bei Zoe wirkte er sehr ansprechend.

Sie sagte langsam: »Mountclemens wußte, daß Earl nach dem Affen suchte. Er gehörte zu den Leuten, die die Ballerina kaufen wollten. Kein Wunder! Er hatte den Affen gefunden!«

Qwilleran stupste seinen Schnurrbart mit dem Daumennagel; er fragte sich, ob Mountclemens wohl einen Mord begehen würde, um an die Ballerina heranzukommen. Und wenn ja, warum hatte er dann das Bild in der Galerie gelassen? Weil es in den Lagerraum gestellt worden war und er es nicht finden konnte? Oder weil...

Sein Schnurrbart begann zu kribbeln, als sich Qwilleran an den Klatsch über Zoe und Mountclemens erinnerte.

Zoe war in die Betrachtung ihrer Hände vertieft, die ineinander verkrampft auf ihrem Schoß lagen. Als könne sie Qwillerans fragenden Blick spüren, sah sie auf einmal auf und sagte: »Ich habe ihn verachtet! Ich habe ihn *verachtet*!«

Qwilleran wartete geduldig und teilnehmend, ob sie noch etwas sagen wollte.

»Er war ein arroganter, habgieriger, anmaßender Mensch«, sagte Zoe. »Ich habe Mountclemens verabscheut, und doch mußte ich mitspielen – aus offensichtlichen Gründen.«

»Aus offensichtlichen Gründen?«

»Kannst du das nicht verstehen? Meine Bilder standen in seiner Gunst als Kritiker. Wenn ich ihn verärgert hätte, hätte er meine Karriere ruinieren können. Und Earl hätte er auch ruiniert. Was konnte ich tun? Ich habe geflirtet – diskret, wie ich dachte –, weil Mountclemens es so wollte.« Zoe fingerte an ihrer Handtasche herum – öffnete sie und schloß sie, öffnete sie wieder. »Und dann wollte er, daß ich Earl verlasse und zu ihm gehe.«

»Wie hast du auf diesen Vorschlag reagiert?«

»Das war eine heikle Sache, das kannst du mir glauben! Ich sagte – oder deutete an –, daß ich seinen Antrag gerne annehmen würde, daß ich mich durch ein altmodisches Gefühl der Loyalität jedoch an meinen Mann gebunden fühle. Was für ein Drama! Ich kam mir vor wie die Heldin in einem alten Stummfilm.«

»War die Sache damit erledigt?«

»Leider nein. Er ließ nicht locker, und ich geriet immer tiefer in die Geschichte hinein. Es war ein Alptraum! Dieser ständige Druck, so zu tun als ob!«

»Wußte dein Mann nicht, was vor sich ging?«

Zoe seufzte. »Lange Zeit hegte er keinerlei Verdacht. Earl war immer so mit seinen eigenen Problemen beschäftigt, daß er blind und taub für alles andere war. Aber schließlich kam ihm der Klatsch zu Ohren. Und dann hatten wir eine furchtbare Szene. Am Ende gelang es mir, ihn zu überzeugen, daß ich in einer scheußlichen Lage war und keinen Ausweg wußte.« Sie beschäftigte sich eine ganze Weile mit dem Schloß ihrer Handtasche. Dann sagte sie stockend: »Weißt du – Earl schien an mir zu hängen. Obwohl wir uns nicht mehr so – nahestanden –, wenn du verstehst, was ich meine. Für mich war es *sicherer*, verheiratet zu sein, und Earl hing an mir, weil ich erfolgreich war. Er war der geborene Versager. Seinen einzigen Erfolg – daß er den halben Ghirotto entdeckte – hatte er einem glücklichen Zufall zu verdanken, und sein ganzer Ehrgeiz bestand nun darin, die zweite Hälfte aufzuspüren und damit reich zu werden!«

Qwilleran sagte: »Du glaubst nicht, daß Mountclemens deinen Mann umgebracht hat, oder?«

Zoe blickte ihn hilflos an. »Ich weiß nicht. Ich weiß es einfach nicht. Zu so einem drastischen Mittel hätte er gewiß nicht gegriffen, nur um mich zu bekommen. Da bin ich ganz sicher! Zu einer so leidenschaftlichen Liebe war er nicht fähig. Aber um mich *und* die andere Hälfte des Ghirotto zu kriegen, hätte er es vielleicht getan.«

Das wäre ein ganz schönes Paket, dachte Qwilleran. Er sagte: »Mountclemens hatte eine Leidenschaft für die Kunst.«

»Nur als eine Form von Reichtum, den man sammelt und hortet. Er hat seinen Besitz nicht mit anderen geteilt. Er wollte nicht einmal, daß die Leute erfuhren, daß er wunderbare Schätze besaß.«

»Woher hatte er das Geld dafür? Gewiß nicht von seinen Rezensionen für den *Daily Fluxion*.«

Zoe ließ die Frage unbeantwortet. Sie schien in ihrem Sessel zusammenzuschrumpfen. »Ich bin müde«, sagte sie. »Ich möchte nach Hause. Ich wollte das alles gar nicht sagen.«

»Ich weiß. Ist schon in Ordnung«, antwortete Qwilleran. »Ich rufe dir ein Taxi.«

»Danke, daß du so verständnisvoll bist.«

»Ich fühle mich geehrt, daß du mir vertraust.«

Zoe biß sich auf die Lippe. »Ich glaube, soviel kann ich dir sagen: Als Earl umgebracht wurde, war meine Reaktion eher Angst als Trauer — Angst vor Mountclemens, und was jetzt passieren würde. Jetzt ist diese Angst weg, und ich kann nichts als Freude empfinden.«

Qwilleran sah Zoes Taxi nach, das in der Dunkelheit verschwand. Er fragte sich, ob sie von Anfang an Mountclemens verdächtigt hatte. War der Kritiker einer von Earls Feinden — einer der ›wichtigen Leute‹, die sie sich gescheut hatte, der Polizei zu nennen? Andererseits, würde ein Mann wie Mountclemens, der ein angenehmes Leben führte und soviel zu verlieren hatte, das Risiko eingehen, einen Mord zu begehen, um eine Frau und ein wertvolles Gemälde zu bekommen? Qwilleran bezweifelte es.

Dann kehrten seine Gedanken zu dem Affen zurück, der auf dem Kaminsims in seiner Wohnung lehnte. Was würde jetzt damit geschehen? Zusammen mit den Zeichnungen von Rembrandt und dem van Gogh würde der Ghirotto-Affe an die Frau in Milwaukee gehen. Sie würde wohl kaum wissen, was es mit dem Bild auf sich hatte. Höchstwahrscheinlich würde sie das häßliche Ding verabscheuen. Wie leicht wäre es ...

Eine Idee nahm in seinem Kopf Gestalt an. ›Behalte es ... Sag nichts ... Gib es Zoe.‹

Er ging in seine Wohnung zurück und betrachtete den Affen. Auf dem Kaminsims saß Kao K'o-Kung aufrecht wie eine Schildwache vor dem Gemälde und starrte Qwilleran vorwurfsvoll an. »Okay. Du hast gewonnen«, sagte der Reporter. »Ich melde es der Polizei.«

Kapitel vierzehn

Am Donnerstag morgen rief Qwilleran Lodge Kendall im Presseraum der Polizeizentrale an.

Er sagte: »Ich bin auf ein paar Informations über Lambreth und Mountclemens gestoßen. Kommen Sie doch mit den Leuten vom Morddezernat zum Mittagessen in den Club.«

»Sagen wir, zum Abendessen. Hames und Wojcik haben Nachtdienst.«

»Glauben Sie, daß sie bereit sind, über den Fall zu sprechen?«

»Aber sicher. Besonders Hames. Er ist ein lockerer Typ. Unterschätzen Sie ihn aber nicht. Sein Verstand arbeitet wie ein Computer.«

Qwilleran sagte: »Ich werde früher in den Club gehen und uns einen ruhigen Tisch im ersten Stock suchen. Paßt es um sechs?«

»Sagen wir, sechs Uhr fünfzehn. Ich kann nichts versprechen, aber ich werde versuchen, die beiden mitzubringen.«

Qwilleran notierte sich sechs Uhr fünfzehn auf seinem Schreibtischkalender und zog dann widerwillig die Möglichkeit in Betracht, mit seiner Arbeit zu beginnen. Er spitzte ein paar Bleistifte, machte seinen Büroklammer-Behälter sauber, legte eine neue Tube Klebstoff bereit, rückte das Schreibpapier zurecht. Dann holte er seinen Entwurf des Interviews mit Butchy Bolton hervor und legte ihn wieder weg. Das eilte nicht; die Fotoredaktion hatte noch keine Bilder zu dem Artikel geliefert. Er fand mühelos ähnliche Ausreden, um auch die meisten anderen Arbeiten, die in seinem Kästchen auf Erledigung warteten, auf ein andermal zu verschieben.

Er war nicht in Stimmung zu arbeiten. Die Frage, wie der *Daily Fluxion* auf Mord in den eigenen Reihen reagieren würde — und noch dazu ausgerechnet im Kulturressort! —, beschäftigte ihn viel zu sehr. Er konnte sich lebhaft vorstellen, wie unangenehm es für die Zeitung wäre, wenn die Polizei Mountclemens den Mord an Lambreth anlastete, und er konnte sich auch vorstellen, wie lustvoll das Konkurrenzblatt diesen Skandal ausschlachten würde. ... Nein, es war undenkbar. Zeitungsleute berichteten über Morde; sie begingen sie nicht.

Qwilleran hatte Mountclemens gemocht. Der Mann war ein liebenswürdiger Gastgeber, ein kluger Autor, ein schamloser Egoist, ein Katzenliebhaber, ein furchtloser Kritiker, ein Geizhals in puncto Glühbirnen, sentimental in bezug auf alte Häuser, und ein unberechenbares menschliches Wesen. Er konnte in einer Minute kurz angebunden sein und großzügig in der nächsten — wie in jener Nacht, als er vom Mord an Lambreth erfuhr.

Der Reporter sah auf seinen Kalender. Bis sechs Uhr fünfzehn hatte er keinen Termin. Sechs Uhr fünfzehn — um diese Zeit war die Uhr für Earl Lambreth stehengeblieben. Sechs Uhr fünfzehn? Qwillerans Schnurrbart prickelte. *Sechs Uhr fünfzehn!*

Dann hatte Mountclemens ein Alibi!

Es war sechs Uhr zwanzig, als der Polizeireporter mit den beiden Männern vom Morddezernat aufkreuzte: Hames, nett und freundlich, und Wojcik, ganz dienstlich.

Hames sagte: »Sind Sie nicht der Mann mit dem Kater, der lesen kann?«

»Er kann nicht nur lesen«, sagte Qwilleran. »Er kann rückwärts lesen, und lachen Sie nicht. Wenn er groß ist, schicke ich ihn in die FBI-Akademie, und dann bekommt er vielleicht Ihren Job.«

»Und er wäre sicher nicht schlecht. Katzen sind die geborenen Schnüffler. Unsere Kinder haben einen Kater, der an allem dran ist. Der würde einen guten Polizisten abgeben — oder einen guten Reporter.« Hames überflog die Speisekarte. »Bevor ich bestelle, wer zahlt das Essen? Der *Daily Fluxion* oder wir unterbezahlten Hüter des allgemeinen Wohls?«

Wojcik sagte zu Qwilleran: »Kendall sagt, Sie wollen mit uns über die Morde in der Kunstszene sprechen.«

»Ich bin auf ein paar Dinge gestoßen. Wollen Sie sie jetzt gleich hören, oder wollen Sie zuerst bestellen?«

»Schießen Sie los.«

»Also, folgendes: Lambreths Witwe hat mich anscheinend in ihr Vertrauen gezogen, und sie hat mir gestern nacht ein paar Dinge erzählt, nachdem ich in Mountclemens' Wohnung etwas Ungewöhnliches entdeckt hatte.«

»Was haben Sie da oben gemacht?«

»Die Spielzeugmaus des Katers gesucht. Einen alten Socken, der mit getrockneter Minze gefüllt ist. Er drehte durch, weil er ihn nicht fand.«

Hames sagte: »Unsere Katze ist auch verrückt nach Catnip.«

»Das ist nicht Catnip. Es ist frische Minze, die Mountclemens in einem Topf auf dem Fensterbrett zog.«

»Das ist das gleiche«, meinte Hames. »Catnip gehört zur Familie der Minze.«

»Also, was haben Sie dann Ungewöhnliches entdeckt?« fragte Wojcik.

»Ein Bild von einem Affen, das mich an etwas erinnerte. Ich rief Mrs. Lambreth an, und sie ist gekommen und hat es identifiziert.«

»Was ist mit diesem Affen?«

»Er gehört zu dieser Ballerina von Ghirotto in der Lambreth Gallery.«

Hames sagte: »Wir haben so eine Ghirotto-Tänzerin zu Hause hängen. Meine Frau hat sie für vierzehn Dollar fünfundneunzig bei Sears gekauft.«

»Ghirotto hat viele Tänzerinnen gemalt«, sagte Qwilleran, »und die Reproduktionen sind ziemlich bekannt. Aber dieses Bild ist einmalig. Es ist nur eine Hälfte eines Gemäldes. Die Leinwand wurde zerrissen, und die beiden Hälften wurden separat verkauft. Lambreth besaß die Hälfte mit Ghirottos

Signatur und wollte unbedingt die zweite Hälfte finden, auf der ein Affe war. Zusammengefügt und restauriert wären sie einhundertfünfzigtausend Dollar wert.«

Hames sagte: »Die erzielen heutzutage völlig wahnsinnige Preise für Kunstwerke. ... Möchte jemand eines dieser Mohnbrötchen?«

Wojcik sagte: »Und Sie fanden die verschwundene Hälfte...«

»In einem Schrankraum in Mountclemens Wohnung«, sagte Qwilleran.

»In einem Schrankraum? Sie haben wirklich herumgeschnüffelt, was?«

Qwillerans Schnurrbart rebellierte, und er strich ihn glatt. »Ich habe das Katzen...«

»Schon gut, schon gut. Also sieht es aus, als hätte Mountclemens einen Menschen umgebracht, um ein Bild von 'ner Puppe in 'nem kurzen Röckchen zu bekommen. Was wissen Sie sonst noch?«

Qwilleran ärgerte sich über Wojciks schroffe Art und merkte, wie seine Kooperationsbereitschaft erlahmte. Er sagte sich, soll er sich seine Hinweise doch selber suchen. Etwas widerstrebend meinte er zu dem Kriminalbeamten: »Mountclemens hatte offenbar ein Auge auf Mrs. Lambreth geworfen.«

»Hat sie Ihnen das erzählt?«

Qwilleran nickte.

»Das sagen die Frauen immer. War sie an Mountclemens interessiert?«

Qwilleran schüttelte den Kopf.

»Der abgewiesene Liebhaber!« rief der joviale Hames. »Also ging der Schurke nach Hause und beging in seinem Hinterhof Harakiri, woraufhin er das Messer schluckte, um den Beweis für den Selbstmord zu vernichten und den Verdacht auf die arme Witwe zu lenken. Kann mir bitte jemand die Butter reichen?«

Wojcik warf seinem Partner einen ungeduldigen, finsteren Blick zu.

»Allerdings«, sagte Qwilleran kühl, »habe ich ein Alibi für Mountclemens.« Er schwieg und wartete auf die Reaktion.

Kendall sperrte Augen und Ohren auf; Wojcik spielte mit einem Löffel; Hames strich Butter auf das zweite Brötchen.

Qwilleran fuhr fort: »Lambreth wurde um sechs Uhr fünfzehn ermordet, wenn man nach der elektrischen Uhr geht, die um diese Zeit stehengeblieben ist, doch Mountclemens war in der Drei-Uhr-Maschine nach New York. Ich habe das Ticket für ihn besorgt.«

»Sie haben sein Ticket besorgt«, sagte Hames, »aber wissen Sie, ob er es benutzt hat? Vielleicht hat er umgebucht und die Sieben-Uhr-Maschine genommen, nachdem er Lambreth um sechs Uhr fünfzehn umgebracht hat. ... Seltsam, daß diese Uhr um sechs Uhr fünfzehn stehengeblieben ist. Sie war nicht kaputt. Es war nur der Stecker aus der Steckdose gezogen. Es sieht aus, als hätte sich der Mörder sehr bemüht, alles so zu arrangieren, daß es nach einem Kampf aussieht, die Uhr auf den Boden zu legen und den Stecker herauszuziehen, um so auf den Zeitpunkt des Verbrechens hinzuweisen. Hätte wirklich ein Kampf stattgefunden, und wäre die Uhr in der Hitze des Gefechtes versehentlich zu Boden gestoßen worden, wäre sie vielleicht kaputtgegangen, und wenn sie *nicht* kaputtgegangen wäre, dann wäre sie weitergegangen, *es sei denn*, bei dem Sturz wäre der Stecker aus der Dose gerissen worden. Wenn man jedoch bedenkt, wo der Schreibtisch stand, wo die Steckdose war und wo die Uhr gefunden wurde, muß man bezweifeln, ob beim Herunterfallen der Stecker *versehentlich* herausgerissen werden kann. Also scheint es, daß der Mörder sich absichtlich bemühte, den Zeitpunkt des Mordes festzusetzen – um sich ein Alibi zu verschaffen –, und dann einen späteren Flug nahm ... natürlich immer unter der Annahme, daß Ihr Kunstkritiker mit dem Drei-Uhr-Ticket wirklich der Mörder war.«

Wojcik sagte: »Wir werden das bei der Fluglinie überprüfen.«

Nachdem die Kriminalbeamten gegangen waren, trank Qwilleran noch eine Tasse Kaffee mit Lodge Kendall und meinte: »Haben Sie nicht gesagt, Hames hätte einen Verstand wie ein

Computer? Mir kommt er eher vor wie eine Betonmischmaschine.«

Kendall sagte: »Ich glaube, er hat recht. Ich wette, Mountclemens ließ Sie das Flugticket speziell zu dem Zweck abholen, um auf den Drei-Uhr-Flug aufmerksam zu machen. Und dann nahm er eine spätere Maschine. Lambreth hätte sich nichts dabei gedacht, ihn einzulassen, nachdem die Galerie geschlossen war, und Mountclemens hat den Mann vielleicht völlig überrumpelt.«

»Mit nur einer Hand?«

»Er war groß. Er ging von hinten auf Lambreth los, legte ihm den rechten Arm um den Hals und hielt ihn wie in einem Schraubstock. Dann stieß er mit seiner guten Linken den Meißel in Lambreths exponierte Kehle. Danach warf er im Büro alles durcheinander, zog den Stecker der Uhr heraus, zerstörte ein paar Kunstwerke, um eine falsche Fährte zu legen, und nahm eine spätere Maschine.«

Qwilleran schüttelte den Kopf.

»Ich kann mir Mountclemens nicht mit dem Meißel in der Hand vorstellen.«

»Haben Sie eine bessere Theorie?«

»Ich bin noch dabei zu überlegen. Meine Theorie ist noch nicht ganz ausgegoren. Aber sie wäre vielleicht eine Erklärung für alle drei Todesfälle... Was ist in diesem Päckchen?«

»Die Tonbänder, die die Polizei beschlagnahmt hat. Es ist nichts darauf – nur eine Rezension. Können Sie sie brauchen?«

»Ich gebe sie Arch«, sagte Qwilleran. »Und vielleicht schreibe ich einen Artikel zum Andenken an Mountclemens, der zusammen mit seiner letzten Kolumne erscheinen könnte.«

»Vorsicht bei der Formulierung. Vielleicht schreiben Sie einen Nachruf für einen Mörder«, sagte Kendall.

Qwillerans Schnurrbart sträubte sich eigensinnig. Er sagte: »Ich habe so ein Gefühl, es wird sich herausstellen, daß Mountclemens in dieser Drei-Uhr-Maschine saß.«

Als Qwilleran mit den Tonbändern unter dem Arm nach Hause kam, war es fast acht Uhr, und Koko begrüßte ihn an der Tür mit ungeduldigem Geschrei. Koko hatte nichts übrig für Qwillerans lockere Handhabung der Essenszeiten.

»Wenn du sprechen lernen würdest, müßte ich nicht soviel Zeit im Presseclub verbringen«, erklärte der Reporter, »und du bekämst deine Mahlzeiten rechtzeitig.«

Koko fuhr mit einer Pfote über sein rechtes Ohr und leckte zweimal rasch über sein linkes Schulterblatt.

Qwilleran beobachtete diese Aktion nachdenklich. »Na schön, vermutlich kannst du ohnehin sprechen. Nur bin ich nicht klug genug, dich zu verstehen.«

Nach dem Abendessen gingen beide hinauf zum Diktiergerät auf dem Schreibtisch des Kritikers, und Qwilleran legte ein Band ein. Die scharfe Stimme des verstorbenen George Bonifield Mountclemens — die auf Band noch nasaler klang — erfüllte den Raum:

»Zur Veröffentlichung Sonntag, 8. März — Ernsthafte Sammler zeitgenössischer Kunst erwerben heimlich alle verfügbaren Arbeiten des berühmten italienischen Malers Scrano, wie diese Woche bekannt wurde. Aus gesundheitlichen Gründen ist der Künstler — der seit zwanzig Jahren zurückgezogen in den umbrischen Hügeln lebt — nicht mehr in der Lage, die Bilder zu malen, die ihn zu einem der herausragenden Meister der Moderne gemacht haben.

Scranos letzte Arbeiten sind nun auf dem Weg in die Vereinigten Staaten, wie von seinem New Yorker Agenten zu erfahren war, und man darf erwarten, daß die Preise in die Höhe schnellen werden. In meiner eigenen bescheidenen Sammlung befindet sich ein kleiner Scrano aus dem Jahr 1958, und mir wurde das Zwanzigfache des damaligen Kaufpreises dafür geboten. Es erübrigt sich zu erwähnen, daß ich mich nicht davon trennen würde.«

Es entstand eine nachdenkliche Pause, während der das Band weiterlief. Dann senkte sich die prägnante Stimme und sagte in einem ungezwungeneren Tonfall: »Korrektur! Redakteur, die letzten beiden Sätze streichen.«

Wieder eine Pause. Dann:

»In dieser Stadt werden Scranos Werke von der Lambreth Gallery betreut, die bald wieder öffnen wird, wie bekanntgegeben wurde. Die Galerie ist seit der Tragödie am 25. Februar geschlossen, und die Kunstwelt betrauert ... Korrektur, die *hiesige* Kunstwelt betrauert ... das Dahinscheiden einer geachteten und einflußreichen Persönlichkeit.

Die Qualität von Scranos Arbeit ist von Alter und Krankheit unbeeinflußt geblieben. Er vereint die Technik eines alten Meisters mit der Frische der Jugend und der Klugheit eines Weisen, der Ausdruckskraft ...«

Koko saß auf dem Schreibtisch, betrachtete fasziniert das sich drehende Band und begleitete es mit einem tiefen, lauten Schnurren.

»Erkennst du deinen alten Zimmerkollegen?« fragte Qwilleran etwas traurig. Er war selbst betroffen, als er Mountclemens letzte Worte hörte, und er strich sich nachdenklich über den Schnurrbart.

Als er das Band zurückspulte, senkte Koko den Kopf und rieb inbrünstig das Kinn an der Kante des Geräts.

Qwilleran sagte: »Wer hat ihn umgebracht, Koko? Du kannst doch angeblich solche Dinge spüren.«

Der Kater auf dem Schreibtisch setzte sich aufrecht hin, die Vorderbeine dicht an seinem Körper, und sah Qwilleran mit großen Augen an. Das Blau verschwand, und es blieb eine große, schwarze Leere. Er schwankte leicht.

»Los, doch. Rede! Du mußt wissen, wer ihn umgebracht hat.«

Koko schloß die Augen und gab ein zögerndes Quietschen von sich.

»Du mußt gesehen haben, wie es passiert ist! Dienstag nacht. Aus dem Fenster zum Hof. Katzen können doch im Dunkeln sehen, nicht wahr?«

Der Kater bewegte die Ohren, eines nach vorn und eines zurück, dann sprang er auf den Boden. Qwilleran sah ihm zu, wie er – anfangs ziellos – im Raum herumstrich, hier unter einen Sessel schaute, dort unter einen Schrank, in den kalten, schwarzen Kamin spähte, behutsam mit der Pfote ein Stromkabel berührte. Dann streckte er den Kopf vor und senkte ihn. Er begann im Zickzack den langen Gang zur Küche hinunterzulaufen, und Qwilleran folgte ihm.

An der Schlafzimmertür schnüffelte er flüchtig. An der Schwelle zur Küche blieb er stehen und grummelte vor sich hin. Dann lief er auf demselben Weg durch den langen Gang zurück bis zu dem Wandteppich, der einen Großteil der Wand gegenüber der Schlafzimmertür bedeckte. Der Wandteppich stellte eine königliche Jagdszene dar, mit Pferden, Falken, Hunden und kleinem Wild. Aufgrund des schwachen Lichts und des Alters waren die Figuren kaum zu erkennen, doch Koko zeigte ausgeprägtes Interesse an den Kaninchen und Wildhühnern, die in einer Ecke der Darstellung zu sehen waren. Stimmte es wirklich, dachte Qwilleran, daß Katzen den Inhalt eines Bildes begreifen konnten?

Koko berührte den Teppich versuchsweise mit der Pfote. Er stellte sich auf die Hinterbeine und schaukelte den Kopf hin und her wie eine Kobra. Dann ließ er sich wieder auf alle viere nieder und beschnupperte die untere Kante des Wandteppichs, die den Boden berührte.

Qwilleran sagte: »Ist da etwas dahinter?« Er hob eine Ecke des schweren Stoffes auf und sah nichts als die blanke Wand. Doch Koko stieß einen erfreuten Schrei aus. Qwilleran hob den Teppich höher, und der Kater schob sich dahinter, wobei er seine Begeisterung in freudigen Tönen kundtat.

»Einen Augenblick.« Qwilleran holte die Taschenlampe und leuchtete damit zwischen Wandteppich und Wand. Der Lichtkegel enthüllte die Ecke eines Türrahmens, und genau an dieser Stelle rieb sich Koko, schnüffelte und gab aufgeregte Laute von sich.

Qwilleran folgte ihm, indem er sich mit einigen Schwierigkeiten zwischen das schwere Gewebe und die Wand zwängte, bis er zu der verriegelten Tür kam. Der Riegel ließ sich leicht beiseite drücken, und die Tür ging auf. Dahinter befand sich eine schmale Treppe. Sie machte eine scharfe Biegung und führte hinunter in das Erdgeschoß, wo sie an einer zweiten Tür endete. Früher einmal war das wohl der Dienstbotenaufgang gewesen.

Es gab einen Lichtschalter, doch keine Glühbirne. Qwilleran war nicht überrascht. Er stieg mit Hilfe der Taschenlampe hinunter und überlegte. Wenn diese Treppe in die hintere Wohnung führte – die, wie der Kritiker behauptet hatte, als Lager benutzt wurde –, dann mochte er weiß Gott welche Schätze entdecken.

Koko war bereits hinuntergesprungen und wartete ungeduldig auf ihn. Qwilleran hob ihn hoch und öffnete die Tür. Er befand sich in einer großen, altmodischen Küche mit heruntergezogenen Jalousien und einer unbewohnten Atmosphäre. Doch der Raum war angenehm warm. Es war eher ein Studio als eine Küche. Da standen eine Staffelei, ein Tisch, ein Stuhl und – an einer Wand – eine Pritsche. Viele ungerahmte Leinwände standen auf dem Fußboden, mit der bemalten Seite zur Wand gedreht.

Eine Tür führte in den Hinterhof. Eine andere, Richtung Vorderseite des Hauses, ging in ein Wohnzimmer. Qwilleran leuchtete mit der Taschenlampe über einen marmornen Kamin und eine reichverzierte Anrichte. Abgesehen davon war das Zimmer leer.

Koko wand sich und wollte hinunter, doch hier war alles verstaubt, und Qwilleran hielt den Kater fest, während er sich wieder in der Küche umsah.

Ein Gemälde stand auf dem Spültisch, es war an den Hängeschrank darüber gelehnt. Es stellte einen stahlblauen Roboter vor einem rostroten Hintergrund dar, beunruhigend realistisch. Es trug die Signatur des Künstlers, O. Narx. Das Bild wirkte dreidimensional, und der Roboter selbst hatte den Glanz und die Oberflächenstruktur von richtigem Metall. Das Bild war staubbedeckt. Qwilleran hatte einmal gehört, daß alte Häuser ihren eigenen Staub produzieren.

Auf einem Küchentisch neben der Hintertür, der mit einer dicken Kruste vertrockneter Farben überzogen war, befanden sich ein Gefäß mit Pinseln, ein Spatelmesser und ein paar zerquetschte Farbtuben. Die Staffelei stand am Fenster, und darauf war noch ein mechanischer Mensch mit eckigem Kopf in drohender Haltung. Das Bild war unvollendet, und ein weißer Pinselstrich quer über die Leinwand hatte es verunstaltet.

Koko wand sich und jammerte und war kaum mehr zu halten, und so sagte Qwilleran: »Gehen wir hinauf. Hier unten ist nichts als Schmutz.«

Oben angekommen, verriegelte Qwilleran die Tür wieder und tastete sich hinter dem Wandteppich hervor. Dann meinte er: »Falscher Alarm, Koko. Du warst auch schon mal besser. Da unten waren keine Anhaltspunkte.«

Kao K'o-Kung warf ihm einen vernichtenden Blick zu, drehte sich um und begann sich ausgiebig zu putzen.

Kapitel fünfzehn

Am Freitagmorgen saß Qwilleran an seiner Schreibmaschine und starrte auf die oberste Tastenreihe: q-w-e-r-t-y-u-i-o-p. Er haßte das Wort *qwertyuiop*: Es bedeutete, daß in seinem Hirn gähnende Leere herrschte; daß er eine brillante Geschichte schreiben sollte und daß ihm absolut nichts einfiel.

Es war jetzt drei Tage her, seit er die Leiche Mountclemens im Hinterhof liegend gefunden hatte. Es war vier Tage her, seit Neun-Null zu Tode gestürzt war. Und neun Tage seit dem Mord an Earl Lambreth.

Qwillerans Schnurrbart zuckte und ließ ihn nicht in Ruhe. Nach wie vor hatte er das Gefühl, daß es zwischen den drei Todesfällen einen Zusammenhang gab. Ein und dieselbe Person hatte den Kunsthändler ermordet, Neun-Null vom Gerüst gestoßen und Mountclemens erstochen. Und dennoch — und das machte seine Beweisführung zunichte — bestand die Möglichkeit, daß Mountclemens den ersten Mord begangen hatte.

Das Telefon auf seinem Schreibtisch läutete dreimal, bevor er es bemerkte.

Lodge Kendall war dran: »Ich dachte, es würde Sie interessieren, was das Morddezernat bei der Fluglinie erfahren hat.«

»Hm? Oh, ja. Was haben sie erfahren?«

»Das Alibi steht. Laut Passagierliste war Mountclemens an Bord der Nachmittagsmaschine.«

»Ist sie pünktlich abgeflogen?«

»Ganz planmäßig. Wußten Sie, daß die Fluglinie die Passagierlisten auf Mikrofilm aufnimmt und sie drei Jahre lang archiviert?«

»Nein. Das heißt — ja. Ich meine — danke für den Anruf.«

Also hatte Mountclemens ein Alibi, und das erhärtete Qwillerans neue Theorie. Nur eine Person, so sagte er sich, hatte bei allen drei Verbrechen ein Motiv, die Kraft, einem Mann eine Klinge in den Körper zu rammen und die Gelegenheit, Neun-Null hinunterzustoßen. Nur Butchy Bolton. Und doch war das alles zu perfekt, zu offensichtlich. Qwilleran zögerte, seinem Verdacht zu trauen.

Er wandte sich wieder seiner Schreibmaschine zu. Er blickte auf das leere Blatt Papier, das erwartungsvoll seiner harrte. Er blickte auf die grünen Schreibmaschinentasten: qwertyuiop.

Er wußte, daß Butchy einen tiefen Groll gegen Earl Lambreth hegte. Sie glaubte, daß er sie um einen lukrativen Auftrag und beträchtliches Prestige gebracht hatte. Überdies legte er seiner Frau nahe, mit Butchy zu brechen. Solche Kränkungen konnten sich in der Einbildung einer Frau, die eine gestörte Persönlichkeit hatte und zu gewalttätigen Ausbrüchen neigte, ziemlich auswachsen. Wenn Lambreth aus dem Weg wäre, so mochte sie denken, wäre Zoe wieder ihre ›beste Freundin‹ wie in alten Zeiten. Doch da stand noch ein anderes Hindernis im Weg: Zoe zeigte übermäßiges Interesse an Neun-Null. Wenn Neun-Null einem tödlichen Unfall zum Opfer fiele, hätte Zoe mehr Zeit und mehr Interesse für ihre Jugendfreundin.

Qwilleran pfiff durch seinen Schnurrbart, als ihm noch etwas einfiel: Wie Mrs. Buchwalter gesagt hatte, war es Butchys Idee gewesen, dieses Schrottkunstwerk auf das Gerüst zu stellen.

Nach Neun-Nulls Tod sah sich Butchy weiteren Komplikationen gegenüber. Mountclemens stellte eine Bedrohung für Zoes Glück und ihre Karriere dar, und Butchy — die wütende Beschützerin — sah vielleicht einen Ausweg aus diesem schrecklichen Dilemma. qwertyuiop

»Machst du immer so ein verwirrtes Gesicht, wenn du schreibst?« fragte eine sanfte Stimme.

Vor lauter Schreck plapperte Qwilleran nur unsinniges Zeug. Er sprang auf.

Zoe sagte: »Entschuldige bitte. Ich hätte nicht in dein Büro kommen sollen, ohne vorher anzurufen, aber ich war in der Stadt beim Friseur und wollte auf gut Glück bei dir vorbeischauen. Das Mädchen vorne sagte, ich solle einfach hineingehen. Störe ich dich bei etwas Wichtigem?«

»Überhaupt nicht«, antwortete Qwilleran. »Es freut mich, daß du gekommen bist. Gehen wir zum Mittagessen.«

Zoe sah umwerfend aus. Er stellte sich vor, wie er sie in den Presseclub führte, die neugierigen Blicken genoß und die Fragen später beantwortete.

Doch Zoe sagte: »Danke, aber nicht heute. Ich habe einen Termin. Ich möchte nur ein paar Minuten mit dir reden.«

Qwilleran holte ihr einen Stuhl, und sie zog ihn nahe an den seinen heran.

Sie sagte mit leiser Stimme: »Ich muß dir etwas sagen — etwas, das auf meinem Gewissen lastet —, doch es ist nicht leicht, darüber zu sprechen.«

»Ist es für die Nachforschungen von Nutzen?«

»Das weiß ich nicht genau.« Sie blickte sich im Raum um. »Kann ich hier sprechen?«

»Es ist hier völlig sicher«, sagte Qwilleran. »Der Musikkritiker hat sein Hörgerät abgeschaltet, und der Mann am Schreibtisch neben mir ist seit zwei Wochen geistig weggetreten. Er schreibt eine Serie über die Einkommensteuer.«

Zoe lächelte schwach und sagte: »Du hast mich gefragt, wie Mountclemens sich seine Kunstschätze leisten konnte, und ich bin der Frage ausgewichen. Doch ich habe mich entschieden, daß du es erfahren solltest, weil es indirekt ein schlechtes Licht auf diese Zeitung wirft.«

»Inwiefern?«

»Mountclemens kassierte den Gewinn der Lambreth Gallery.«

»Du meinst, dein Mann hat ihm Schmiergeld gezahlt?«

»Nein. Die Lambreth Gallery gehörte Mountclemens.«

»Sie *gehörte* ihm?«

Zoe nickte. »Earl war nur ein Angestellter.«

Qwilleran blies durch seinen Schnurrbart. »Perfekt organisiert! Mountclemens konnte in seinen Artikeln Gratisreklame für seinen eigenen Laden machen und die Konkurrenz vernichten — und dafür hat ihn der *Flux* auch noch bezahlt! Warum hast du mir das nicht schon früher gesagt?«

Zoes Hände bewegten sich unruhig hin und her. »Ich schämte mich, weil Earl an der Sache beteiligt war. Ich glaube, ich hoffte, er würde das Geheimnis mit ins Grab nehmen.«

»Hat dein Mann daheim über geschäftliche Dinge gesprochen?«

»Erst seit kurzem. Bis vor ein paar Wochen hatte ich keine Ahnung, in welcher Beziehung Mountclemens zur Galerie stand. Bis Earl und ich seinetwegen diesen Riesenkrach hatten. Da hat er mir gesagt, welches Spiel Mountclemens wirklich spielte. Es war für mich ein richtiger Schock.«

»Das glaube ich.«

»Und noch mehr entsetzt war ich darüber, daß Earl in die Geschichte verwickelt war. Danach begann er mir mehr über die Führung der Galerie zu erzählen. Er hat die ganze Zeit unter einem schrecklichen Druck gestanden, und er war überarbeitet. Gut bezahlt, aber überarbeitet. Mountclemens wollte keine weiteren Leute einstellen — oder er wagte es nicht. Earl machte alles. Er kümmerte sich nicht nur um die Galeriebesucher und die Künstler, sondern machte auch die Bilderrahmen und führte die Bücher. Mein Mann hat vorher bei einem Wirtschaftsprüfer gearbeitet.«

»Ja, das habe ich gehört«, sagte Qwilleran.

»Earl mußte den ganzen Behördenkram erledigen und die Zahlen für die Steuererklärung frisieren.«

»Frisieren, sagst du?«

Zoe lächelte bitter. »Du nimmst doch nicht an, daß ein Mann wie Mountclemens sein ganzes Einkommen deklariert hat, oder?«

»Was hat dein Mann denn dazu gesagt?«

»Er sagte, das sei Mountclemens Sache, nicht seine. Earl befolgte nur Anordnungen, und er war nicht haftbar.« Zoe biß sich auf die Lippe. »Doch mein Mann führte genau Buch über die tatsächlichen Verkaufszahlen.«

»Du meinst, er hatte daneben noch eine zweite Buchführung?«

»Ja. Zu seiner eigenen Information.«

Qwilleran sagte: »Hatte er vor, diese Information zu benutzen?«

»Earl sah allmählich keinen Ausweg mehr. Irgend etwas müßte geschehen – irgendeine Änderung in der Abmachung. Und dann diese – diese unangenehme Geschichte mit mir. Da hat Earl dann Mountclemens mit ein paar Forderungen konfrontiert.«

»Hast du ihr Gespräch gehört?«

»Nein, aber Earl hat mir davon erzählt. Er hat Mountclemens gedroht – wenn er mich nicht in Ruhe ließe.«

Qwilleran meinte: »Ich kann mir nicht vorstellen, daß sich unser verstorbener Kunstkritiker so leicht Angst einjagen ließ.«

»O doch, er hatte Angst«, sagte Zoe. »Er wußte, daß es meinem Mann Ernst war. Earl drohte, der Steuerbehörde einen Tip zu geben. Er hatte die Unterlagen, mit denen die Hinterziehung bewiesen werden konnte. Er hätte sogar von der Behörde eine Belohnung für den Hinweis bekommen.«

Qwilleran lehnte sich in seinem Stuhl zurück. »Wow!« sagte er leise. »Da wäre der ganze Schwindel voll aufgeflogen.«

»Die wahren Eigentumsverhältnisse der Galerie wären aufgedeckt worden, und ich fürchte, der *Daily Fluxion* wäre dabei auch nicht sehr gut weggekommen.«

»Und das ist noch mild ausgedrückt! Die andere Zeitung würde aus so einer Sache Riesenkapital schlagen. Und Mountclemens...«

»Mountclemens wäre vor Gericht gekommen, sagte Earl. Das hätte eine Gefängnisstrafe wegen Betrugs bedeutet.«

»Das wäre Mountclemens' Ende gewesen, hier und überhaupt.«

Sie sahen einander schweigend an, und dann sagte Qwilleran: »Er hatte eine komplexe Persönlichkeit.«

»Ja«, murmelte Zoe.

»Kannte er sich mit Kunst wirklich aus?«

»Sein Wissen war hervorragend. Und trotz dieser betrügerischen Ader hat er in seiner Kolumne niemals etwas Falsches behauptet. Alle Werke in der Lambreth Gallery, die er gelobt hat, waren wirklich gut – die Streifenbilder, die Grafiken, Neun-Nulls Schrottkunstwerke...«

»Und was ist mit Scrano?«

»Seine Ideen sind obszön, aber die Technik ist makellos. Seine Arbeiten sind von klassischer Schönheit.«

»Alles, was ich sehe, ist ein Haufen Dreiecke.«

»Ja, aber die Proportionen – der Aufbau – die Tiefe und das Geheimnisvolle in einer simplen Anordnung von geometrischen Figuren! Großartig! Fast schon zu schön, um wahr zu sein.«

Herausfordernd fragte Qwilleran: »Und was ist mit deinen eigenen Bildern? Sind deine Arbeiten so gut, wie Mountclemens sagte?«

»Nein. Aber sie werden so gut werden. Die schmutzigen Farben, die ich verwendet habe, waren Ausdruck meines inneren Aufruhrs, und damit ist es jetzt vorbei.« Zoe schenkte Qwilleran ein kaltblütiges kleines Lächeln. »Ich weiß nicht, wer Mountclemens umgebracht hat, aber es ist das Beste, was passieren konnte.« Ihre Augen blitzten vor Gehässigkeit. »Ich glaube, es besteht kein Zweifel daran, daß er meinen Mann umgebracht hat. In jener Nacht, als Earl im Büro bleiben und an den Büchern arbeiten mußte... ich glaube, da erwartete er Mountclemens.«

»Aber die Polizei sagt, Mountclemens habe um drei Uhr nachmittags den Flug nach New York genommen.«

»Das glaube ich nicht. Ich glaube, er ist nach New York *gefahren* – mit diesem Lieferwagen, der in der Seitengasse stand.« Zoe erhob sich, um zu gehen. »Aber jetzt, wo er tot ist, werden sie nie etwas beweisen können.«

Als Qwilleran aufstand, gab sie ihm die Hand. Sie wirkte fast fröhlich. »Ich muß mich beeilen. Ich habe einen Termin in der Penniman School. Sie nehmen mich als Lehrerin auf.« Zoe lächelte strahlend und ging leichtfüßig aus dem Büro.

Qwilleran sah ihr nach und sagte sich, sie ist jetzt frei, und sie ist glücklich... Wer hat sie befreit? Dann haßte er sich selbst für seinen nächsten Gedanken: Und wenn es wirklich Butchy war, frage ich mich, ob Butchy das alles ganz allein geplant hat. Eine Zeitlang stritten berufliches Mißtrauen und persönliche Neigung miteinander.

Letztere sagte: »*Zoe ist eine wunderbare Frau, zu einem so abscheulichen Plan ist sie nicht fähig. Und sie versteht es, Kleider zu tragen!*«

Worauf das berufliche Mißtrauen antwortete: »Es scheint ihr sehr daran zu liegen, daß der Mord an ihrem Mann dem Kritiker angelastet wird, jetzt, wo er tot ist und sich nicht mehr verteidigen kann. Sie kommt ständig mit kleinen Informationen — die ihr immer erst nachträglich eingefallen sind —, die Mountclemens als mieses Schwein hinstellen.«

»*Aber sie ist so sanft und reizvoll und talentiert und intelligent! Und diese Stimme! Wie Samt.*«

»Sie hat ein kluges Köpfchen, das stimmt. Zwei Menschen erstochen... und sie profitiert am meisten davon. Es wäre interessant zu erfahren, wie das alles in die Tat umgesetzt wurde. Butchy hat vielleicht die schmutzige Arbeit gemacht, aber sie ist nicht klug genug, sich so etwas auszudenken. Wer hat ihr den Schlüssel zur Hintertür der Galerie gegeben? Und wer hat Butchy gesagt, sie solle die weiblichen Figuren zerstören — um den Verdacht auf einen perversen Mann zu lenken? Zoe war nicht mal interessiert an Butchy; sie hat sie nur benutzt.«

»*Ja, aber Zoes Augen! So ausdrucksvoll und ehrlich.*«

»Einer Frau mit solchen Augen kann man nicht trauen. Überleg doch mal, was in jener Nacht, in der Mountclemens umgebracht wurde, wahrscheinlich passiert ist. Zoe rief ihn an und vereinbarte ein Rendezvous. Sie sagte, sie würde in die verlassene Seitengasse fahren und sich durch die Hintertür hineinstehlen. So hat sie es vermutlich immer gemacht. Sie hupte, und Mountclemens ging hinaus und öffnete das Hoftor. Aber dieses letzte Mal war es nicht Zoe, die da in der Dunkelheit stand; es war Butchy – mit einem kurzen, breiten, scharfen, spitzen Messer.«

»*Aber Zoe ist eine so wunderbare Frau. Diese sanfte Stimme! Und diese Knie!*«

»Qwilleran, du bist ein Trottel. Weißt du nicht mehr, wie sie dich in der Nacht des Mordes an Mountclemens aus dem Weg schaffte, indem sie dich zum Essen einlud?«

An jenem Abend ging Qwilleran heim, setzte sich hin und sagte zu Qwilleran: »Du bist auf die Masche mit dem hilflosen Weibchen hereingefallen und hast dich von ihr zum Handlanger machen lassen ... Weißt du noch, wie sie geseufzt und sich auf die Lippen gebissen hat, wie sie gestammelt und gesagt hat, du seist ja so *verständnisvoll*? Und die ganze Zeit hat sie mit Andeutungen, Alibis und schmerzlichen Enthüllungen nur ihre eigenen Zwecke verfolgt ... Und ist dir dieses böse Funkeln in ihren Augen heute aufgefallen? Der gleiche wilde Blick war in ihrem Katzenbild in der Lambreth Gallery. Künstler malen sich immer selbst. Das hast du doch entdeckt.«

Qwilleran saß in den Tiefen seines Lehnstuhls versunken und sog an einer Pfeife, die bereits seit einigen Minuten ausgegangen war. Daß er so still dasaß, schaffte eine drückende Atmosphäre, und schließlich ertönte ein schriller Protestschrei von Koko.

»Tut mir leid, alter Freund«, sagte Qwilleran. »Ich bin heute nicht sehr gesellig.« Dann richtete er sich auf und fragte sich, was es wohl mit diesem Lieferwagen auf sich hatte. War Mountclemens wirklich damit nach New York gefahren? Und wem gehörte er?

Koko meldete sich wieder, diesmal vom Gang. Er gab eine Reihe melodischer Katzenlaute von sich, die einen lockenden Unterton hatten. Qwilleran ging hinaus in die Eingangshalle und sah, daß Koko auf der Treppe herumhüpfte. Die schlanken

Beine und winzigen Füße des Katers sahen wie langstielige Noten aus: Sie bewegten sich die Stufen hinauf und hinunter, als spielten sie auf dem roten Läufer der Treppe eine Melodie. Als er Qwilleran sah, raste er hinauf in den ersten Stock und sah zu ihm hinunter. Seine Haltung und die Stellung seiner Ohren drückten eine liebenswürdige Einladung aus, ihm zu folgen.

Qwilleran wurde plötzlich von einer heftigen Zuneigung zu diesem freundlichen kleinen Wesen erfaßt, das wußte, wann seine Gesellschaft gebraucht wurde. Koko konnte unterhaltsamer sein als ein Varieté und – manchmal – auch beruhigender als ein Tranquilizer. Er gab so viel und verlangte so wenig.

Qwilleran fragte: »Willst du deinem alten Revier einen Besuch abstatten?« Er folgte Koko nach und schloß die Wohnungstür des Kritikers auf, zu der er noch immer den Schlüssel hatte.

Trillernd vor Vergnügen spazierte der Kater hinein und erkundete die Wohnung; er beschnupperte ausgiebig jede Ecke.

»Genieße die Düfte, Koko. Diese Frau aus Milwaukee wird bald kommen, und die wird das Haus verkaufen und dich mit zu sich nehmen, und dann wirst du von Bier und Brezeln leben müssen.«

Als hätte er verstanden und wolle einen Kommentar abgeben, hielt Koko in seinem Rundgang inne und setzte sich zu einer kurzen, aber bedeutungsschweren Säuberung seiner unteren Regionen auf das Hinterteil.

»Wenn ich dich recht verstehe, würdest du lieber bei mir leben.«

Der Kater wanderte in die Küche, sprang auf seinen alten Platz auf dem Kühlschrank, merkte, daß das Kissen fehlte, beschwerte sich und sprang wieder herunter. Hoffnungsvoll erkundete er die Ecke, wo sein Teller und seine Wasserschüssel immer gestanden hatten. Nichts da. Leichtfüßig hüpfte er auf den Herd, wo ihn ein leiser Hauch von der in der Vorwoche übergekochten Brühe irritierte. Von da stieg er mit zierlichen Schritten auf das Schneidbrett, ein wahres Eldorado an Düften, die an Braten, Koteletts und Geflügel erinnerten. Dann beschnüffelte er die Messerleiste und schob ein Messer von dem Magnetstab herunter.

»Vorsicht!« sagte Qwilleran. »Sonst schneidest du dir noch eine Zehe ab.« Er befestigte das Messer wieder am Magneten.

Als er es neben die anderen drei Messer hängte, kitzelte ihn sein Schnurrbart, und Qwilleran verspürte einen plötzlichen Drang, in den Hinterhof hinunterzugehen.

Er holte die Taschenlampe aus dem Besenschrank und überlegte, warum Mountclemens ohne sie die Feuertreppe hinuntergestiegen war. Die Stufen waren gefährlich, die schmalen Trittflächen teilweise vereist.

Hatte der Kritiker geglaubt, er würde unten Zoe treffen? Hatte er sein Tweed-Cape übergeworfen und war *ohne* Taschenlampe hinuntergegangen? Hatte er statt dessen ein Messer mitgenommen?

Das fünfte Messer von der Magnetleiste?

Mountclemens hatte seine Prothese oben liegengelassen. Ein so eitler Mann hätte sie getragen, wenn er seine Geliebte treffen wollte, doch er hätte sie nicht benötigt, um sie zu töten.

Qwilleran stellte den Kragen seiner Jacke auf und stieg vorsichtig die Feuertreppe hinunter, begleitet von einem neugierigen, aber nicht besonders begeisterten Kater. Die Nacht war kalt. In der Seitengasse herrschte die übliche nächtliche Stille.

Der Reporter wollte sehen, in welche Richtung das Hoftor aufging, wohin die Schatten fielen, wie gut man einen eintreffenden Besucher in der Dunkelheit sehen konnte. Er untersuchte das naturbelassene hölzerne Tor mit dem spanischen Schloß und den Fischbändern. Beim Öffnen des Tors wäre Mountclemens teilweise verborgen geblieben. Eine schnelle Bewegung des Besuchers, und er wäre an die Wand genagelt worden. Irgendwie war es Mountclemens nicht gelungen, sein potentielles Opfer zu überraschen. Irgendwie hatte der Mörder sich auf ihn stürzen können.

Während Qwilleran grübelte und mit der Taschenlampe über die verwitterten Ziegel des Hofes leuchtete, entdeckte Koko einen dunklen Fleck auf dem Ziegelboden und schnüffelte ihn aufmerksam ab.

Qwilleran packte ihn grob um die Mitte. »Koko! Das ist ja widerlich!«

Er stieg wieder über die Feuertreppe hinauf, den Kater im Arm, der sich wand und ein Geschrei veranstaltete, als würde er gefoltert.

In Mountclemens Küche setzte sich Koko mitten auf den Fußboden und begann mit einer Pediküre. Bei seinem kurzen Ausgang im Freien, wo es so unsauber war, waren seine Zehen, seine Krallen und die Sohlen seiner zierlichen Füße schmutzig geworden. Er spreizte die braunen Zehen wie Blütenblätter und fuhr mit seiner rosa Zunge dazwischen — sie wusch und bürstete und kämmte und deodorierte, alles in einem einzigen Arbeitsgang.

Plötzlich hielt der Kater mit herausgestreckter Zunge und in die Luft gespreizten Zehen mitten im Putzen inne. Ein leises Grollen drang aus seiner Kehle. Er stand auf — gespannt und mit unterdrückter Erregung. Dann ging er zielstrebig auf den Wandteppich am Gang zu und berührte die Ecke mit der Pfote.

»Da unten in der alten Küche ist doch nichts als Staub«, sagte Qwilleran. Und dann begann sein Schnurrbart zu prickeln, und er hatte das sonderbare Gefühl, daß der Kater mehr wußte als er.

Er nahm die Taschenlampe zur Hand, bog die Ecke des Wandteppichs hoch, öffnete den Riegel der Tür und stieg die schmale Dienstbotentreppe hinunter. Koko wartete bereits unten; er gab keinen Laut von sich, doch als Qwilleran ihn hochhob, spürte er, wie der Körper des Katers vibrierte und wie jeder Muskel angespannt war.

Qwilleran öffnete die Tür und stieß sie auf; rasch leuchtete er die gesamte alte Küche ab. Es gab nichts, was Kokos Erregung gerechtfertigt hätte. Qwilleran richtete die Taschenlampe auf die Staffelei, den vollgeräumten Tisch und auf die Bilder, die an der Wand lehnten.

Und dann machte er die beunruhigende Entdeckung, daß

jetzt weniger Leinwände hier waren als in der Nacht zuvor. Die Staffelei war leer. Und der Roboter, der auf dem Spültisch gelehnt war, war weg.

Er paßte einen Augenblick nicht auf, und Koko entwand sich seinem Griff und sprang auf den Boden. Qwilleran schnellte herum und leuchtete in das Wohnzimmer. Es war leer, wie zuvor.

In der Küche verfolgte Koko – jede Faser seines Körpers angespannt – irgendeine Spur. Zuerst sprang er auf den Spültisch und stand schwankend auf der Kante, während er ihn erforschte, dann lautlos hinunter auf einen Stuhl und hinauf auf den Tisch. Er schnüffelte das Durcheinander auf der Tischplatte ab; sein Mund öffnete sich, die Schnurrhaare sträubten sich weit vor, er zog die Lefzen hoch und begann mit einer Pfote rund um das Spachtelmesser auf der Tischplatte herumzuscharren.

Qwilleran stand in der Mitte des Raumes und versuchte, seine Gedanken zu sammeln. Irgend etwas ging hier vor, das er nicht verstand. Wer war in dieser Küche gewesen? Wer hatte die Bilder weggenommen – und warum? Die beiden Gemälde mit den Robotern waren verschwunden. Was war noch weggenommen worden?

Qwilleran legte die Taschenlampe auf eine gekachelte Arbeitsfläche, so daß das Licht auf die verbliebenen Bilder schien, und drehte dann eines um.

Es war ein Scrano! Ein Flammenmeer aus orangen Dreiecken auf gelbem Hintergrund, im glatten, leichten Stil des italienischen Künstlers gemalt, und doch vermittelte das Bild ein solches Gefühl der Tiefe, daß Qwilleran unwillkürlich die Hand ausstreckte und die Oberfläche berührte. In der unteren Ecke war die berühmte Signatur, in groben Blockbuchstaben gemalt.

Qwilleran stellte es beiseite und drehte ein anderes Bild um. Wieder Dreiecke! Diese hier waren grün auf blauem Grund. Hinter dieser Leinwand waren noch weitere – Grau auf Braun, Braun auf Schwarz, Weiß auf Cremefarben. Die Proportionen und die Anordnung variierten, doch alle Dreiecke waren echte Scranos.

Ein kehliger Laut von Koko ließ Qwilleran aufblicken. Der Kater beschnupperte die orangen Dreiecke auf dem gelben Hintergrund. Qwilleran überlegte, was es wohl wert sein mochte. Zehntausend? Zwanzigtausend? Vielleicht sogar noch mehr, jetzt, da der Künstler nie wieder malen würde.

Hatte Mountclemens den Markt aufgekauft? Oder waren das Fälschungen? Und, ob es nun so oder so war... wer stahl sie?

Kokos Nase untersuchte die Oberfläche des Gemäldes äußerst genau, als erkunde er die Struktur der Leinwand, die unter den Farben zu sehen war. Als er zur Signatur kam, streckte er den Hals weit vor und neigte den Kopf zuerst auf die eine, dann auf die andere Seite, um so nahe wie möglich an die Buchstaben heranzukommen.

Seine Nase bewegte sich von rechts nach links, zeichnete zuerst das O nach, dann das N, bewegte sich weiter zum A, beschnupperte genüßlich das R, als wäre etwas ganz Besonderes, dann kam sie zum C und verharrte schließlich über dem S.

»Bemerkenswert!« sagte Qwilleran. »Bemerkenswert!«

Er hörte kaum den Schlüssel, der im Schloß der Hintertür gedreht wurde, doch Koko hörte ihn. Der Kater verschwand. Qwilleran erstarrte, als die Tür langsam aufging.

Die Gestalt, die in der Tür stand, machte keine Bewegung. Im Halbdunkel erkannte Qwilleran breite Schultern, einen dicken Pullover, ein kantiges Kinn und eine hohe, eckige Stirn.

»Narx!« sagte Qwilleran.

Der Mann wurde lebendig. Er schlich seitwärts in den Raum und griff nach dem Tisch. Seine Augen waren auf Qwilleran gerichtet. Er riß das Spachtelmesser an sich und stürzte vor.

Plötzlich... Kreischen... Knurren! Das Zimmer war erfüllt von Dingen, die durch die Luft geflogen kamen, hinunter auf den Boden und wieder hinaufsausten, hier und dort und überall waren!

Der Mann duckte sich. Die attackierenden Körper bewegten sich schneller, als man schauen konnte. Sie schrien wie Harpyien. Sie fegten hierhin und dahin, hinunter und hinauf, kreuz und quer durch den Raum. Irgend etwas traf ihn am Arm. Er stolperte.

Diesen Sekundenbruchteil nutzte Qwilleran. Er packte die Taschenlampe und schlug mit aller Kraft zu.

Narx taumelte zurück und fiel nach hinten. Sein Kopf schlug mit einem scharfen, knirschenden Geräusch auf die gekachelte Arbeitsfläche auf. Er sackte langsam zu Boden.

Kapitel sechzehn

Um fünf Uhr dreißig saß Qwilleran im Presseclub und erzählte die Geschichte zum hundertsten Mal. Den ganzen Montag waren die Mitarbeiter des *Daily Fluxion* an seinem Schreibtisch aufmarschiert, um sich die Einzelheiten aus erster Hand berichten zu lassen.

Im Presseclub sagte Odd Bunsen: »Ich wünschte, ich wäre mit meinem Fotoapparat dabeigewesen. Ich kann mir unseren Helden lebhaft vorstellen, wie er mit einer Hand die Polizei anruft und mit der anderen seine Hose festhält.«

»Nun, ich mußte Narx mit meinem Gürtel fesseln«, erklärte Qwilleran. »Als sein Kopf auf der gekachelten Arbeitsfläche aufschlug, war er zwar k. o., aber ich hatte Angst, er könnte zu sich kommen, während ich die Polizei anrief. Mit meiner Krawatte hatte ich ihm schon die Hände gebunden — mit meiner guten schottischen Krawatte! —, und das einzige, was ich für seine Füße noch hatte, war mein Gürtel.«

»Woher wußten Sie, daß es Narx war?«

»Als ich dieses eckige Gesicht und die breiten Schultern sah, dachte ich an diese Roboterbilder, und ich wußte, das mußte der Künstler sein. Ich habe gehört, daß Maler immer etwas von sich selber auf die Leinwand bringen — ob sie nun Kinder malen oder Katzen oder Segelboote. Doch Koko hat mir erst alles klargemacht, als er Scranos Signatur von hinten nach vorne las.«

Arch sagte: »Wie ist das, wenn man den Doktor Watson für einen Kater spielt?«

Odd sagte: »Was ist mit der Signatur? Habe ich da etwas verpaßt?«

»Koko hat die Signatur auf dem Gemälde gelesen«, erklärte Qwilleran, »und zwar von hinten. Er liest immer von hinten nach vorne.«

»Ach ja, natürlich. Das ist eine uralte Sitte bei den Siamkatzen.«

»Und da wurde mir klar, daß Scrano, der Dreieckmaler, auch O. Narx, der Robotermaler war. Die Oberflächen ihrer Gemälde hatten die gleiche glatte, metallische Struktur. Und ein paar Minuten später kam der Roboter selbst ins Haus und ging mit einem Spachtelmesser auf mich los. Und er hätte mich auch erwischt, wenn mir Koko nicht zu Hilfe gekommen wäre.«

»Klingt, als hätte dieser Kater eine öffentliche Belobigung verdient. Was hat er getan?«

»Er ist Amok gelaufen! Und eine Siamkatze, die in Panik herumrast, schaut aus wie ein ganzes Rudel Wildkatzen, und so hört sie sich auch an. Wumm – quietsch – rramm! Ich habe geglaubt, es sind sechs Tiere im Zimmer, und dieser Narx hat überhaupt nichts mehr begriffen.«

»Also ist Scrano ein Schwindel«, sagte Arch.

»Ja. Es gibt keinen italienischen Maler, der sich in die umbrischen Hügel zurückgezogen hat«, sagte Qwilleran. »Es gibt nur Oscar Narx, der Dreiecke produziert, damit Mountclemens in seiner Kolumne dafür werben und sie in seiner Kunstgalerie verkaufen kann.«

»Komisch, daß er nicht seinen eigenen Namen verwendet hat«, meinte Odd.

Dann sagte Arch: »Aber Mountclemens sagte doch in seiner letzten Kolumne, daß es keine Bilder von Scrano mehr geben würde.«

»Ich glaube, Mountclemens hatte vor, Oscar Narx auszuschalten«, antwortete Qwilleran. »Vielleicht wußte Narx zuviel. Ich nehme an, unser Kritiker war am Tag des Mordes an Lambreth nicht in der Drei-Uhr-Maschine. Ich vermute, er hatte einen Komplizen, der dieses Flugticket benutzte und Mountclemens Namen in die Passagierliste eintrug. Und ich wette, dieser Komplize war Narx.«

»Und Mountclemens nahm dann eine spätere Maschine«, sagte Arch.

»Oder ist mit dem Auto nach New York gefahren«, erwiderte Qwilleran.

»Mit diesem mysteriösen Lieferwagen, der am späten Nachmittag in der Seitengasse stand. Zoe Lambreth hat gehört, wie ihr Mann am Telefon darüber sprach.«

Odd Bunsen sagte: »Es war verrückt von Mountclemens, jemand anderen einzuweihen. Wenn du einen Mord begehen willst, dann begehe ihn allein, sage ich immer.«

»Mountclemens war nicht dumm«, sagte Qwilleran. »Vermutlich hatte er sich ein gutes Alibi ausgedacht, doch irgend etwas ist schiefgegangen.«

Arch, der schon den ganzen Tag Bruchstücke von Qwillerans Geschichte hörte, meinte: »Wieso bist du so sicher, daß Mountclemens jemanden umbringen wollte, als er in seinen Hinterhof hinunterging?«

»Aus drei Gründen.« Qwilleran fühlte sich blendend. Er sprach mit Bestimmtheit und machte große Gesten. »Erstens: Mountclemens ging in den Hinterhof, um jemanden zu treffen, und doch ließ dieser eitle Mann seine Prothese in der Wohnung. Er hatte nicht vor, einen Gast zu begrüßen, also brauchte er sie nicht. Zweitens: Er nahm keine Taschenlampe mit, obwohl die Stufen vereist und gefährlich waren. Drittens vermute ich, daß er statt dessen ein Küchenmesser mitnahm; es fehlt eines.«

Die Zuhörer hingen an Qwillerans Lippen.

»Offenbar«, fuhr er fort, »gelang es Mountclemens nicht, Narx zu überrumpeln. Wenn er ihn nicht überrumpeln und ihm das Messer in den Rücken stoßen konnte, sobald Narx durch das Tor kam, war die Wahrscheinlichkeit groß, daß der junge Mann den Kritiker überwältigen konnte. Narx sieht nach einem mächtigen Gegner aus, und noch dazu war es eine Hand gegen zwei.«

»Wieso wissen Sie, daß Mountclemens unten jemanden treffen wollte?«

»Er hatte seine Hausjacke an. Vermutlich hatte er das Cape über die Schultern gelegt, während er auf Narx wartete, es aber dann abgeworfen, um für den Kampf vorbereitet zu sein. Narx hat wahrscheinlich das Tor aufgeschlossen, das in den Hof hinein aufgeht, und Mountclemens hat dahinter gewartet, bereit, ihm das Messer in den Rücken zu stoßen. Vermutlich hatte er vor, die Leiche in der Seitengasse zu deponieren, wo man den Mord einem Landstreicher angehängt hätte. In dem Viertel wäre das nichts Besonderes.«

»Wenn Narx so ein Bär ist, wie du sagst«, wandte Arch ein, »wie konnte dieser Idiot dann glauben, daß er ihn mit einer Hand überwältigen könnte?«

»Er war sehr eitel. Alles, was Mountclemens tat, machte er perfekt. Dadurch wurde er unglaublich eingebildet ... Und ich glaube, ich weiß auch, warum es dieses eine Mal schiefgegangen ist. Es ist nur eine Vermutung, aber so stelle ich mir das vor: Als Narx die Hintertür aufsperrte, wurde er auf Mountclemens Anwesenheit aufmerksam.«

»Wieso?«

»Er roch die Limonenschalenessenz, die Mountclemens immer verwendete.«

»Ir-r-r-re!« sagte Odd Bunsen.

Arch bemerkte: »Narx hätte ungestraft einen Mord begehen können, wenn er nicht wegen dieser Bilder zurückgekommen wäre.«

»Zwei Morde«, sagte Qwilleran, »wenn Koko nicht gewesen wäre.«

»Will jemand noch einen Drink?« fragte Arch. »Bruno, noch zwei Martinis und einen Tomatensaft. ... Nein, drei Martinis. Da kommt Lodge Kendall.«

»Keinen Tomatensaft«, sagte Qwilleran. »Ich muß in ein paar Minuten gehen.«

Kendall brachte Neuigkeiten. »Ich komme gerade von der Polizei«, sagte er. »Narx hat endlich eine Aussage machen können, und die Polizei hat seine Story. Es ist genau, wie Qwill sagte. Narx hat die Scrano-Bilder gemalt. Immer wenn er in die Stadt kam, wohnte er in Mountclemens' leerer Wohnung, doch meistens arbeitete er in New York. Er hat die Sachen in einem Lieferwagen hierhergebracht und sich als Scranos New Yorker Agent ausgegeben.«

»Hat er etwas über die Drei-Uhr-Maschine gesagt?«

»Ja. Er hat Mountclemens' Ticket benutzt.«

Odd meinte: »Dann hat ihn Mountclemens, dieser Trottel, in die Sache eingeweiht.«

»Nein. Narx war zu diesem Zeitpunkt noch unschuldig. Sehen Sie, er war gerade mit dem Wagen in die Stadt gekommen, und Mountclemens sagte ihm, er solle sofort nach New York zurückfliegen, um einen großen Kunden zu treffen, der unerwartet aus Montreal käme. Mountclemens sagte, er habe dieses Geschäft soeben erst telefonisch vereinbart – in Narx' Namen, wie er alle Geschäfte mit Scrano abwickelte. Für Narx hieß das also, er solle auf schnellstem Wege zurückfliegen und den Kanadier um fünf Uhr in New York treffen und ihm einen Haufen Scranos verkaufen. Das kam Narx ganz logisch vor. Schließlich war er der Strohmann bei diesem Geschäft. Also gab Mountclemens Narx sein eigenes Flugticket, fuhr mit ihm zum Flughafen und brachte ihn zur Drei-Uhr-Maschine.«

»Wieso stand dann Mountclemens' Name auf der Passagierliste?«

»Wie Narx sagte, schafften sie es kaum rechtzeitig zum Abflug, und Mountclemens meinte, er solle sich nicht mit der Namensänderung aufhalten, sondern gleich einchecken. Mountclemens sagte, er habe sich entschlossen, mit dem Wagen zu fahren. Er behauptete, er würde gleich mit Narx Lieferwagen losfahren, in Pittsburgh übernachten und am Donnerstagmorgen in New York eintreffen.«

Qwilleran meinte: »Ich kann mir vorstellen, was schiefgegangen ist.«

»Nun«, sagte Kendall, »dieser arme Irre aus Montreal war völlig verrückt nach den Dreiecken. Er wollte so viele haben, wie er kriegen konnte. Also rief Narx Earl Lambreth an und bat ihn, ein paar von den alten Bildern, die er nicht verkauft hatte, per Luftfracht zu senden.«

»Das ist das Telefongespräch, das Zoe gehört hat.«

»Lambreth antwortete, er würde sie mit dem Lieferwagen schicken, doch Narx erklärte ihm, Mountclemens sei mit dem Lieferwagen schon unterwegs nach Pittsburgh. Lambreth sagte, nein, der Wagen stünde noch da, in der Seitengasse hinter der Galerie.«

»Und da merkte Narx, daß an der Sache etwas faul war.«

»Erst, als er vom Mord an Lambreth hörte und ihm klar wurde, daß Mountclemens gelogen hatte. Da beschloß er, Kapital daraus zu schlagen. Er haßte Mountclemens sowieso; er kam sich vor wie ein Lohnsklave – ein Roboter –, der immer nur die Befehle seines Herrn ausführte. Also beschloß er, einen größeren Anteil am Gewinn zu verlangen, den Mountclemens für die Scranos einstrich.«

Odd sagte: »Dumm von Narx, zu glauben, er könne einen gerissenen Hund wie Monty erpressen.«

»Also lauerte ihm Mountclemens im Hinterhof auf«, sagte Kendall, »doch Narx hat ihn überwältigt und ihm das Messer abgenommen.«

»Hat er gesagt, warum er nochmals zurückgekommen ist?«

»Vor allem, um ein paar Bilder zu holen, die er mit seinem eigenen Namen signiert hatte. Er fürchtete, die Polizei würde Nachforschungen anstellen. Aber er nahm auch ein paar Scranos mit und wollte noch mehr holen, als er auf Qwill traf – und den Kater!«

Arch fragte: »Welchen Einfluß wird das auf den Wert der Bilder von Scrano haben, wenn die Geschichte herauskommt? Ein Haufen Leute, die ihr Geld darin investiert haben, werden aus dem Fenster springen!«

»Nun, ich will dir etwas sagen«, antwortete Qwilleran. »Ich habe mir in den letzten paar Wochen eine Menge Kunstwerke angesehen, und wenn ich etwas Geld übrig hätte, dann glaube ich, würde ich mir ein paar nette graue und weiße Dreiecke von Scrano dafür kaufen.«

»Ihnen ist wohl nicht mehr zu helfen!« sagte Odd.

»Etwas habe ich vergessen«, sagte Kendall.

»Diese Dreieck-Bilder waren eine Gemeinschaftsarbeit. Narx sagt, er habe sie gemalt, doch Mountclemens habe sie entworfen.«

»Raffiniert«, sagte Qwilleran. »Mountclemens hatte eine Hand verloren und konnte nicht malen; Narx beherrschte eine großartige Technik, hatte aber keine schöpferische Phantasie. Geradezu perfekt!«

»Ich wette, viele Künstler haben Ghost-Maler«, sagte Odd.

»Komm schon, trink noch ein Glas Tomatensaft«, sagte Arch.

»Hau mal auf die Pauke!«

»Nein, danke«, sagte Qwilleran. »Ich bin zum Abendessen mit Zoe Lambreth verabredet, und ich muß heim und das Hemd wechseln.«

»Bevor Sie gehen«, sagte Odd, »sollte ich vielleicht noch ein Wort zu dieser Schweißerin sagen und erklären, warum ich vorige Woche keine Bilder bekommen habe.«

»Das eilt nicht«, meinte Qwilleran.

»Ich fuhr zu der Schule, doch sie war nicht dort. Sie war mit lädierten Flossen zu Hause.«

»Was ist passiert?«

»Erinnern Sie sich an den Typen, der abgestürzt ist? Diese Bolton hat versucht, ihn zu retten. Er ist gegen ihre Hände geknallt, und da hat sie sich die Handgelenke verstaucht. Aber diese Woche kommt sie wieder, und da mache ich dann Ihre Fotos.«

»Machen Sie gute Fotos«, sagte Qwilleran. »Schmeicheln Sie dem Mädchen, wenn Sie können.«

Als Qwilleran heimkam, um den Kater zu füttern, lag Koko ausgestreckt auf dem Wohnzimmerteppich und nahm sozusagen ein Vollbad.

»Machst du dich fein für das Abendessen?« fragte Qwilleran.

Die rosa Zunge glitt über die weiße Brust, die dunkelbraunen Pfoten und die hellbraunen Flanken. Die befeuchteten Vorderpfoten strichen über die samtbraunen Ohren. Der glänzende braune Schwanz wurde zwischen den Vorderpfoten festgehalten und mit peinlichster Sorgfalt geputzt. Koko sah erstaunlich nach einer Katze aus und gar nicht wie das übernatürliche Wesen, das Gedanken lesen konnte, das wußte, was geschehen würde, das roch, was es nicht sehen konnte, und spürte, was es nicht riechen konnte.

Qwilleran sagte: »Du hättest eine Schlagzeile bekommen sollen, Koko. *Kater mit Supernase löst Doppelmord.* Du hast in jedem Fall recht gehabt, und ich habe mich in jedem Fall geirrt. Niemand hat den goldenen Dolch gestohlen. Mountclemens hat nicht die Drei-Uhr-Maschine genommen. Butchy hat keine Verbrechen begangen. Neun-Null ist nicht ermordet worden. Und Zoe hat mich nicht belogen.«

Koko leckte weiter über seinen Schwanz.

»Aber ich kenne noch immer nicht alle Antworten. Warum hast du mich in diesen Schrankraum da oben geführt? Um Minzi-Maus zu holen oder um mich zu dem Ghirotto-Affen zu führen?

Warum hast du mich Freitag nacht auf die Messerleiste aufmerksam gemacht? Wolltest du mir zeigen, daß eines fehlt? Oder hattest du nur Lust auf kleingeschnittene Lende?

Und warum hast du unbedingt in diese Küche hinuntergehen wollen? Wußtest du, daß Narx kommen würde?

Und was ist mit dem Spachtelmesser? Warum wolltest du es einscharren? Wußtest du, was passieren würde?«

Koko leckte weiter über seinen Schwanz.

»Und noch etwas: Als Oscar Narx mit dem Messer auf mich losging, bist du da wirklich in Panik geraten? Warst du einfach eine erschreckte Katze, oder hast du versucht, mir das Leben zu retten?«

Koko beendete die Schwanzwäsche und betrachtete Qwilleran mit einem entrückten Blick, als nähme eine Antwort von göttlicher Weisheit in seinem glänzenden braunen Kopf Gestalt an. Dann verrenkte er seinen geschmeidigen Körper, bis er total verdreht dalag, reckte die Nase hoch, schielte und kratzte sich mit einem Hinterbein am Ohr. Auf seinem Gesicht lag ein Ausdruck katzenhafter Verzückung.

Ende

Leseprobe

aus dem nächsten amüsanten Krimi um das liebenswerte Gespann aus Jim Qwilleran, dem ausgebufften Zeitungsmann, und seinem genialen Siamkater Koko. Die beiden haben inzwischen Verstärkung bekommen durch die entzückende Yumyum, eine Siamdame mit samtweichem Fell und wunderschönen blauen Augen. Und Koko entpuppt sich als DIE KATZE, DIE SHAKESPEARE KANNTE...

(erscheint im Februar 1992
als Bastei-Lübbe Taschenbuch Nr. 13 367)

»Irgendwelche Anrufe, während ich weg war, Mrs. Cobb?«
»Nein, aber ein Laufbursche von der Old Stone Mill hat ein paar Schweineleberpastetchen herübergebracht. Es ist etwas Neues, und der Küchenchef möchte Ihre Meinung darüber hören. Ich habe sie in den Tiefkühlschrank getan.«

Qwilleran brummte angewidert. »Ich werde dem Witzbold meine Meinung sagen – und zwar schnell! Ich würde Schweineleberpastetchen nicht mal anrühren, wenn er mich dafür bezahlt!«

»Ach, die sind nicht für Sie, Mr. Qwilleran! Sie sind für die Katzen! Der Küchenchef experimentiert gerade an einem Sortiment tiefgefrorener Gourmetmahlzeiten für Haustiere.«

»Nun, dann tauen Sie ein paar auf, und die verwöhnten Biester können sie am Abend fressen. Übrigens, haben in der Bibliothek irgendwelche Bücher auf dem Fußboden gelegen? Koks wirft jetzt ständig welche von den Regalen. Ich bin von diesem neuen Hobby gar nicht begeistert.«

»Ich habe heute morgen saubergemacht, und mir ist nichts aufgefallen.«

»Es zieht ihn besonders zu diesen kleinen, schweinsledergebundenen Ausgaben von Shakespeare. Gestern habe ich *Hamlet* auf dem Fußboden gefunden.«

Mrs. Cobbs Augen zwinkerten schelmisch hinter den dicken Brillengläsern. »Glauben Sie, er weiß, daß ich gebratene Hammel im Kühlschrank habe?«

»Er drückt sich ja wirklich sehr umständlich aus, Mrs. Cobb, aber das wäre ein neuer Tiefpunkt«, sagte Qwilleran. »Was ist heute für ein Tag? Montag? Ich nehme an, Sie gehen heute abend aus. Wenn ja, dann füttere ich die Katzen.«

Das Gesicht der Haushälterin hellte sich auf. »Herb Hackpole hat mich zum Abendessen eingeladen – in ein besonderes

Lokal, sagte er. Ich hoffe, wir gehen in die Old Stone Mill. Es heißt, das Essen sei ganz phantastisch, seit sie den neuen Küchenchef haben.«

Qwilleran blies in seinen Schnurrbart, bei ihm ein Zeichen von Mißbilligung. »Es ist auch Zeit, daß der alte Geizhals Sie mal ausführt! Mir kommt es so vor, als gingen Sie immer nur zu ihm und kochten für ihn.«

»Aber das mache ich doch gerne!« sagte Mrs. Cobb mit leuchtenden Augen.

Hackpole war ein Gebrauchtwagenhändler, den alle widerlich fanden, aber ihr gefiel er. Der Mann hatte rote Teufel auf seine Arme tätowiert, sein schütteres Haar stoppelkurz geschnitten, und er vergaß häufig, sich zu rasieren, aber sie mochte ungeschliffene Männer. Qwilleran erinnerte sich, daß ihr letzter Mann ein ungehobelter Lümmel gewesen war, doch sie hatte ihn innig geliebt. Und seit sei sich mit Hackpole traf, hatte ihr rundes, fröhliches Gesicht einen wahrhaft strahlenden Ausdruck bekommen.

»Wenn Sie jemanden zum Abendessen einladen wollen«, sagte Mrs. Cobb, »können Sie Schweinebraten essen, und ich mache den Ingwer-Birnen-Salat, den Sie so gerne mögen, und stelle einen Süßkartoffelauflauf in den Ofen. Sie brauchen ihn nur herauszunehmen, wenn die Zeituhr läutet.« Sie wußte, wie hilflos Qwilleran in der Küche war.

»Das ist sehr aufmerksam von Ihnen«, sagte er. »Vielleicht lade ich Mrs. Duncan ein.«

»Ja, das wäre nett!« Die Haushälterin sah verschwörerisch drein, als wittere sie eine Romanze. »Ich decke den Intarsientisch in der Bibliothek mit einem Spitzentischtuch und Kerzen und allem Drum und Dran. So richtig gemütlich für einen Abend zu zweit. Mr. O'Dell kann ein Feuer mit Apfelholzscheiten machen. Die riechen so gut!«

»Machen Sie es nicht zu auffällig verführerisch«, bat Qwilleran

»Mrs. Duncan ist eine anständige Dame.«

»Sie ist reizend, Mr. Qwilleran, und genau im richtigen Alter für Sie, wenn ich das sagen darf. Sie hat viel Persönlichkeit für eine Bibliothekarin.«

»Das ist der neueste Trend«, sagte er. »In den Büchereien gibt es jetzt weniger Bücher, dafür jede Menge Videofilme... und Champagnerparties... und Persönlichkeit, wohin man schaut.«

Nach dem Mittagessen ging Qwilleran um den Park Circle in die öffentliche Bücherei, die wie ein griechischer Tempel aussah. Sie war vom Gründer des *Picayune* um die Jahrhundertwende gebaut worden, und im Foyer hing ein Porträt von Ephraim Goodwinter, wenn auch teilweise verdeckt von den ausgestellten neuen Videofilmen und mit einem Riß in der Leinwand, der schlecht ausgebessert worden war.

Die Schüler hatten die Bücherei noch nicht in Beschlag genommen, um ihre Hausaufgaben zu machen, und so eilten vier freundliche junge Bibliothekarinnen Qwilleran zu Hilfe. Auf junge Frauen hatte der Mann mit dem üppigen Schnurrbart und den traurigen Augen schon immer anziehend gewirkt. Überdies saß er im Verwaltungsrat der Bücherei. Und außerdem war er der reichste Mann der Stadt.

Er stellte den Angestellten eine einfache Frage, und sie stürzten sofort in verschiedene Richtungen davon – eine zur Kartei, die andere zu den Büchern über die regionale Geschichte und zwei zum Computer. Von allen Quellen wurde seine Frage verneint. Er bedankte sich und machte sich auf den Weg zum Balkon, auf dem sich das Büro der Büchereileiterin befand.

Mit dem dicken, wollenen Lumberjack und der pelzgefütterten Mütze in der Hand lief Qwilleran gut gelaunt die Treppe hinauf, drei Stufen auf einmal. Polly Duncan war eine charmante, wenn auch rätselhafte Frau, und wenn sie sprach, empfand er ihre Stimme als beruhigend und anregend zugleich.

Sie blickte von ihrem Schreibtisch auf und schenkte ihm ein herzliches, aber geschäftsmäßiges Lächeln. »Was für eine angenehme Überraschung, Qwill! Welch wichtiger Auftrag führt dich in solcher Eile hier herauf?«

»Ich komme vor allem, um deine melodiöse Stimme zu

hören«, sagte er und versprühte jetzt selber ein wenig von seinem Charme. Und dann zitierte er einen seiner Lieblingsverse von Shakespeare: »*Ihre Stimme war stets sanft, zärtlich und mild; ein köstlich Ding an Frau'n.*«

»*König Lear*, fünfter Aufzug, dritte Szene«, antwortete sie prompt.

»Polly, dein Gedächtnis ist unglaublich!« sagte er. »*Ich staun' und weiß nicht, was ich sagen soll.*«

»Das sagt Hermia im dritten Aufzug, zweite Szene, im *Sommernachtstraum*... Schau nicht so erstaunt, Qwill. Ich habe dir gesagt, daß mein Vater Shakespeare-Forscher war. Wir Kinder kannten die Stücke ebensogut wie andere in unserem Alter die Baseball-Ergebnisse... Warst du heute morgen auf dem Begräbnis?«

»Ich habe vom Park aus zugesehen, und da hatte ich eine Idee. Wie mir eine ganze Reihe eifriger Angestellter unten bestätigte, hat noch niemand die Geschichte des *Picayune* geschrieben. Ich möchte es versuchen. Wieviel Material ist dafür vorhanden?«

»Laß mich überlegen... Du könntest mit dem Goodwinters in unserer genealogischen Sammlung anfangen.«

»Habt ihr alte Ausgaben der Zeitung?«

»Nur von den letzten zwanzig Jahren. Alles, was älter ist, wurde von Mäusen oder kaputten Heizungsrohren oder durch schlampige Archivierung zerstört. Aber ich bin sicher, im Büro des *Picayune* haben sie ein vollständiges Archiv.«

»Gibt es jemanden, den ich interviewen könnte? Irgendwen, der sich sechzig oder fünfundsiebzig Jahre zurückerinnert?«

»Du könntest im Oldtimer-Club fragen. Dort sind alle über achtzig. Euphonia Gage ist Präsidentin.«

»Ist das die Frau, die einen Mercedes fährt und andauernd hupt?«

»Eine prägnante Beschreibung! Senior Goodwinter war ihr Schwiegersohn, und da sie für ihre schonungslose Offenheit bekannt ist, könnte sie ein paar erlesene Informationen liefern.«

»Polly, du bist unbezahlbar! Übrigens, hast du heute abend Zeit, mit mir zu essen? Mrs. Cobb bereitet ein Mahl, das für einen einsamen Junggesellen viel zu gut ist. Ich dachte, vielleicht hast du Lust, es mit mir zu teilen.«

»Gerne! Ich darf nicht zu lange bleiben, aber ich hoffe, wir haben Zeit, nach dem Essen noch ein wenig zu lesen. Du hast eine wunderbare Stimme, Qwill.«

»Vielen Dank.« Er strich sich erfreut über den Schnurrbart. »Ich gehe gleich heim und gurgle.«

Er wandte sich zum Gehen und blickte über den Balkon hinunter in den Leseraum. »Wer ist der Mann da drüben – mit dem Stapel Bücher auf dem Tisch?«

»Ein Historiker aus dem Süden, der Nachforschungen über die Frühzeit des Bergbaus betreibt. Er fragte, ob ich gute Restaurants empfehlen könne, und ich habe Stephanie's und die Old Stone Mill vorgeschlagen. Fällt dir sonst noch etwas ein?«

»Ich glaube, ja«, sagte Qwilleran. Er klatschte sich den Hut abenteuerlich auf den Hinterkopf und stapfte in seinen schweren Winterstiefeln um den Balkon herum und blieb an dem Tisch stehen, an dem der Fremde saß.

Er parodierte einen freundlichen Einheimischen und sagte: »Howdy! Die Lady da drüben sagt, Sie suchen 'n gutes Restorang. Wenn Sie wirklich gepflegtes Essen wollen, sollten Sie in Ottos Schlemmereck gehen. Für fünf Dollar können Sie da essen, soviel Sie wollen. Wie lang sind Sie denn da?«

»Bis ich mit meiner Arbeit fertig bin«, sagte der Historiker kurz angebunden und beugte sich über sein Buch.

»Wenn Sie 'n Bier mit 'nem Klaren wollen, dann gehen Sie ins Hotel Booze. Haben dort auch gute Buletten.«

»Danke«, sagte der Mann abweisend.

»Ich sehe, Sie lesen da was über die alten Minen. Mein Großvater, der is in 'nem Stollen umgekommen, is' verschüttet worden, 1913 war das. Da war ich noch nich' geboren. Haben Sie schon so 'ne alte Mine gesehen?«

»Nein«, sagte der Mann, klappte sein Buch zu und schob den Stuhl zurück.

»Die nächste hier in der Gegend is' wohl die Dimsdale-Mine. Die haben dort auch 'ne Imbißbude. Da kriegt man 'ne gute Portion Bohnen mit Würstchen.«

Der Mann nahm seinen schwarzen Regenmantel und ging rasch zur Treppe.

Zufrieden mit seiner Darbietung, die den Mann zur Verzweiflung getrieben hatte, rückte Qwilleran seinen Hut gerade, zog den Mantel an und ging. Eines war jetzt klar: der Mann war nicht das, wofür er sich ausgab – sein offensichtliches Desinteresse war der Beweis dafür.

Um halb sechs kam Herb Hackpole, um seine Abendbegleiterin abzuholen; er parkte in der Straße hinter dem Haus und hupte. Mrs. Cobb eilte durch die Hintertür hinaus, aufgeregt wie ein junges Mädchen beim ersten Rendezvous.

Um dreiviertel sechs fütterte Qwilleran die Katzen. Die Schweineleberpastetchen wurden beim Auftauen zu einem abstoßenden grauen Brei, doch die Siamkatzen kauerten über ihren Tellern und verschlangen die Erfindung des Küchenchefs mit flach auf dem Boden liegenden Schwänzen – ein Zeichen vollkommener Zufriedenheit.

Um sechs kam Polly Duncan – zu Fuß. Sie hatte ihr kleines, sechs Jahre altes braunes Auto hinter der Bücherei stehen lassen. Wenn man es in der Auffahrt zum Herrenhaus gesehen hätte, wäre das ein gefundenes Fressen für die Klatschbasen in Pickax gewesen. Jeder wußte genau, wer welches Auto fuhr – Marke, Modell, Baujahr und Farbe waren allgemein bekannt.

Polly war nicht so jung und schlank wie die Karrierefrauen, mit denen er sich im Süden getroffen hatte, aber sie war eine interessante Frau mit einer Stimme, von der ihm manchmal richtig schwindlig wurde; sie in den Armen zu halten, mußte sich angenehm anfühlen – doch das war eine Theorie, die er noch nicht überprüft hatte. Die Bibliothekarin war zwar sehr freundlich, legte aber eine gewisse Zurückhaltung an den Tag, und immer bestand sie darauf, früh heimzukehren.

Er begrüßte sie an der Eingangstür, einem Meisterwerk aus

geschnitztem Holz und poliertem Messing. »Wo ist der Schnee, den sie versprochen haben?« fragte er.

»Beim WPKX sagen sie grundsätzlich jeden Tag im November Schnee voraus«, sagte sie, »und früher oder später behalten sie recht... Ich bin immer wieder überwältigt von diesem Haus!«

Sie schaute bewundernd auf die mit bernsteinfarbenem Leder bespannten Wände des Foyers und die imposante, verschwenderisch breite Treppe mit dem wunderbar gearbeiteten Geländer. Der prachtvolle Lüster war aus Baccarat-Kristall, die anatolischen Brücken waren antik. »Dieses Haus gehört nicht nach Pickax es gehört nach Paris. Ich bin wirklich erstaunt, daß die Klingenschoens solche Schätze besaßen und keiner davon wußte.«

»Das war die Rache der Klingenschoens – dafür, daß sie gesellschaftlich nicht akzeptiert wurden.« Qwilleran geleitete sie in den hinteren Teil des Hauses. »Wir essen in der Bibliothek, aber Mrs. Cobb will, daß ich dir ihren mobilen Kräutergarten im Wintergarten zeige.«

Der Raum hatte einen Steinfußboden und große Glasfenster, einen Wald von uralten Gummipflanzen und ein paar Korbsessel für den Sommer; der winterliche Zuwachs war ein schmiedeeiserner Wagen mit acht Tontöpfen, auf denen ›Minze‹, ›Dill‹, ›Thymian‹, ›Basilikum‹ und so weiter stand.

»Er hat Räder, und man kann ihn tagsüber herumschieben, damit er das beste Sonnenlicht bekommt«, erklärte er. »Das heißt – wenn WPKX uns Sonne genehmigt.«

Polly nickte beifällig. »Kräuter haben gerne Sonne, aber nicht zuviel Wärme. Wo hat Mrs. Cobb diese raffinierte Erfindung entdeckt?«

»Sie hat den Wagen selbst entworfen, und ein Freund von ihr hat ihn in seiner Schweißerei angefertigt. Vielleicht kennst du ihn – es ist Hackpole, der Gebrauchtwagenhändler.«

»Ja, ich habe mein Auto in seiner Werkstatt winterfest machen lassen. Wie bist du mit deinem neuen Vorderradantrieb zufrieden, Qwill?«

»Das weiß ich erst mit Sicherheit, wenn der Schnee kommt.«

In der Bibliothek waren die Lampen eingeschaltet, die Holzscheite im Kamin glühten, und der Tisch war mit einer prunkvollen Auswahl an Porzellan, Kristallglas und Silber gedeckt. Die vier Bücherwände waren mit Büsten von Homer, Dante und Shakespeare geschmückt.

»Haben die Klingenschoens diese Bücher wirklich gelesen?« fragte Polly.

»Ich glaube, sie waren in erster Linie zum Herzeigen, mit Ausnahme von ein paar pikanten Romanen aus den zwanziger Jahren. Auf dem Dachboden fand ich dann Kisten mit Taschenbüchern — alles Krimis und Liebesromane.«

»Zumindest hat überhaupt jemand *gelesen*. Es gibt also noch Hoffnung für das gedruckte Wort.« Sie reichte ihm ein Buch in einem abgenutzten, verblaßten Einband. »Hier ist etwas, das dich vielleicht interessieren wird — *Malerisches Pickax*, vor dem Ersten Weltkrieg vom Verein der Freunde von Pickax herausgegeben. Auf der Seite, wo das Lesezeichen steckt, ist ein Bild der Belegschaft des *Picayune* auf dem Gehsteig vor dem Redaktionsgebäude.«

Qwilleran sah ein Foto von besorgt dreinblickenden Männern mit buschigen Schnurrbärten, hohen Hemdkragen, Lederschürzen, Augenschirmen und Ärmelhaltern. Die Haare trugen sie — mit scharf gezogenem Mittelscheitel — eng an den Kopf geklatscht. »Sie sehen aus, als stünden sie vor einem Erschießungskommando«, sagte er. »Danke. Das kann ich gut gebrauchen.«

Er schenkte seinem Gast einen Aperitif ein. Sie trank trockenen Sherry — nie mehr als ein Glas. Er selbst nahm sich weißen Traubensaft.

»*Votre santé!*« prostete er ihr zu und sah ihr in die Augen.

»*Santé!*« antwortete sie mit einem zurückhaltenden Blick.

Sie trug das dunkle graue Kostüm mit der weißen Bluse und den braunen Mokassins, das ihre Bücherei-Uniform zu sein schien, doch sie hatte versucht, es mit einem Paisley-Tuch aufzuputzen. Sie interessierte sich nicht für Mode, und ihre strenge Frisur war nicht unbedingt der letzte Schrei, aber ihre

Stimme...! Sie war ›stets sanft, zärtlich und mild‹, und sie kannte Shakespeare in- und auswendig.

Sie schwiegen einen Augenblick, und Qwilleran überlegte, was Polly wohl gerade dachte; dann sagte er: »Erinnerst du dich an den sogenannten Historiker in eurem Leseraum? Er hatte einen Stoß Bücher über alte Bergwerke. Ich bezweifle, daß er die Wahrheit sagt.«

»Warum sagst du das?«

»Seine entspannte Haltung. Wie er sein Buch hielt. Er zeigte nicht den begierigen Wissensdurst eines Forschers, und er machte sich keine Notizen. Er hat aus Langeweile gelesen.«

»Was ist er dann? Warum sollte er sich als etwas anderes ausgeben?«

»Ich glaube, er stellt Nachforschungen an. Drogenfahndung — FBI — so etwas in der Art.«

Polly wirkte skeptisch. »In Pickax?«

»Ich bin sicher, daß es auch hier ein paar dunkle Geheimnisse gibt, Polly, und daß die meisten Einheimischen alles darüber wissen. Hier gibt es ein paar unübertreffliche Klatschbasen.«

»Ich würde sie nicht Klatschbasen nennen«, protestierte sie. »In kleinen Städten *tauschen* die Leute *Informationen aus.* Es ist eine Art, seine *Anteilnahme* zu zeigen.«

Qwilleran hob zynisch eine Braue. »Nun, der geheimnisvolle Fremde sollte zusehen, daß er seine Mission beendet, bevor der Schnee kommt, oder er hockt bis zum Frühjahr in deinem Leseraum herum... Eine andere Frage. Was wird aus dem *Picayune,* jetzt, wo Senior tot ist? Hast du eine Ahnung?«

»Er wird wahrscheinlich still und leise von der Bildfläche verschwinden — als eine Idee, die sich überlebt hat.«

»Wie gut hast du Juniors Eltern gekannt?«

»Nur flüchtig. Senior war ein Arbeitstier — ein angenehmer Mensch, aber überhaupt nicht gesellig. Gripsy ist gern im Country Club — sie liebt Golf, Kartenspiele, Tanzveranstaltungen. Ich wollte sie für unseren Verwaltungsrat gewinnen, doch das war zu langweilig für ihren Geschmack.«

»Gripsy? Ist das Mrs. Goodwinters Name?«

»Eigentlich heißt sie Gertrude, aber hier gibt es so eine Clique, deren Mitglieder noch immer ihre Spitznamen aus der Schulzeit benutzen: Muffy, Buffy, Bunky, Dodo. Ich muß zugeben, daß Mrs. Goodwinter eine Menge Grips hat — wie immer sie ihn auch einsetzt. Sie ist wie ihre Mutter. Euphonia Gage ist eine kluge, lebendige Frau.«

Aus der Ferne ertönte ein Summton. Qwilleran zündete die Kerzen an, legte eine Fauré-Kassette ein und servierte das Abendessen.

»Du kennst anscheinend jeden in Pickax«, bemerkte er.

»Für einen Neuling mache ich mich ganz gut. Ich bin ja erst ... warte, fünfundzwanzig Jahre hier.«

»Ich habe das Gefühl, du stammst aus dem Osten. Aus New England?«

Sie nickte. »Auf dem College heiratete ich einen Mann aus Pickax, und wir kamen hierher, um das Buchgeschäft seiner Eltern zu führen. Leider mußte ich es bald darauf zumachen — als mein Mann umkam —, aber ich wollte nicht mehr zurück in den Osten.«

»Er muß sehr jung gewesen sein.«

»Sehr jung. Er war bei der Freiwilligen Feuerwehr. Ich sehe noch diesen trockenen, windigen Tag im August vor mir. Unser Buchgeschäft war einen Häuserblock von der Feuerwehrhalle entfernt, und als die Sirene heulte, stürzte mein Mann sofort aus dem Geschäft. Der Verkehr stand still, und aus allen Richtungen kamen Männer angelaufen — sie liefen, so schnell sie konnten, über den Gehsteig, wie Hochleistungssportler. Der Mechaniker von der Tankstelle, einer der jungen Priester, ein Barkeeper, der Mann aus dem Eisenwarengeschäft — alle liefen, als hinge ihr Leben davon ab. Dann kamen Autos und Lastwagen mit Blaulicht. Sie parkten, wo gerade Platz war, und die Fahrer sprangen heraus und liefen in die Feuerwehrhalle. Inzwischen hatte man die großen Tore schon geöffnet, und der Tankwagen und der Spritzenwagen fuhren heraus. Die Feuerwehrmänner saßen darauf, hielten sich fest und zogen sich ihre Schutzanzüge an.«

»Du beschreibst das sehr lebendig, Polly.«

Ihre Augen füllten sich mit Tränen. »Eine Scheune brannte, und er wurde von einem herabfallenden Holzbalken getötet.«

Sie schwiegen lange Zeit.

»Das ist eine traurige Geschichte«, sagte Qwilleran.

»Die Feuerwehrmänner waren so gewissenhaft. Wenn die Sirene ertönte, ließen sie alles stehen und liegen und rannten los. Mitten in der Nacht wachten sie aus tiefem Schlaf auf, zogen ein paar Sachen über und rannten los. Und dennoch hat man sie kritisiert: Sie seien zu spät gekommen ... es seien nicht genug Männer gewesen ... sie hätten nicht lange genug gelöscht ... die Geräte seien zusammengebrochen.« Sie seufzte. »Sie haben sich so bemüht. Sie tun es noch immer. Sie machen das alle freiwillig, weißt du.«

»Junior Goodwinter ist auch bei der Freiwilligen Feuerwehr«, sagte Qwilleran, »und sein Piepser unterbricht ihn immer bei irgend etwas ... Was hast du nach diesem windigen Tag im August getan?«

»Ich habe in der Bücherei zu arbeiten begonnen und in dieser Arbeit große Befriedigung gefunden.«

»Auf der menschlichen Ebene ist Pickax – wie soll ich sagen? – tröstlich. Beruhigend. Aber warum sind wir alle so besessen von den Wetterberichten?«

»Wir leben in sehr unmittelbarer Beziehung zu den Elementen«, sagte Polly. »Das Wetter wirkt sich auf alles aus: auf die Landwirtschaft, die Holzwirtschaft, die Fischerei, den Sport. Und wir alle fahren lange Strecken über Land. Es gibt kein Taxi, das wir bei Schlechtwetter rufen können.«

Mrs. Cobb hatte die Kaffeemaschine so vorbereitet, daß er nur noch einen Knopf zu drücken brauchte; Schokoladen-Mousse stand im Kühlschrank. Das Mehl endete sehr angenehm.

»Wo sind die Katzen?« fragte Polly.

»In die Küche gesperrt. Koko wirft ständig Bücher von den Regalen. Er hält sich für einen Bibliothekar. Yum Yum hingegen ist nur eine Katze, die ihren eigenen Schwanz jagt und Büroklammern stiehlt und Gegenstände unter dem Teppich versteckt. Jedesmal, wenn ich auf eine Beule im Teppich steige, zucke ich zusammen. Ist es meine Armbanduhr? Oder eine Maus? Oder meine Lesebrille? Oder ein zerknülltes Kuvert aus dem Papierkorb?«

»Welche Titel hat Koko empfohlen?«

»Er ist gerade auf einem Shakespeare-Trip«, sagte Qwilleran. »Möglicherweise hat es etwas mit den schweinsledernen Einbänden zu tun. Bevor du heute gekommen bist, hat er *Ein Sommernachtstraum* vom Regal gestoßen.«

»So ein Zufall«, sagte Polly. »Ich bin nach einer der Personen benannt.« Sie schwieg und wartete darauf, daß er riet.

»Hippolyta?«

»Richtig! Mein Vater hat uns alle nach Figuren aus Shakespeare-Stücken benannt. Meine Brüder heißen Mark Anton und Brutus, und meine arme Schwester Ophelia hat seit der fünften Klasse unflätige Bemerkungen ertragen müssen ... Laß doch die Katzen heraus! Ich würde Koko gerne in Aktion erleben.«

Als sie herausgelassen wurden, ging Yum Yum – zierlich eine Pfote vor die andere setzend – in die Bibliothek und hielt nach einem freien Platz auf einem Schoß Ausschau; Koko hingegen wollte seine Unabhängigkeit demonstrieren und ließ sich mit seinem Auftritt Zeit. Erst als Qwilleran und sein Gast hörten, wie es *plunk* machte, merkten sie, daß Koko im Zimmer war. Auf dem Fußboden lag der dünne Band mit *Heinrich VIII*.

Qwilleran sagte: »Du mußt zugeben, er weiß, was er tut. In dem Stück ist eine packende Szene für eine Frau – wo die Königin den beiden Kardinälen gegenübertritt.«

»Sie ist ungeheuer stark!« sagte Polly. »Katharine behauptet, sie sei eine arme, schwache Frau, doch sie sagt den beiden Gelehrten ihre ungeschminkte Meinung. ›*Ihr habt der Engel Antlitz, doch die Herzen kennt Gott.*‹ Machst du dir je über die wahre Identität von Shakespeare Gedanken, Qwill?«

»Ich habe gelesen, daß die Stücke möglicherweise von Jonson oder Oxford geschrieben wurden.«

»Ich glaube, Shakespeare war eine Frau. Es gibt so viele starke Frauenrollen und wunderbare Reden für Frauen.«
»Und es gibt starke Männerrollen und wunderbare Reden für Männer«, erwiderte er.
»Ja, aber ich behaupte, daß eine Frau besser starke Männerrollen schreiben kann als ein Mann gute Frauenrollen.«
»Hmmm«, sagte Qwilleran höflich.
Koko saß jetzt aufrecht auf dem Schreibtisch und wartete offensichtlich auf etwas, und Qwilleran tat ihm den Gefallen und las den Prolog des Stücks. Dann las Polly sehr eindrucksvoll die Konfrontationsszene der Königin.
»Yau!« machte Koko.
»Jetzt muß ich gehen«, sagte sie, »bevor mein Vermieter anfängt, sich Sorgen zu machen.«
»Dein Vermieter?«
»Mr. MacGregor ist ein netter alter Witwer«, erklärte sie. »Ich wohne in einem Häuschen auf seiner Farm, und er findet, Frauen sollten nachts nicht alleine ausgehen. Er bleibt auf und wartet auf mich, bis er mein Auto hört.«
»Hast du deinen Vermieter mal gefragt, was er von deiner Shakespeare-Theorie hält?« fragte Qwilleran. Doch sie ging nicht darauf ein.
Nachdem sich Polly liebenswürdig bedankt und forsch verabschiedet hatte, fragte sich Qwilleran, ob ihre Entschuldigung für ihren zeitigen Aufbruch vielleicht nur ein Vorwand war. Nun, zumindest hatte Koko sie nicht aus dem Haus vertrieben, wie er es in der Vergangenheit mit anderen weiblichen Gästen schon getan hatte. Das war ein gutes Zeichen.
Qwilleran räumte den Tisch ab und machte gerade die Küche sauber, als Mrs. Cobb, mit gerötetem Gesicht und glücklich, von ihrem Rendezvous zurückkam.
»Ach, das brauchen Sie doch nicht zu tun, Mr. Qwilleran«, sagte sie.
»Das ist schon okay. Vielen Dank für das vorzügliche Essen. Wie war Ihr Abend?«
»Wir waren in der Old Stone Mill. Das Essen ist jetzt viel bes-

ser. Ich habe ein wunderbare gefüllte Forelle mit Weinsauce gegessen. Herb hat Steak Diane bestellt, aber die Sauce hat ihm nicht geschmeckt.«

Dieser Typ, dachte Qwilleran, hatte gewiß lieber Ketchup. Zu Mrs. Cobb sagte er: »Mrs. Duncan hat mir von der Freiwilligen Feuerwehr erzählt. Ist Hackpole nicht auch Feuerwehrmann?«

»Ja, und er hat schon aufregende Dinge erlebt – er hat Kinder aus brennenden Häusern getragen, Leute wiederbelebt, Kühe aus einem brennenden Stall getrieben!«

Interessant, wenn es wahr ist, dachte Qwilleran. »Bitten Sie ihn doch auf einen Gute-Nacht-Schluck herein, wenn Sie das nächste Mal ausgehen«, schlug er vor. »Es interessiert mich, wie die Feuerwehr in einer Kleinstadt funktioniert.«

»Oh, vielen Dank, Mr. Qwilleran! Das wird ihn freuen. Er glaubt, daß Sie ihn nicht mögen, weil Sie ihn einmal angezeigt haben.«

»Das war nichts Persönliches. Ich habe nur was dagegen, von einem Hund angegriffen zu werden, der laut Gesetz angeleint sein soll. Wenn Sie ihn mögen, Mrs. Cobb, bin ich sicher, er ist ein guter Mann.«

Als Qwilleran vor dem Zubettgehen abschloß, läutete das Telefon. Junior Goodwinters Stimme knisterte fast vor Aufregung.

»Sie kommt! Sie fliegt morgen hier herauf!«

»Wer kommt?«

»Die Fotojournalistin, die ich im Presseclub kennengelernt habe. Sie sagt, daß der *Fluxion* den Artikel morgen bringt, und daß er diese Woche im ganzen Land erscheint. Sie möchte in einer Zeitschrift einen Bildbericht bringen, solange die Geschichte heiß ist.«

»Hast du ihr ... von deinem Vater erzählt?«

»Sie sagt, das wird die Story nur noch aktueller machen. Ich muß sie morgen früh vom Flugplatz abholen. Wir holen uns ein paar Oldtimer, die mal beim *Pic* gearbeitet haben, und sie macht Fotos von ihnen. Wissen Sie, was das für Folgen haben könnte? Damit kommt Pickax wieder auf die Landkarte! Und der *Picayune* könnte wieder ins Geschäft kommen, wenn wir im ganzen Land Abonnenten kriegen.«

Es sind schon seltsamere Dinge passiert, dachte Qwilleran. »Ruf mich morgen abend nach dem Fototermin an. Sag mir, wie es läuft. Und viel Glück!«

Als er den Telefonhörer auflegte, hörte er einen dumpfen Laut – *plunk*: Ein weiteres Buch war auf dem Bucharateppich gelandet. Koko saß auf dem Shakespeare-Regal und war sichtlich stolz auf sich.

Qwilleran hob das Buch auf und glättete die verknitterten Seiten. Es war wieder *Hamlet*, und sein Blick fiel auf eine Zeile in der ersten Szene: »*Es schlug schon zwölf; mach' dich zu Bett.*«

Zu dem Kater gewandt, sagte er: »Du hältst dich vielleicht für schlau, aber das muß aufhören! Diese Bücher sind auf feinem Reispapier gedruckt. Sie halten diese Behandlung nicht aus.«

»Ik ik ik«, machte Koko und gähnte kräftig.

Band 13 367
Lilian Jackson Braun
Die Katze, die Shakespeare kannte
Deutsche Erstveröffentlichung

Da ist etwas faul in der Kleinstadt Pickax – zumindest für die empfindliche nase des Zeitungsmannes Jim Qwilleran. Der Tod des exzentrischen Verlegers gilt offiziell als Unfall, doch für Qwilleran ist es Mord. Seine beiden Partner geben ihm recht: Koko und Yam Yam, das Siamkatzenpärchen mit dem sechsten Sinn für kriminelle Machenschaften. Und deren Nase ist noch feiner als seine. Doch wieso Koko ausgerechnet in einer raren Shakespeare-Ausgabe diesem Sommernachts-Alptraum auf die Spur kommt, was es mit den fröhlichen Weibern von Pickax auf sich hat und wie eine Widerspenstige gezähmt wird? Das wird nicht verraten. Nur soviel: Es geht um Sein oder Nichtsein, keine Frage. Bühne frei!

Sie erhalten diesen Band im Buchhandel, bei Ihrem Zeitschriftenhändler sowie im Bahnhofsbuchhandel.